Rudá

Rudá

Kelly Hamiso

partners coerência

DIREÇÃO EDITORIAL
Lilian Vaccaro

PRODUÇÃO EDITORIAL
Bianca Gulim

PRODUÇÃO GRÁFICA
Giovanna Vaccaro

PREPARAÇÃO
Kaio Rodrigues

REVISÃO
Kaio Rodrigues
Bianca Gulim

CAPA
Ellen Scofield

DIAGRAMAÇÃO
Bruno Lira

DADOS INTERNACIONAIS DE CATALOGAÇÃO NA PUBLICAÇÃO (CIP)

Hamiso, Kelly;
Rudá / Kelly Hamiso - 1ª edição - São Paulo: Coerência, 2019

ISBN: 978-85-5327-192-4

1. Ficção brasileira 2. Romance 3. Drama I. Título

CDD: 869.3

Editora Coerência
Avenida Paulista, 326, cj 84
Bela Vista – São Paulo – SP – 01.310-902

ESTE LIVRO É DEDICADO A

João Dias,

MEU MARIDO.

"TOME CUIDADO COM O VAZIO
DE UMA VIDA OCUPADA DEMAIS."

Sócrates

Workaholic

MARCOS TENTOU BEIJAR SUA ESPOSA, mas ela virou o rosto. Apesar disso, Deborah ainda o amava. E mesmo sentindo o peso do corpo dele pressionar o seu contra a parede, numa tentativa frustrada de impedi-la de sair, ela continuou firme. Ergueu os olhos até os dele com lágrimas insistentes rolando pelo rosto: ambos estavam desestruturados. Deborah sussurrou:

— Por favor!

— Não vou deixar você ir.

— Me deixe ir, Marcos. Não torne as coisas mais difíceis.

— Não faça isso comigo. — Ele segurou carinhosamente o rosto dela entre suas mãos e continuou: — Eu... eu prometo que vou parar. Vou dar um jeito nisso...

— Me desculpe, Marcos, mas desta vez não. — Retomou num tom ainda mais firme: — Você nunca irá parar. Já me prometeu isso tantas vezes. E tudo o que fazemos é adiar o fim. Já tomei a minha decisão.

O celular de Marcos começou a tocar; fitaram-se por um momento. Deborah queria conferir se ele resistiria àquele som, que para ela era um insulto. O som persistiu. Era nítido nos olhos dele a ansiedade para atender o celular. Mesmo naquele momento tão decisivo em sua vida, Marcos não sabia o que era mais importante para ele.

— Atenda...

— Você sabe que é importante, Deborah.

— Esse é o problema, Marcos: tudo é mais importante do que nós.

O toque continuou, insistente, deixando o clima ainda mais tenso entre eles. Marcos baixou os olhos num conflito injusto para ele: precisava atender; precisava mantê-la ali.

Voltou a encará-la e viu olhos tristes e sinceramente decididos. Inúmeras brigas sobre o mesmo assunto já haviam acontecido, porém sempre chegavam em um acordo, apesar de Marcos nunca cumprir suas promessas. Ela já havia dito, em outras discussões, que iria embora, mas nunca com aquele olhar; nunca tão controlada.

O toque cessou. Marcos soltou os braços e Deborah caminhou com rapidez até o quarto, apanhou a mala e passou a enfiar as roupas de forma desorganizada lá dentro.

Marcos permaneceu por um tempo no meio da sala do apartamento; não podia deixar sua mulher e filho atravessarem a porta e irem embora. Seguiu até o corredor, decidido a convencê-la, contudo ouviu mais uma vez o toque do celular. Parou abruptamente. O aparelho o dominava. *Precisava* atender. Seria rápido. Poucas palavras resolveriam seu problema, e depois ele gastaria o tempo necessário para se entender com Deborah.

Olhou para trás; o aparelho piscava e vibrava.

— Alô!

Deborah, ao ouvir o marido falando na sala, desesperou-se e passou a arrumar tudo ainda mais rápido, aos prantos. *Ele está realmente doente,* pensou. Minutos depois, ela o viu parado na porta.

— Deborah, a gente pode se entender. Somos adultos. Não posso deixar você atravessar esta porta com o nosso filho. Como vou ficar sem vocês?

— Já não está conosco há muito tempo, Marcos. Só você não percebeu.

— Isso não é verdade. Eu amo vocês. Eu trabalho duro por vocês. Quero te dar de tudo, Deborah! Você vem de uma família rica, e eu nunca quis que sentisse falta da vida que tinha com seus pais.

Deborah se exaltou, voltando a ficar trêmula.

— Não me venha com esse discurso machista e hipócrita, Marcos. Eu nunca te pedi nada. Você trabalha por você…

Marcos se alterou também:

— Deborah, pelo amor de Deus! Eu não uso drogas, não bebo, não tenho amantes. Sou um homem de bem. Nunca faria mal a você. Você sabe que muitos dos nossos casais de amigos têm problemas como esses. Eu só tenho vocês e o meu trabalho. Você não pode jogar nosso casamento fora porque eu trabalho demais, é insensato, soa ridículo.

— Ridículo? Ridículo é o pai esquecer a festa de aniversário do filho. Ridículo é eu viajar com nosso filho e minha mãe em todas as férias. É estarmos sentados na mesa pra ceia de Natal enquanto você troca mensagens com seus clientes. Ridículo é você não saber onde seu filho estuda. Você sabia que a professora dele achou que eu fosse divorciada? Você sabe o nome da escola dele, Marcos?

— Você sempre tomou a frente de tudo...

— De tudo? Se eu não fizer as coisas, quem irá? Você nem soube que eu fui demitida do trabalho e estou em outra empresa há três meses. Tentei falar com você várias vezes, mas está sempre ocupado, falando de você mesmo ou com o celular na orelha. — A esposa fez uma pausa para se acalmar e o encarou. — Ridículo, Marcos, é você fazer amor comigo uma vez no mês e nem ao menos tirar as minhas roupas. Não saímos para jantar nem fazemos programas juntos.

— Você nunca reclamou, Deborah. Não sou um cara romântico. Você sabe o que eu penso sobre essas frescuras de casais. Temos uma casa confortável e aconchegante e você quer fazer sexo num motel? Acha mesmo que rosas, chocolates e música romântica melhoram o relacionamento?

— Essas coisas de casais são importantes, Marcos. Mostram que você se importa.

— Achei que você tinha a mesma opinião que eu.

— Esse é o problema, já não pensamos do mesmo jeito. E eu não vou desperdiçar mais nem um minuto da minha vida te esperando. Você não tem tempo para ter uma família.

— E você acha que nosso relacionamento não merece uma chance? Somos tão infelizes assim? Temos um filho!

Ela, percebendo o quão abalado seu marido estava, aproximou-se dele e abaixou a voz.

— Isso não é um relacionamento. Eu entendo que esse cargo era tudo o que você almejava, e te apoiei do início ao fim. Você ficou três meses nos Estados Unidos e três na Alemanha fazendo cursos. Fez duas faculdades. Eu te apoiei em todos esses momentos. Sempre tive orgulho de você, Marcos. Todo o sucesso que alcançou é fruto do seu empenho e trabalho duro, mas você não sabe a hora de parar. Não sei o que você se tornou, e enquanto você não perceber que passou dos limites nada vai mudar. Me fale, Marcos, aonde mais você quer chegar?

Em silêncio, Marcos tocou seu rosto carinhosamente. Depois perguntou:

— Você não me ama mais, não é?

— Amo você como nunca vou amar outro homem, Marcos. Mas você não é meu companheiro. Você é uma pessoa maravilhosa, mas nasceu pra ficar sozinho.

— Você está me traindo? — perguntou com a voz embargada.

— Não, claro que não — disse, tirando a mão dele do seu rosto —, mas estou indo antes que isso aconteça.

Deborah foi até a mala, fechou o zíper e caminhou até o quarto do filho, que assistia à TV tranquilamente, sem fazer ideia do que estava acontecendo no quarto ao lado.

— Você está bem, filho? — Arthur balançou a cabeça positivamente. Deborah se abaixou diante do filho e o abraçou apertado. Encarou-o nos olhos e, sorrindo, declarou: — Eu te amo, Arthur.

— Também te amo, mamãe. — Ela se levantou, apanhou a mala e a mão de Arthur. — Aonde a gente vai, mamãe?

— Vamos ficar na casa da vovó por um tempo, tá bom?

— E o papai?

— O papai vai trabalhar.

Passaram por Marcos, que estava próximo à porta de saída com os olhos marejados.

— Não posso deixar que vá embora. Vamos conversar… Como eu vou ficar aqui sem vocês?

Deborah abriu a porta e esboçou um sorriso triste.

— Você nem vai sentir a nossa ausência.

Marcos Monterrey

CINCO ANOS DEPOIS

MARCOS ACORDOU OFEGANTE. Suava frio e mantinha a respiração intensa, como se tivesse nadado por muitos metros até alcançar a superfície. Estava exausto e sem fôlego.

Sentou-se na cama, sentindo o tapete macio sob seus pés, e apoiou os cotovelos nos joelhos, passando as mãos por trás da nuca. Apertou os olhos e tentou respirar alternadamente por alguns minutos, esperando que a angústia passasse.

Logo o alarme do celular tocou, despertando-o daquela agonia. Apanhou o aparelho e desligou seu som irritante. Algo estava errado: as crises estavam cada vez mais frequentes. Conferiu a hora, eram seis da manhã. Estufou o peito e ergueu o queixo, tomando seu porte autoritário, não tinha tempo para perder com mal-estar. Levantou-se e ordenou:

— Acender luzes.

As luzes da suíte se acenderam ao comando de sua voz. Passou para o banheiro e ordenou novamente. Abriu um aplicativo no seu celular e digitou a intensidade da pressão do jato que desejava no chuveiro, a temperatura da água e a luz certa de acordo com a cromoterapia. Quando confirmou, um jato forte, quente e iluminado de verde saiu do chuveiro. Arrastou para o lado a porta de vidro e entrou no boxe.

Tomou um banho rápido e escovou os dentes lá mesmo. Secou seu corpo e seus cabelos negros e lisos, que já caíam sobre a testa. Voltou para o quarto e vestiu a cueca diante do espelho. Trinta e cinco anos, costas largas e braços definidos devido a uma adolescência inteira praticando natação cinco vezes por semana, religiosamente. E um metro e oitenta e dois que o deixava ainda mais elegante dentro do terno.

Mantinha a barba bem aparada, sem falhas nos pelos que se destacavam sobre sua pele branca. Os olhos eram o abre-alas daquele homem. Tinham um formato cerrado, mas isso não impedia que aquelas esferas verde-claras fossem admiradas. Por conta delas, era chamado de "gato", um apelido secreto usado pelo mulheril do departamento no qual trabalhava.

Homem muito sério e direto. Poucas coisas o faziam sorrir. Por isso, mostrar seu sorriso de dentes perfeitos era um presente para quem os visse. Os olhos e o sorriso eram seus atrativos naturais; quanto aos adicionais, Marcos estava sempre bem-vestido e cheiroso.

Ele abriu o guarda-roupas, apanhou um terno cinza-escuro e vestiu a calça. Passou a toalha sobre os pelos do peito antes de vestir a camisa azul-clara. Apanhou o celular e ordenou:

— Ligar para Vânia.

A voz feminina e robotizada do seu celular respondeu:

— *Ligando para Vânia.*

No segundo toque, a chamada foi atendida:

— Bom dia, doutor Marcos! — disse a voz de sua secretária, soando alta por meio do viva-voz do aparelho.

— Bom dia, Vânia! — cumprimentou, borrifando perfume contra o abdome. — Pediu para o motorista vir me buscar?

— Sim, senhor. Ele está atrasado?

— Eu não desci ainda, apenas queria saber se estava tudo certo.

— Vou checar, doutor Marcos. Só relembrando que o senhor tem uma reunião com a dona Martha hoje, às nove horas. — Enquanto ouvia, abotoou a camisa no peito e nos punhos. — Hoje o senhor vai almoçar no escritório. Pode me adiantar o pedido?

— Qualquer coisa rápida, pois não posso perder tempo com almoço.

— Pode ser um sanduíche?

— Sim... — disse Marcos, penteando os cabelos. — Ivan deixou algum recado sobre o fiscal da obra do Rio?

— Ele não ligou, doutor Marcos. Mas posso entrar em contato...

— Não, Vânia — ele a interrompeu. — Não se preocupe, é só isso.

— Só mais uma dúvida, doutor Marcos: o aniversário da dona Bianca é no dia 15 de julho.

— Ainda falta um mês... — interrompeu ele.

— Eu sei, mas gosto de manter tudo adiantado. O senhor tem algo em mente para presenteá-la?

— Não... — disse, olhando-se no espelho. — Mas compre uma joia ou algo assim.

— Anotado. Vou procurar algumas opções e mostro o catálogo para que o senhor escolha.

— Escolha você, Vânia, confio no seu bom gosto.

— Obrigada, doutor, farei isso. Antes de desligar, acabei de receber a mensagem do motorista. Ele o aguarda lá embaixo.

— Obrigado, Vânia. Até mais.

— Até mais.

Marcos colocou um reluzente relógio em torno do pulso e o prendeu com um clique. Aproximou-se do espelho ajeitando o nó da gravata vermelha. Apanhou o celular e saiu do quarto, comandando:

— Apagar luzes.

Foi até a sala de estar do apartamento e viu o filho sentado no sofá. Já estava vestido com o uniforme escolar e fazia da mochila apoio para os pés. Marcos olhou para o menino, que tinha os olhos grudados no celular.

— Arthur, não acha que é cedo demais para isso?

— Pai, você tem que ver o que eu construí no Minecraft.

— Que bom que está gostando, filho — disse mecanicamente. Não tinha a mínima ideia sobre o que o filho estava falando. — Abrir cortinas.

As persianas se ergueram automaticamente, revelando uma imensa parede de vidro, que deixava o ambiente sem privacidade, mas que brindava os olhos dos apreciadores da individualidade pitoresca da megalópole, em tons de cinza e com seu céu espetacularmente chumbo. Um dia tão frio e monocrômico quanto seu apartamento, no qual a mesa de trabalho, com tampo de vidro fumê, destacava-se no ambiente ainda mais do que seu conjunto de sofá italiano, de cujo conforto Marcos havia desfrutado pouquíssimo.

A máquina de café expresso, programada no dia anterior pela empregada, ligou em outro passe "automático". Pontualmente, às seis e quarenta e cinco, o líquido negro escorreu no centro da xícara e o cheiro de café se espalhou pelo apartamento.

— Quer tomar café da manhã, filho? — perguntou Marcos, mexendo o líquido na xícara e o tomando em dois goles.

— Não, pai, estou sem fome. Depois eu como um sanduíche na cantina da escola.

— Ótimo, assim não perdemos tempo. Vamos?

Marcos apanhou a carteira, os óculos de sol e sua pasta com o notebook. Arthur se levantou, jogou a mochila nas costas, ainda olhando no celular e com os polegares frenéticos sobre os comandos. Marcos pousou a mão no ombro do filho para conduzi-lo até a porta. Andavam sempre assim, era um jeito de não se perderem em lugares públicos, já que sempre estavam com os olhos nos seus celulares. Era, também, todo contato físico que tinham: mão no ombro e um beijo antes de descer do carro e ir para a escola.

Ao trocar mensagens, pai e filho diziam que se amavam constantemente, mas o sentimento se limitava a demonstrações virtuais de afeto. Sentimentos portáteis.

Quando estavam em casa, apesar de juntos, pertenciam às suas paixões individuais. Marcos dava tudo ao filho: melhor escola, melhor curso de inglês, melhor instrutor de natação, melhor celular, melhor *video game*, melhor babá. Os brinquedos mais caros e os passeios mais felizes, porém sempre na companhia de Roberta, a acompanhante de Arthur, que era o destaque nos álbuns de fotos do menino e que já havia ido a Disney com ele três vezes.

Arthur era um ótimo filho, calado, obediente e educado. Muito magro, pois era muito seletivo para comer. Usava óculos desde pequeno, mas as lentes não ofuscavam seus lindos olhos verdes, herança do pai. Todos diziam que Arthur era tão parecido com Marcos que era como sua miniatura. O menino gostava de ouvir aquilo devido aos inúmeros elogios que recebia sobre o quão bonito era seu pai.

— Destravar porta.

Ouviram um clique, e a porta de entrada se abriu, levando-os ao pequeno *hall* que dividiam com o apartamento ao lado. Ele apertou o número zero do painel do elevador e em seguida confirmou com sua digital, fazendo as portas se abrirem.

Desceram até a recepção, Marcos cumprimentou o porteiro, mas sem tirar a mão do ombro do filho. Ganharam a rua na qual o carro da empresa os aguardava. Abriu a porta traseira, esperou que Arthur entrasse e em seguida se acomodou também.

— Bom dia, doutor Marcos! — saudou o motorista.

— Bom dia!

O motorista colocou na estação de rádio que informava as notícias da manhã e seguiu. O carro preto com vidros escuros tornava impossível ver quem estava dentro. Enquanto o barulho, o frio e a fila infinita de carros deixavam as pessoas enlouquecidas lá fora, Marcos e o filho iniciavam tranquilamente a sua rotina: o menino jogando no celular; Marcos ocupado demais com suas mensagens para perceber o caos que se estabelecia nas ruas.

Lia todas as mensagens e respondia a algumas no conforto do banco de couro e no privilegiado silêncio que proporcionavam os carros blindados. São Paulo, para os dois, passava imperceptível diante do vidro.

O motorista parou em frente à escola, olhou no retrovisor interno e, como pai e filho não fizeram nenhum movimento, anunciou:

— Chegamos, doutor.

Os dois despertaram de seus aparelhos celulares. Arthur apanhou a alça da mochila, deu um beijo no rosto do pai e saiu. Marcos ficou esperando que ele atravessasse o portão e só então ordenou para que o motorista seguisse para seu destino.

Apesar de lento, o trânsito fluía, facilitado pela rota que o motorista havia traçado utilizando o GPS para encontrar o melhor caminho até o edifício da Costa Barreto, na Avenida Paulista.

Marcos então ouviu o toque do celular, um toque convencional, já que não tinha tempo para colocar sua música preferida, e também achava aquilo antiético: usava o aparelho estritamente para o trabalho. Voltou a dar atenção aos seus compromissos, até que trinta minutos depois o carro entrou na avenida. Alguns metros à frente, já podiam ver o imponente edifício espelhado da Costa Barreto.

Marcos apanhou o celular, a pasta e saltou do automóvel. Atravessou o *hall*, onde havia um chafariz com o nome da empresa, do qual jorrava água sobre uma pedra de mármore importado. Colocou sua digital sobre um painel e teve permissão para atravessar a catraca, digitou o andar e a porta do elevador se abriu. Duas mulheres que lá estavam se entreolharam com sorrisos maliciosos depois que mecanicamente Marcos respondeu:

— Bom dia.

Ele exibia um porte altivo que exalava autoridade. A voz grossa, sempre em tom firme, garantia segurança às suas palavras. Até seus gestos e movimentos pareciam programados.

Voltou os olhos para o celular, cuja tela se enchia de mensagens e de chamadas não atendidas; entre elas estava uma de Bianca, sua namorada. Não retornou.

As portas se abriram no décimo andar, diante de uma antessala, na qual ficava a mesa da sua secretária. Aproximou-se dela ouvindo o celular tocar. Antes que pudessem trocar alguma palavra, atendeu. Vânia tentou mantê-lo ali, balbuciando e mostrando com gestos que precisava de assinaturas, mas a conversa no celular se tornou calorosa e Marcos saiu andando pelos corredores.

— Doutor Marcos... — Tentou Vânia inutilmente, vendo o chefe desaparecer.

Ela deixou os ombros caírem e se levantou apressada, apanhou as folhas, a caneta preferida dele e saiu saltitando sobre seus sapatos.

Vê-la saltitando atrás do chefe era uma cena típica naquela empresa. Vânia era a secretária perfeita: além de cuidar das questões profissionais de Marcos, cuidava de sua alimentação e de sua vida pessoal. Sabia de todos os seus gostos e compromissos; ele não tinha tempo para perder com isso.

Os familiares do executivo sempre usavam o mesmo discurso quando se encontravam esporadicamente em alguma reunião familiar, dizendo a Marcos que trabalhava muito. Mas ele amava o que fazia e por isso não achava demais. Gostava de ser o *frontman* da empresa. Ser útil. Capaz de resolver qualquer desafio e obstáculo, e gostava ainda mais da indescritível satisfação ao superá-los. Era como um vício.

Marcos desligou o celular e voltou para sua sala. Vânia o acompanhou com o calhamaço e a caneta. Ele se sentou, soltando antes os botões do terno, tirou o notebook de dentro da pasta e o pousou sobre a mesa. E, quando o ligou, viu seus e-mails se enfileirarem em centenas de mensagens não lidas.

Como em todas as manhãs, Vânia lhe trouxe um café e iniciou os recados deixados, mesmo sabendo que ele não estava ouvindo. Havia sido orientada a passar aquelas informações para ele oralmente assim que chegasse, e assim agia havia anos, com toda a dedicação.

— Primeiro, eu gostaria de parabenizar o senhor pelo noivado.

Marcos, sem desgrudar os olhos do computador, perguntou, mostrando pouco interesse:

— Que noivado, Vânia?

— O noivado do senhor com a dona Bianca.

Antes que ele perguntasse, Vânia lhe mostrou o jornal, uma foto dele com a namorada num restaurante; a mão direita de Bianca estava em destaque, um círculo vermelho em volta do dedo anelar. Na manchete: "Marcos Monterrey pede Bianca Costa Barreto em casamento".

Apesar do sorriso sem jeito, Vânia se sentia desapontada. Sabia tudo sobre o chefe e se via traída por não saber sobre o noivado.

Marcos não leu a matéria. Dobrou o jornal e, sem dar muita importância, devolveu à sua secretária.

— Isso não é verdade, Vânia. Não fiquei noivo. — Voltou a dar atenção aos e-mails, e um deles chamou sua atenção. Aproximou os olhos da tela e seu rosto se fechou. Disse num tom áspero, não com Vânia, mas pelo efeito da má notícia: — Esse cara está me tirando do sério! Vânia, acho que vou precisar de um voo para o Rio.

— Quais os horários de sua preferência?

— Ainda não sei... — disse, numa conversa particular. — Nunca vi tanta arrogância. Me traga outro café e continue com os recados, por favor.

Vânia foi até a máquina de café e preparou uma pequena xícara, com apenas um sachê de açúcar.

— Bem, eu preciso que o senhor assine algumas liberações... — Tentou a secretária, voltando com outro café.

Ouviram alguém bater à porta. Vânia parou de falar e saltitou até ela. Antes que pudesse autorizar a entrada, dois engravatados entraram com expressões preocupadas, sentando-se na frente da mesa do executivo.

— Bom dia! — disse Vânia para si, pois os dois haviam passado por ela feito dois trens desgovernados.

— Você não vai acreditar, Marcos...

— Eu já sei. O fiscal me mandou um e-mail.

— O que faremos? — perguntou um dos homens, visivelmente tenso.

— Vou até o Rio de Janeiro falar com ele — respondeu Marcos, como se aquilo não o abalasse. — Quero ver o que esse fiscal vai me apresentar. Ele não tem argumentos contundentes para embargar minha obra.

— Mas e se ele parar?

— Ele não vai parar minha obra. — Virou-se para sua secretária. — Vânia, preciso de passagens de ida e volta para o Rio. Quero estar na obra amanhã no primeiro horário.

— Ok, doutor Marcos — assentiu enquanto anotava na agenda. — Ligo para a acompanhante do Arthur para dormir na sua casa com ele?

— Bem lembrado. Providencie tudo para minha viagem, por favor.

— Vou fazer isso agora mesmo, mas antes eu preciso que o senhor assine essas liberações.

Vânia pousou sobre a mesa as folhas, milimetricamente enfileiradas.

— O que é isso, Vânia?

— São para a liberação de contratação dos novos funcionários. Já validei tudo, o Alex selecionou, entrevistou e fez os testes. A Cinthia já checou a documentação. Esses já são os aprovados, só preciso da sua assinatura consentindo a contratação.

Marcos grudou os olhos nas páginas e estendeu a mão para o alto, Vânia automaticamente lhe entregou sua caneta preferida, porém, antes que pudesse iniciar sua assinatura, outro homem entrou na sala sem bater, ainda mais tenso do que os primeiros visitantes.

— Marcos, o fiscal disse que só fala com você — disse, gesticulando. — Para não mandar mais nenhum funcionário para a obra nem material, porque a partir de amanhã ninguém entra mais.

O executivo ficou olhando para o recém-chegado, pensando no que dizer e com a ponta da caneta engatilhada na linha da assinatura.

— Eu tenho quinze torres sendo erguidas, uma me dá trabalho por todas elas.

— A poderosa está chegando aí — avisou o recém-chegado, referindo-se à presidente.

— Pode deixar comigo — respondeu Marcos tranquilamente. — Eu resolvo.

— Juro que queria ter a sua calma. Eu nem dormi essa noite, depois que aquele filho da puta falou o que realmente queria. Parece que a rixa dele é com você.

— Eu não o conheço. — Marcos se virou para Vânia. — Traga-me as pastas da Torre do Rio, e outro café, por favor.

— Vou buscar agora mesmo.

Quando Vânia saiu, um dos homens lhe estendeu um cartão com um olhar cúmplice.

— Aqui está o telefone de umas amigas minhas do Rio, se você quiser dar uma relaxada...

Marcos desceu os olhos até o cartão, no qual havia a foto de uma garota usando *lingerie* e um número de telefone. Não fez nenhum gesto para apanhá-lo.

— Agradeço a gentileza, Moura, mas vou ao Rio a trabalho.

O homem voltou a guardar o cartão na carteira, mas antes mostrou a foto para o homem ao seu lado, que pareceu gostar do que estava vendo. Nesse momento, o telefone da mesa de Marcos tocou.

— Alô.

— Doutor Marcos — disse a telefonista —, o doutor Clóvis na linha um, e na linha dois o Ivan.

— Pode passar o Ivan, por favor. — Esperou por um segundo. — Alô, Ivan. Estarei aí pela manhã, preciso que esteja na obra. Vamos encurralar esse cara. Ele não pode parar meu trabalho, não tem motivos pra isso. — Ficou em silêncio antes de voltar a falar: — Eu sei que ele quer dinheiro, mas eu não vou aceitar. — Marcos ouviu o celular tocar e olhou no visor. — Ivan, o fiscal está me ligando no celular. Aguarde um momento, vou atendê-lo. — Marcos levou o celular até a orelha e cumprimentou: — Bom dia!

Voltou a ficar em silêncio, ouvindo o fiscal. Seu semblante mudou completamente, tomando uma forma dura. Apenas alguns segundos ouvindo o homem do outro lado da linha foi o suficiente para fazê-lo se levantar, como um macho alpha que é desafiado por outro para um duelo. Todos ficaram em silêncio, com olhos arregalados para o jovem executivo, tentando ouvir qualquer coisa que indicasse a rendição do fiscal e o fim daquele conflito.

Vânia voltou a entrar na sala e viu o telefone fora do gancho.

— Alô!

— Oi, Vânia, é o Ivan. E o Marcos?

— Ivan, ligue daqui a pouco. O doutor Marcos está no celular. Acho que vai demorar.

— Tá bom, ligarei em cinco minutos.

Ela voltou o telefone no gancho, e imediatamente duas linhas voltaram a tocar.

— O doutor Marcos não pode atender agora — disse ela à telefonista.

— O doutor Clóvis na linha dois e a dona Bianca na linha três. Ela disse que vai aguardar.

Vânia levou os olhos até seu chefe, que ainda andava pela sala. Ele não atenderia, então ela se voltou para a telefonista:

— Ele está no celular e a sala está cheia. Deixe os dois na espera.

— Ok.

Marcos atravessou a porta e saiu sem rumo pelos corredores da empresa, gastando o seu vocabulário e fazendo as moças do andar ficarem desatentas com sua presença.

Vânia deixou os ombros caírem novamente, desanimada. Precisava daquelas assinaturas, então saiu atrás de seu chefe como uma sombra saltitante. E apesar de Marcos mostrar um tom firme num timbre alto, estava controlado. Ela foi para fora e parou ao lado de uma mesa, vendo seu chefe caminhando sem rumo.

— Nossa, Vânia, como você consegue?

A secretária olhou para a mulher com olhar curioso.

— Consigo o quê?

— Trabalhar ao lado de um homem desses. Quando ele passou aqui, o cheiro ficou no caminho.

Vânia lhe lançou um olhar rápido de reprovação e continuou observando seu chefe, como uma ave de rapina sobre sua presa, à espera que ele pedisse algo. Somente um som a tiraria daquela espreita: o som de saltos imponentes sobre o chão. E foi o que ela ouviu próximo à sala de reuniões.

Dona Martha era uma senhora de sessenta e quatro anos, pequena, muito magra, cabelos curtos pintados de louro, sempre com o mesmo penteado moldado com musse fixador, o que a deixava com um ar ainda mais imponente e compunha seu perfil robótico. Tinha um olhar especulador, mas mantinha sempre um sorriso congelado, indecifrável: não era possível saber se estava feliz de fato ou sendo irônica. Parecia um robô. Não demonstrava nunca com expressões faciais as suas emoções; diziam que conversar com ela era como falar com um objeto: era impossível saber o que estava pensando.

Era por trás de uma mulher fisicamente frágil que se escondia a presidente da empresa Costa Barreto, uma construtora de edifícios residenciais e comerciais, pioneira no país e que sustentava um nome empresarial que era sinônimo de bom gosto e qualidade. Apesar de a empresa ser fundada por seu sogro, foi somente quando ela e o marido tomaram a frente que a empresa despontou no ramo.

Seu Augusto Costa Barreto, o marido, era os braços e as pernas da empresa. Dona Martha era, inegavelmente, a alma do negócio. Mulher inteligente, dinâmica e decidida. Sempre um passo à frente dos executivos, mesmo dos mais experientes e dos mais cursados. Nada era um obstáculo para ela, pelo contrário: era muito perspicaz e calculista.

Vânia se desesperou ao ver que a diretora se dirigia para a sala. Acenou para o seu chefe e apontou para a sala de reuniões.

— Bom dia a todos! — disse a presidente olhando para a cadeira vazia de Marcos.

Ela se sentou à cabeceira da mesa e todos voltaram aos seus próprios assentos. Mesmo sendo uma reunião de rotina para atualizar as informações da semana, Marcos a julgava importante e tratou de finalizar a ligação.

Entrou na sala de reunião pedindo licença. Ao se sentar, dona Martha levou os olhos até seu pupilo, que mantinha o queixo duro, olhar firme e o rosto completamente vermelho.

— Marcos. — Ele se desprendeu dos seus pensamentos e olhou para a presidente. — Você está bem? Quer um pouco de água?

— Não, obrigado, dona Martha.

— Algum problema? — insistiu ela com certa serenidade na voz, mas cheia de autoridade no olhar.

Ele ergueu as sobrancelhas, tentando desfazer o vinco de preocupação, mostrando-se tranquilo.

— Nada que não possa ser resolvido.

Ela baixou os olhos e sorriu, sentindo-se orgulhosa. Sabia que, mesmo se uma das torres desabasse em toneladas de escombros, Marcos ainda diria "nada que não possa ser resolvido". E, cada vez que ouvia isso, enchia-se de orgulho por ter encontrado a pessoa certa, já que não havia quem tomasse a frente da empresa quando ela e o marido estivessem velhos ou mortos.

O casal nutria por Marcos feição e admiração inegáveis, apesar de demonstrarem que era estritamente profissional. Mas era nos olhos daquela mulher rígida que se notava um sentimento que ia além da admiração profissional. Os invejosos usavam esse argumento para justificar a ascensão meteórica do jovem executivo, mas isso não era verdade.

Dona Martha percebera no garoto calado, que trabalhava com afinco e desempenhava suas tarefas com total responsabilidade, um homem brilhante. Marcos era insistente e persistente. Empenhava-se muito em situações que pareciam sem solução.

Desde os seus vinte anos, quando Marcos entrara na Costa Barreto como estagiário, dona Martha treinara o rapaz para ser como ela, ensinara-lhe tudo. E via que, dia após dia, seu discípulo havia aprendido com toda devoção. Marcos havia nascido para liderar.

Ela dizia ao marido que homens como Marcos não surgiam em faculdades: eles nasciam líderes, por isso eram raros. Apresentava soluções e ideias viáveis, tinha um tino para diplomacia e um instinto inabalável de liderança: um general.

Marcos também era uma máquina de trabalhar. Não existia distração mais agradável do que seu escritório, não havia nada mais prazeroso do que passar horas na frente de um computador analisando tudo, não havia música melhor para seus ouvidos do que a voz do outro lado do celular dizendo: "você conseguiu". O trabalho para ele era seu *hobby,* seu vício e um prazer absoluto.

Passara a ser o centro da empresa e o único candidato a seu sucessor. No começo, os executivos não ficaram confortáveis com a decisão de dona Martha de nomear um rapaz tão jovem para vice-presidente, mas em anos de total dedicação Marcos nunca havia desapontado sua mentora. Além disso, ninguém era capaz de ir contra as decisões de dona Martha.

Marcos era divorciado. A esposa não aguentara sua obsessão pelo trabalho, e o casamento se desfizera quando Arthur tinha apenas três anos. Não se casou novamente, mas havia um ano que namorava a sobrinha de dona Martha, Bianca. A moça perfeita: famosa, bonita, elegante, e o deixava livre para o trabalho.

Bianca se contentava com os raros momentos ao lado do namorado. Compreendia sua ausência e as longas viagens de negócios. Seu prêmio eram lindas fotos ao lado do homem mais badalado do momento. Às vezes, dona Martha achava que aquele relacionamento existia por puro interesse de ambos: Marcos era o executivo famoso e influente que estava em destaque na mídia por conta de suas conquistas com tão pouca idade, e, claro, pela beleza. Já Bianca era a celebridade do momento, uma *socialite* que fazia muito sucesso nas redes sociais exibindo os prazeres proporcionados por seu altíssimo nível social, mas demonstrando nos vídeos certa humildade.

Juntos, Marcos e Bianca, num simples passeio no shopping, viravam o centro das atenções. Jovens, bonitos, populares e artificiais. E apesar de a mídia insistir em apresentá-los como um exemplo de casal moderno, mantinham um relacionamento frio e distante.

Por ora, pareciam mesmo o casal perfeito, mas dona Martha estava certa de que, com o passar do tempo, o gelo derreteria e a relação escorreria pelo ralo. Era isso que via para o futuro dos dois, apesar de a sobrinha ter anunciado recentemente um suposto noivado, que para dona Martha era mais um dos golpes de Bianca para se manter nos noticiários.

Mesmo assim, a presidente não reclamava, apesar de achar que aquilo não era saudável. Marcos era o sucessor robótico e excepcional que muitos empresários gostariam de ter como funcionário. Ele admirava dona Martha e se espelhava nela para tudo; ela era o seu ídolo. E a admiração era mútua.

Amauri, um dos executivos do departamento de vendas, ligou a TV e sua apresentação se iniciou. Mostrava todo o projeto de um resort, uma obra gigantesca. Mas, por um momento, dona Martha interrompeu a apresentação:

— Espere... — Todos olharam para ela, surpresos. — Antes que o senhor prossiga, esse local não é uma reserva indígena?

— Não, é uma propriedade privada.

— Sim, eu sei. Vou reformular a minha pergunta. Não havia nessas terras uma tribo indígena?

— Sim, mas eles foram embora.

— Como assim, foram embora? Pediram licença e simplesmente se retiraram?

— É que os assuntos burocráticos referentes à desocupação são de interesse do nosso cliente. Recebemos apenas a liberação para executar o projeto.

— Minha empresa não se vinculará a injustiças. Já havíamos conversado sobre isso, se não me falha a memória. Repito que a construção só será feita se a tribo foi transferida em comum acordo para outro lugar de tamanho igual ou maior ao que eles estavam ocupando. Temos um documento relatando isso?

— Mas é um empreendimento milionário.

— Trabalhamos de acordo com a lei e com a ética. Se o senhor não tem em mãos esses documentos, então a apresentação está encerrada.

— Mas a saída dos índios foi legal. As terras não eram deles...

— Moravam lá há mais de cento e cinquenta anos, passando de geração pra geração. Quem é dono de quê?

— O Marcos pode provar para a senhora que nada temos referente à desocupação. — Virou-se para ele. — Não é, Marcos?

— Não temos nenhuma responsabilidade...

— A pergunta é simples, senhores: para onde foram os indígenas?

O homem olhou para todos em busca de alguém com coragem para ficar ao lado dele, mas ninguém se manifestou. Sentiu o suor escorrer por dentro do terno, e continuou:

— Eu não sei, mas eu soube que resolveram com eles.

— Acredito que deva ter sido uma proposta irrecusável para um grupo de cinquenta indígenas abandonar suas casas e sair pacificamente para um lugar que ninguém sabe onde é.

O homem desligou a TV e olhou para os demais.

— Desculpe, dona Martha, pelo que vou dizer, mas eu achei que a empresa se preocupava apenas com a construção.

— Eu garanto que esses indígenas provavelmente foram expulsos, ameaçados, ou, na pior das hipóteses, dizimados. Sinto lhe informar, senhor, mas parece que você desperdiçou seus esforços.

— Mas se não fizermos essa obra, outro o fará.

— Então que outro o faça. Não será pelas minhas mãos.

O homem ficou em pé, indignado e sem saber o que dizer. Tentou mais uma vez:

— Eu realmente não estou entendendo.

— Não vou dormir com essa culpa. Precisamos desse empreendimento, Marcos?

— Não...

— A empresa corre algum risco financeiro se recusarmos?

— Não...

Ela se virou para o homem e sorriu.

— Algo mais a nos apresentar?

— Não, dona Martha, não tenho mais nada a dizer.

A reunião prosseguiu. Dona Martha, depois de ouvir a todos e tirar suas dúvidas, fazia seu discurso final. Os executivos que compunham a mesa não desgrudavam os olhos da empresária. Mais uma torre seria liberada, agora em Berlim. Era o início da invasão da Costa Barreto na Europa.

— Eu gostaria de finalizar agradecendo a esta equipe e a todos os funcionários por mais uma conquista. Senhores, esta reunião está encerrada.

Todos os diretores se levantaram e foram parabenizá-la, ela gostava de manter certo contato com os funcionários. E mesmo rodeada pelos seus executivos, a empresária observou Marcos ainda sentado com o celular na orelha, esfregando a ponta dos dedos na testa, tenso.

Marcos foi para sua sala e a secretária anunciou o que ele já previa: Amauri estava à sua espera, de pé, com a tez enrubescida, olhando pelo vidro da janela. Marcos entrou, e ele foi rapidamente na sua direção.

— O que ela disse?

— Nada.

— Ela perdeu a noção. Ela está tão velha que perdeu o *feeling* para os negócios.

— Não vou admitir que fale assim da dona Martha. Por favor, saia da minha sala, ou seja ao menos digno de dizer isso a ela.

— Me desculpe, Marcos — disse o homem apertando o canto dos olhos. — É que estou muito nervoso. São quase vinte milhões perdidos por causa de meia dúzia de índios?

— A decisão é dela.

— Você não pode persuadi-la?

— Eu nunca faria isso. — Apesar de Marcos estar incomodado com a abordagem do homem, entendia sua frustração. — O que aconteceu com os indígenas?

— Eu sei lá. Quero que se fodam. Quem tem que pagar as contas com Deus é o nosso cliente.

— Não é bem assim que as coisas funcionam.

— Eu não ligo pra um bando de encostados e vagabundos se apropriando de terras alheias.

Marcos se sentou. Não compactuava com a opinião dele, mas, pensando como advogado, legalmente o cliente estava correto: as terras não eram dos indígenas.

— Sei o que quer dizer. Mas, se tudo está dentro da lei, mostre os relatórios. Traga os documentos comprovando que os indígenas foram para um lugar tão bom quanto o lugar em que estavam. Ela não vai ter argumentos para recusar. Entretanto, sem as provas…

— Eu lutei por três meses pra conseguir essa obra — despejou o homem, ainda mais indignado. — Pra mostrar meu trabalho, meu valor dentro desta empresa. Me privei das coisas que eu gosto de fazer, da minha família, pra me dedicar de corpo e alma para ganhar, e consegui. Fomos escolhidos.

— A decisão é dela, Amauri. Prove, apenas prove. É o que ela quer. E o seu trabalho não terá sido em vão.

— Não vou aceitar que tudo vá por água abaixo por causa de meia dúzia de oportunistas. Ninguém quer pegar no batente, trabalhar. Querem terras doadas…

— Eles querem terra para viver dela. Não a usam para nenhum tipo de lucro.

— Eu vou te dizer uma coisa, Marcos. Vou conseguir o documento que ela quer nem que eu tenha que fazer cada desocupado assinar debaixo de bala.

Marcos apoiou a coluna no encosto, vendo o homem sair da sala batendo a porta. Voltou a olhar seu computador e a linha interna tocou.

— Alô.

— Marcos, pode vir até a minha sala?

— Claro, dona Martha, agora mesmo.

Ele saiu e foi até o elevador ouvindo sua secretária dizendo:

— Doutor Marcos…

Mas ele nem deu atenção, indo para a sala da diretora. Bateu na porta e entrou.

— Com licença.

— Entre. — Pediu, sem olhá-lo, assinando alguns papéis. — Sente-se.

Dona Martha esperou que ele se sentasse, pousou a caneta ao lado do papel, tirou os óculos e cruzou os dedos sobre a mesa, olhando nos seus olhos.

— Me responda com uma palavra. O que achou da minha decisão?

— Cabe somente à senhora a decisão...

— Uma palavra, Marcos.

Marcos se endireitou na cadeira, puxou o ar e disse:

— Precipitada.

— Entendo... — falou parecendo desapontada.

— Minha opinião é irrelevante, dona Martha.

— Para mim, sua opinião é de extrema importância.

— Acredito que a senhora deva ter seus motivos.

— Você, pensando como empresário, faria essa obra? Faria a obra mesmo sem precisar dela?

— Sim.

— Por quê?

— É um grande empreendimento.

— Um grande empreendimento... — Avaliou vagamente, segurando o queixo. — Um argumento pouco convincente, vindo do doutor Marcos Monterrey, não acha? Você acha que a Costa Barreto precisa desse grande empreendimento para colocar no seu currículo?

— Não acho que precisemos provar nossa capacidade.

— Então faria apenas pela conquista?

— Sim. E o lucro dessa obra pode ser uma garantia.

— Você está certo. Caso entremos numa crise. — Dona Martha voltou a ficar em silêncio, olhando para o lado. Esfregou uma mão na outra e voltou a falar: — Você se preocupa com a tribo que vivia lá?

— Dona Martha, eu não posso opinar. É uma questão particular.

— O Marcos se preocupa com pessoas perdendo seus lares?

— O Amauri disse que foi uma desapropriação legal e pacífica.

— E você, sem nenhum dado, se convenceu disso para deitar a cabeça no travesseiro e dormir em paz no seu aconchegante lar. O problema não é seu, certo?

— Certo — respondeu ele, desconfortável.

— Tenho sessenta e quatro anos, Marcos. Acha que quero conviver com essa culpa? Esses indígenas foram expulsos. Crianças, velhos... Seres humanos. Milhares de animais silvestres, plantas, árvores centenárias. Os indígenas daquela área estão lá há mais de cem anos, utilizaram aquele espaço com respeito. E agora vai virar um pedaço de terra improdutivo. Aquilo virará um grande e bonito entulho construído pelo homem. Levando sujeira e poluição para aquela área.

"Nem tudo é só conquistas e lucros. Existem outros tipos de riquezas. Parece hipócrita, vindo da boca de uma mulher rica que vive da construção. Mas eu construo pedra sobre pedra. Vasculhe nossa história, nunca construí nada fora das grandes cidades. Nunca vou apoiar desmatamento, desapropriação.

"A ganância do homem é insaciável. Construímos monumentos colossais para chamar a atenção do parasita. É como um sanduíche, vende mais aquele que coloca mais porcarias dentro. E não vamos parar até que o planeta se transforme numa imensa bola de lixo no espaço. E o resultado disso? O fim. Não espero que me entenda agora, Marcos, mas, quando chegar na minha idade, vai ter aprendido a ter valores diferentes.

"Eu só aceitaria essa obra se eu estivesse à beira da falência, e estaria pensando nos milhares de funcionários desempregados, nas milhares de famílias sem ter o salário que sai daqui."

Marcos não esboçou nenhuma expressão.

— Eu sei disso.

— E você? O que está me escondendo?

Ele ergueu as sobrancelhas, tentando se mostrar tranquilo.

— Está tudo sob controle — desconversou.

— Conheço você, doutor Marcos Monterrey. É claro que algo está errado — disse ela num tom firme. Ergueu o queixo para se mostrar superior e o encarou. — Vejo na sua testa, no seu rubor e na forma firme como me olha numa tentativa inútil de me convencer de que não está mentindo.

Marcos não baixou os olhos. Dona Martha sempre dizia que baixar os olhos era o mesmo que admitir a derrota. "Sempre olhe nos olhos das pessoas quando falar, mostre autoridade na sua postura, pense antes de dizer para que não lhe falte as palavras e convença com a firmeza no seu tom de voz." Marcos despejou:

— Um fiscal quer embargar a obra do Rio de Janeiro.

— Explique-se — ordenou ela, sem demonstrar o que pensava.

— Ele quer dinheiro. Um fiscal corrupto atrás de um corruptível. Não quero me submeter à chantagem dele, mas não tenho como impedi-lo do embargo. Ele tem o poder. Posso provar depois que estamos dentro da lei, mas com isso a obra ficará parada por algum tempo. E isso, para nós, financeiramente, não é nada bom.

Dona Martha baixou os olhos. Marcos se sentiu desconfortável, achando que a tinha desapontado. Ela pensou por um instante e voltou a olhá-lo.

— Dê a ele o que ele quer.

— Mas, dona Martha...

A senhora ergueu o queixo novamente.

— O que ele quer, Marcos? Um apartamento na praia? Um carro de cem mil reais?

— Ainda não disse, mas com certeza será de valor inferior comparado ao prejuízo que teremos com o embargo.

— Você está pensando em ceder? — perguntou ela, e Marcos sabia que estava sendo analisado.

— Só estou analisando os valores.

— Deixe que pare a obra. Não vou alimentar um verme. A justiça Dele — disse ela, apontando para o alto — sempre chega. Então, caro amigo, se esse é o seu problema, não se desgaste com ele.

— De qualquer forma, vou ao Rio amanhã.

— Perfeito. Está liberado. — Ela acompanhou seu pupilo até a porta, e se sentiu no direito de perguntar: — Marcos...

— Pode falar, dona Martha.

— E sobre esse noivado?

Ele lhe devolveu um sorriso informal.

— Coisa da Bianca, fiquei sabendo pelo jornal.

Ela sorriu mais abertamente do que de costume.

— Bianca, sempre a Bianca. Não sei como pude ter errado tanto com ela. Acho que, por falta de filhos, exagerei nos caprichos com a minha sobrinha. — Marcos sorriu com olhos baixos. — Vocês pretendem se casar?

— Não tivemos tempo pra pensar nisso ainda.

Ela devolveu a ele seu sorriso robótico, e ele saiu.

No caminho de volta à sua sala, Marcos se deu o luxo de pensar em Bianca. Estavam juntos havia um ano num relacionamento que, matematicamente falando, resultaria em trinta dias de relacionamento físico.

Daqui a pouco estaria casado, e não havia concluído se era isso mesmo o que queria. Mas certamente Bianca era a mulher perfeita. A mulher ideal. E o faria feliz da forma como já fazia: mantendo-se tolerante, passiva e linda. Antes que pudesse colocar alguma dúvida naquele sentimento por ela, seu celular tocou.

— Pode falar, Ivan. Já está tudo resolvido...

A porta se abriu e Vânia se aproximou.

— Doutor Marcos, o senhor vai continuar no escritório?

— Nossa — disse sem olhá-la. — Já são seis horas?

— Sim. O senhor vai precisar de mais alguma coisa?

— Não, Vânia, pode ir. Obrigado.

— As informações sobre a passagem estão no aplicativo. Já combinei tudo com a Roberta.

— Muito obrigado, Vânia.

— Se o senhor não for precisar de mais nada, eu já vou. Qualquer dúvida é só me ligar, doutor Marcos. — Ela ia saindo, mas se voltou para ele. — Ah, eu já ia me esquecendo, ligaram da recepção avisando para ninguém sair de carro. Está tendo uma manifestação aqui na frente.

Foi apenas nesse momento que o executivo se desprendeu do computador.

— Que tipo de manifestação?

— Não sei dizer, mas acho que ela falou algo sobre índios.

Marcos imediatamente arrastou a cadeira para trás e foi até a janela. Olhou para baixo e viu um grupo indígena na frente da empresa, além de gente da imprensa e curiosos.

— E a dona Martha?

— Foi embora de helicóptero.

Marcos saiu apressado, pegou o elevador e desceu até a recepção. Viu um aglomerado de funcionários olhando pela porta de vidro. Espremeu-se entre as pessoas para chegar até a saída e, sem pensar, abriu. Os índios, ao vê-lo, passaram a gritar "justiça", sacudindo placas em que se lia:

"Empreendimento custará vinte milhões e quinze indígenas". Marcos quis se aproximar, mas os seguranças o barraram.

— Eles são hostis. Pode ser perigoso, doutor.

Marcos por algum motivo queria muito ir até lá e dizer que o empreendimento não era deles. Que estavam sendo injustos. Um dos indígenas, o mais velho deles, usava um cocar de penas azuis e vários colares; o rosto pintado com listras pretas e vermelhas, feitas a dedo. Usava bermuda jeans, chinelos e na mão uma lança.

Ele deu passos na direção do executivo, mas os seguranças se aglomeraram na sua frente. Marcos pediu para que o deixassem se aproximar. O indígena, com uma expressão triste, encarou-o com olhos úmidos e disse em português:

— Era meu filho... Meu povo...

— Vocês estão enganados, o empreendimento não é nosso. Não fomos nós...

O índio, por sua vez, mudou repentinamente a expressão de raiva para a de dúvida. Congelou seus olhos nos de Marcos, como se observasse através deles. Tragou o cachimbo de haste longa que segurava e jogou a fumaça no seu rosto.

— Este aqui não é o seu lugar.

— O quê?

O índio deu as costas e voltou para seu grupo.

No caminho de casa, apesar de estar com olhos grudados no celular, não pôde deixar de pensar no indígena e que dona Martha, como sempre, estava certa.

Foi para seu apartamento, mas levava consigo várias pastas de relatórios que deveriam ser reavaliados. Seus planos para aquela noite incluíam um pacote de bolacha recheada, uma lata de refrigerante e vários relatórios.

Atravessou a porta enviando mensagens pelo celular, pousou sua maleta e as pastas sobre sua mesa de trabalho. Olhou rapidamente para o filho, que estava deitado no sofá com a TV ligada, mas jogando no *tablet*.

— Oi, filho — disse Marcos, parado no meio da sala e digitando no celular. — Como foi a aula?

— Bem — respondeu também sem olhá-lo —, eu já fiz minha lição com a Roberta.

— Que ótimo — falou, sorrindo para a acompanhante do menino. — Oi, Roberta.

— Oi, seu Marcos. Posso falar com o senhor?

Marcos tirou os olhos das mensagens e se sentou ao lado do filho.

— Claro.

— O Arthur me disse que deixou ele ir dormir na casa do Pedro.

— Quem é Pedro?

— O amigo do Arthur — respondeu ela, sem maiores surpresas.

Já trabalhava para ele havia três anos, e sabia que o doutor era ocupado demais para se lembrar do nome do melhor amigo do filho.

— Ah, claro. Eu deixei, sim.

— A Vânia me disse que o senhor vai viajar.

— Vou, sim, de madrugada.

— A mãe do Pedro vai levá-los à escola e depois eu vou pegá-lo.

— Obrigado, Roberta.

— Eu vou só porque aquela chata da Bianca vai dormir aqui.

— Arthur, eu já disse que você não tem o direito de falar da minha vida na frente das pessoas.

Marcos não estava irritado. Aquela frase eram apenas palavras soltas que ele usava sempre que o filho reclamava da sua namorada. Seu celular tocou.

— Alô.

Foi até a janela falando alto. Roberta ouviu alguém bater à porta e ficou desesperada, não sabia o que fazer. Virou-se para Arthur e pediu:

— Arthur, abra a porta pra dona Bianca, por favor.

— Eu não... — ele disse, comemorando por ter passado mais uma fase do jogo. — Abra você.

— Você sabe que a minha voz não está programada. Por favor, Arthur, seu pai está no telefone, não arrume briga com ele.

— Ela é uma chata, fica me agradando, mas eu sei que é só porque ela quer casar com meu pai. Ela não gosta de mim.

Roberta se ajoelhou ao lado dele e acariciou seus cabelos, pedindo carinhosamente:

— Ela gosta, sim. Por favor, não deixe seu pai chateado.

Arthur ouviu Bianca bater com mais força, olhou para o pai ao telefone e pensou que a namorada dele bateria a noite inteira, e que ainda assim ele não ouviria.

— Abrir porta — cedeu.

Arthur colocou o celular ainda mais próximo do rosto para ignorar a presença da futura madrasta. A porta se abriu e Bianca entrou carregando sua bolsa de grife no antebraço. Usava um vestido salmão até a altura dos joelhos e o salto alto a deixava do tamanho do namorado.

Bianca era linda, tinha vinte e sete anos e era inteligente e otimista, além de tão envolvida com sua vida na internet quanto Marcos com a Costa Barreto. Aproximou-se com um sorriso exagerado de lábios vermelhos e viu que Marcos falava ao celular. Não quis incomodá-lo, então cumprimentou a acompanhante e se sentou ao lado de Arthur.

— Oi, Arthur! Tudo bem?

— Tudo — respondeu sem nenhum entusiasmo.

— E como vai a escola?

Bianca olhou no próprio celular quando este apitou, e passou a digitar usando os dois polegares. Arthur enrugou o cenho com raiva e disse:

— Bati na professora e fui expulso do colégio.

— Hum... Que legal! — disse Bianca, ainda olhando no celular. — Seu pai tem muito orgulho de você.

Roberta arregalou os olhos ao ouvir aquilo e viu o sorriso vitorioso do menino por ter provado a ela que a mulher realmente não se importava. Antes que Arthur se exaltasse, Roberta se levantou, pegou a mochila dele e disse:

— Dona Bianca, a senhora pode avisar o seu Marcos que eu vou levar o Arthur na casa do amigo? Já deu a hora combinada e eu estou vendo que ele está ocupado.

— Pode deixar, aviso, sim, querida. Tchau, Arthurzinho!

Arthur fez uma careta, odiava ser chamado assim. Aproximou-se do pai e o cutucou. Marcos se virou, vendo-o fazer uma mímica avisando que iam sair. Curvou-se para beijar o filho sem se desprender da ligação, só agora notando a presença da namorada.

Vinte minutos depois, Marcos desligou o celular e se virou para Bianca, impecavelmente linda como sempre. Seus olhos azuis ficavam ainda mais vibrantes com a maquiagem, e os lábios ainda mais apetitosos com o batom vermelho. Os cabelos negros exalavam um perfume agradável e eram tão sedosos que era impossível não os tocar.

— Oi, Bianca.

— Oi, amor. Tudo bem? — disse ela, levantando-se e o beijando de forma mecânica.

Marcos tirou a gravata, o terno e abriu os primeiros botões da camisa. Bianca observou o namorado indo até a mesa de trabalho e comentou, sem dar muita atenção àquilo:

— Tem muito trabalho hoje?

— Infelizmente tenho. Vou ter que sair de madrugada, vou viajar para o Rio. Eu esqueci que você vinha dormir aqui, senão eu teria te ligado. Você sempre manda uma mensagem me avisando.

— E você nunca lê! — Alfinetou com bom humor. — Tudo bem, eu também tenho umas fotos pra postar, alguns eventos para avaliar e escolher em quais eu vou.

— Que ótimo — disse ele, abrindo o notebook.

Bianca foi até as garrafas de bebidas que ficavam sobre uma bandeja na sala de jantar. Enquanto falava ao celular, preencheu um pouco mais da metade de uma taça com vinho seco e tinto, ofereceu ao namorado com um gesto, mas ele recusou. Bianca tomou um grande gole andando pelo apartamento de um lado para o outro e falando ao celular.

— Claro que vou nessa festa... Não perderia por nada. Vou mandar fazer um vestido exclusivo para mim. Essa cafona vai morrer de raiva.

Marcos abriu seus e-mails. Os não lidos se enfileiravam infinitamente. Tentou clicar em um deles, mas o computador travou com um spam da foto de uma fazenda, que preencheu a tela inteira, num anúncio que dizia: "Está cansado da agitação da cidade? Está em busca de tranquilidade e sossego? Venha para a fazenda Paraíso".

— Não, obrigado — desdenhou Marcos, conseguindo fechar o spam.

— Não se preocupe — continuou Bianca ao telefone. — Ok, beijo, querida, tchau.

Bianca se atirou no sofá, e cruzou as pernas, agitando o pé freneticamente.

— Brigando com suas amiguinhas pela internet de novo? — perguntou Marcos com a atenção no computador, voltando a brigar com o spam que insistia em abrir.

— A Rebeca Magalhães falou mal do meu vestido no Twitter. Ela é louca! Os estilistas pagam pra eu andar pelo shopping com suas roupas, o que não é o caso dela. — Bianca se levantou e encheu a taça novamente. — Quer sair para jantar?

— E ficar fazendo pose para paparazzo? Não, obrigado. Estou cheio de trabalho. Vamos ficar em casa, tomo um uísque e vou me deitar.

— Você vai à festa da Malu Soares comigo, não vai?

— Odeio festas, você sabe disso.

— Eu estava pensando em fazer uma viagem. O que você acha? — Marcos estava com os olhos grudados na tela do computador. Bianca olhou para ele com as mãos na cintura e disse: — Marcos!

— O que foi? — perguntou ele com olhos curiosos.

— Eu te fiz uma pergunta.

— Me desculpe, eu não ouvi. O que foi?

— Uma viagem. Eu estava pensando num luau, numa praia paradisíaca. O que você acha? A gente precisa sair junto, fazer umas fotos, tipo Adão e Eva no paraíso. Fazer amor numa praia deserta. Você me deve isso — disparou depois de dar uma gargalhada. — Você não vai às festas comigo. Preciso passar para os meus fãs que estamos bem.

— Tenho uma cama muito confortável, não vou fazer sexo numa praia só porque é romântico e você precisa de fotos. Também não posso viajar. Estou com um problema muito sério na empresa.

— Só acho que um pouco de estímulo aquece o relacionamento.

Marcos cruzou os braços sobre o peito e encarou a namorada.

— Não preciso de estímulos, Bianca. Preciso de conforto.

Ela se levantou, beijou-lhe os lábios e sorriu.

— Só não te chamo de troglodita porque você é Marcos Monterrey.

Ele lhe devolveu um sorriso curto.

— Não sou um troglodita, sou apenas prático. Tenho uma mulher linda ao meu lado, não preciso de afrodisíacos.

Ela sorriu maliciosamente.

— Então vou ligar a sua banheira confortabilíssima e ficar de molho lá dentro, tomando champanhe e olhando minhas redes. Quando você terminar... — sugeriu ela.

Bianca apanhou o celular e foi até a suíte, respondendo a uma mensagem. Marcos observou a namorada e o vestido justo que ela usava. Era exuberantemente linda, mas sua atenção rapidamente se desviou para seu aparelho tocando. Era Ivan, e àquele horário não podia ser boa notícia.

— Alô, Ivan. Pode falar...

— Pararam a obra por tempo indeterminado. Perdemos, Marcos.

— O quê?

"Perder" não era uma palavra que fazia parte da sua rotina. Perder. Marcos sentiu uma dor muito forte no peito, sua vista escureceu. Curvou-se para a frente na esperança de que aquilo passasse, mas perdeu os sentidos e soltou o celular. A voz de Ivan se esvaiu no cômodo:

— Marcos... Marcos... Você está me ouvindo?

O aparelho bateu com uma ponta no chão, o vidro se estilhaçou e a luz se apagou.

Primeiro de Julho

MARCOS OLHOU PARA A MANCHA ROXA no canto interno do seu braço, deixada pelo acesso intravenoso pelo qual recebera a medicação. Em seguida, olhou para Arthur, que mantinha a atenção presa no *tablet*. Voltou a nuca ao encosto do banco, levou os olhos até a janela da aeronave e observou o céu através das lentes dos óculos de sol, lembrando-se de sua mentora dizendo rigidamente:

— Você tem duas escolhas, Marcos: ficar aqui e morrer; ou ir para essas férias e ter uma chance de no futuro continuar à frente das minhas empresas. Acho que a escolha é óbvia.

— Dona Martha, a senhora mais que ninguém sabe que eu não posso ficar tanto tempo fora. Eu preciso trabalhar. Tenho um milhão de coisas pra resolver, e agora esse problema com a torre do Rio. A empresa precisa de mim.

— Esse é o problema, Marcos. Há anos a empresa se tornou dependente de você, e isso não é saudável para nenhuma das partes. Um bom líder não carrega a equipe nas costas, e é isso o que você tem feito. Uísque substituindo jantares, noites sem dormir, sanduíches e estresse não te tornam mais profissional do que os outros. Te torna uma pessoa doente.

— Eu posso rever minha rotina...

— Marcos, vou lhe fazer uma confissão. Me sinto totalmente responsável pelo fim do seu casamento com a Deborah e pelo seu estado de saúde atual. Você não vai mudar. Ficar aqui não vai fazer você resistir às extravagâncias.

— A senhora não tem culpa dos meus problemas particulares.

— Quero que fique fora por um mês — dissera, taxativa. — E isso é uma exigência. Sem pensar na empresa. Cuidando da sua saúde. Se divertindo com seu filho. Pensando no seu futuro com a Bianca. Um mês é o tempo que você tem para me provar que é capaz de se manter em equilíbrio. Você é um *workaholic*, e isso não é um título honorário, é uma doença.

— Dona Martha...

— Sabe que sou mulher de uma única palavra. Então, não desperdice o nosso tempo com argumentos, doutor Marcos Monterrey.

Marcos olhara para o lado por um tempo.

— E que lugar é esse?

Dona Martha lhe lançara seu sorriso robótico.

— Você vai adorar! É literalmente o paraíso. Garanto a você que vai voltar outra pessoa. — Levou o gancho do telefone até sua orelha. — Vânia, alugue um jatinho, por favor.

Marcos tirou o celular do bolso da camisa pela décima vez: nenhum sinal de internet. Voltou a guardá-lo e esticou o pescoço até a janela para conseguir olhar por onde sobrevoavam; àquelas alturas só era possível ver um vale montanhoso com um rio cortando toda sua extensão. Por onde seus olhos alcançavam, via apenas pastos, morros e montanhas. Não havia cidade em parte alguma.

Quando o piloto iniciou o pouso, Marcos observou um pequenino vilarejo próximo a uma casa. As rodas do avião tocaram o chão suavemente, e este passou a deslizar pela pista até parar por completo.

O executivo apanhou sua maleta com o notebook, tocou no ombro do filho para ajudá-lo a descer e passou os olhos à sua volta.

— Onde estamos? — perguntou ainda olhando ao redor, tentando reconhecer o lugar.

— Fazenda Arumã — respondeu o piloto.

— A dona Martha me disse que era um resort.

— Tenho certeza de que ela me disse fazenda Arumã, doutor.

Marcos fez covinhas de reprovação, apanhou o celular e mesmo sem nenhum ponto de sinal de telefonia discou para Vânia. A ligação não foi concluída.

— Isso não é possível! Aqui é o meio do nada.

Para aumentar ainda mais o desespero do homem, uma charrete levantando poeira vinha de uma longínqua estrada de terra. O veículo parou ao lado deles e dela saltou um homem usando chapéu, camiseta branca, jeans, botas de couro de cano curto e cinto com a fivela com a imagem de um cavalo. Ele os recepcionou com um sorriso tão largo que era possível notar que lhe faltavam os dentes laterais.

— Boa tarde, doutor. Sejam bem-vindos à fazenda Arumã. Meu nome é Tomás.

Ambos estenderam as mãos, e Marcos sentiu a aspereza da pele do homem ao toque do cumprimento.

— Marcos...

— Vou levar vocês até o casarão da dona Martha — continuou o homem num carregado sotaque interiorano, no qual o som da letra "r" era estendia mais do que o comum. Nesse momento, Arthur tirou os olhos do *tablet* e empurrou os óculos para perto dos olhos, observando à sua volta também. Parecia que havia acabado de despertar.

— Que lugar é este, pai?

— É a fazenda da dona Martha.

Tomás pegou as duas malas das mãos do piloto e as acomodou na parte detrás da charrete, em seguida apontou o banco para os dois como que os avisando que era hora de subir. Pai e filho apenas moveram os olhos para analisar o veículo inusitado e se entreolharam. Marcos se virou para a estrada, cogitando ir a pé até a propriedade, mas àquela distância não era possível ver o tal casarão, então resolveu ceder.

— Vamos! — insistiu Tomás.

— Claro — respondeu Marcos com um sorriso sem graça, apoiando a mão no ombro do filho.

— Eu não quero ir, pai.

— Vamos, Arthur... — ordenou gentilmente.

O menino obedeceu e subiram sem nenhuma dificuldade. Tomás subiu, fazendo a charrete balançar, tomou as rédeas e bateu de leve no dorso do animal para avisá-lo que poderia seguir. Apenas o tranco no início deixou os visitantes um tanto apreensivos.

A viagem seguiu no galope leve do animal, que mesmo assim fez as rodas levantarem uma nuvem de poeira atrás deles. Marcos, muito descontente, percebeu os óculos de sol embaçarem, tirou-os e os virou para observar o lado externo das lentes: estavam empoeiradas. Guardou-os no bolso da camisa e passou a mão no rosto, sentindo-se muito incomodado.

— Pai, isso é uma charrete, né?

— Isso mesmo.

— Não achei que as pessoas usassem ainda.

— Nem eu — disse, erguendo a sobrancelhas, mostrando-se tão surpreso e insatisfeito quanto ele.

Marcos olhou para o céu, devia fazer uns trinta e dois graus, mas o clima seco deixava a sensação de quarenta. Olhou à sua volta, dona Martha estava certa. O lugar era lindo, um paraíso, mas para quem tinha paciência de apreciar a pasmaceira interiorana, poeira, mato e cheiro de esterco.

Para Marcos, toda aquela natureza, além de nem um pouco atraente, era sinônimo de falta de sinal de internet, dias lentos e isolamento. O executivo levou os olhos até o filho, passou o braço sobre os ombros dele e lhe deu um beijo na cabeça, mesmo que este nem o tenha percebido, pois voltara a dar atenção ao jogo.

Continuaram na estrada que cortava a fazenda em duas partes. De um lado, nada; e do outro, coisa nenhuma. Apenas um imenso tapete verde, árvores e animais pastando. Mais adiante, um velho muito magro, montado num cavalo que parecia tão velho quanto ele, vinha no sentido contrário e acenou para que seu Tomás parasse.

— Você o conhece? — perguntou Marcos, preocupado.

— Conheço, sim, senhor. É o seu Guma, ele é peão daqui.

Tomás parou a charrete ao lado do cavalo e o homem o saudou tirando o chapéu.

— Boa tarde, seu Tomás. Boa tarde, doutor!

— Boa tarde! — respondeu o executivo.

Arthur ergueu a cabeça e empurrou os óculos para mais perto dos olhos, examinou o homem com certa indiscrição: parecia um caubói dos filmes que passavam na TV. Na cintura, levava um facão dentro da baia.

— O que manda, seu Guma? — indagou seu Tomás.

— Eu tô procurando mestre Ubiraci. Meu netinho tá meio enjoado, não come direito tem dois dias.

— O mestre não está cortando lenha pra dona Joana?

— Acabei de vir de lá. Ele num tá, não.

— Fica tranquilo, só vou deixar o doutor no casarão e te ajudo a procurar pelo mestre. Deve estar rodeando a fazenda, já que a patroa não está.

— Deus o abençoe, seu Tomás.

— Amém, seu Guma.

O velho a cavalo, antes de partir, olhou para Marcos e indagou:

— O senhor doutor não pode dar uma examinada no bichinho?

— Desculpe, mas eu não sou médico.

O homem fez uma expressão de dúvida, mas agradeceu.

— Desculpa incomodar o senhor, e seja bem-vindo.

— Obrigado.

Continuaram no chacoalho despretensioso da charrete. A estrada seguia reta e irregular. Uma cerca feita de arames contornava o caminho dos dois lados. A charrete diminuiu a cavalgada quando o chão de terra deu lugar a uma rua de pedras, que deixou a viagem mais trepidante. Árvores frondosas e centenárias se dividiam, abrindo passagem para recepcioná-los no pátio, deixando o lugar fresco à sombra de suas folhagens.

E finalmente avistaram a propriedade, que não era chamada de casarão à toa. Uma casa branca com forte influência italiana na sua arquitetura. Nas paredes externas, detalhes neoclássicos revelavam a identidade da propriedade muito bem preservada, destacando-se aos pés de um morro. Na fachada, um alpendre com quatro colunas de madeira talhada e pintada de azul amparava a porta principal da casa e a dividia em duas fileiras de inúmeros janelões, também pintados de azul, no melhor estilo "casa de fazenda". O telhado feito com telhas de barro manchadas pelo tempo dava à propriedade ainda mais crédito quanto à sua idade.

O condutor da charrete parou, um ganso grasnou e o som se destacou no silêncio do lugar, agitando os pássaros.

— Que barulho é esse, pai?

— Deve ser de um pato...

— É um ganso — replicou o motorista. — Deve ser o Elvis Presley, ele é muito exigente, reclama de tudo.

Os visitantes não deram atenção e saltaram. Marcos observou o lugar à procura de postes e fios e se incomodou por não encontrá-los. Desprendeu-se dos pensamentos quando ouviu um cachorro vira-lata latir para ele. Marcos puxou o filho para mais perto, com medo que o animal avançasse, entretanto seu Tomás falou tranquilamente com o cão, como se fosse uma pessoa:

— Kevin Costner, está mal-humorado hoje? A patroa saiu sem você, né? — Seu Tomás riu do próprio comentário e em seguida se virou para os visitantes. Explicou: — Ele fica meio estressado quando a patroa sai sem ele.

Marcos sorriu, fingindo saber do que ele dizia. Subiram a escada de pedra que dava acesso ao alpendre sob o olhar analisador do vira-lata. Ao lado da porta havia um sino de bronze pendurado na parede.

Seu Tomás agitou a corrente presa no badalo e o som fez Arthur se encolher entre os ombros, incomodado. O homem abriu as duas folhas da porta e tirou o chapéu de forma respeitosa antes de entrar.

Marcos tocou no ombro do filho, percebendo que o menino havia largado o *tablet*.

— Pai, você já veio aqui?

— Não, nunca. Vamos. — Arthur endureceu o corpo, mas Marcos insistiu gentilmente: — Entre, filho, por favor.

O menino obedeceu e ambos ficaram parados no meio da ampla sala, ouvindo Tomás avisar:

— O doutor fica à vontade, a dona Joana já vem recepcionar vocês. Se precisarem de algum serviço meu, é só mandar me chamar que eu venho correndo.

— Obrigado, senhor.

Após um gesto com a cabeça, o homem se retirou, deixando pai e filho mais à vontade para passar os olhos pelo lugar. O pé-direito era mais alto do que das casas tradicionais, e todas as paredes, incluindo o forro, eram pintadas de branco, embora os batentes, portas internas e janelas fossem azuis, preenchendo o espaço com cor. As cortinas feitas de linho azul-escuro davam certo charme a todas as janelas.

Marcos continuou observando o teto e constatou que havia um antigo lustre de ferro com duas lâmpadas, então havia energia. Olhou seus sapatos empoeirados e sob eles um assoalho de tábua escura e reta. A lareira com chaminé feita de pedra bruta era grande o bastante para aquecer todo o ambiente, e diante dela um sofá e duas cadeiras talhadas com madeira de lei que pareciam com os tronos dos antigos reis.

Havia, no mesmo ambiente, uma sala de estar no estilo da sala da lareira, mas com dois sofás ainda maiores e quatro poltronas forradas com tecido colorido. Ao lado, uma enorme mesa de madeira com catorze lugares e um aparador.

Nada ali dava a sensação de aconchego e conforto, mas sim a de que estavam numa viagem no tempo: precisamente no século XIX.

Ao finalizarem a análise, viram que, perto da janela, ao lado da porta, havia uma cadeira de rodas e nela descansava uma senhora na casa dos oitenta anos. Um rosto grosseiro, enrugado, de nariz curvilíneo e olhos fundos e úmidos, paralisados no ar. Mesmo sentada, era possível ver o quanto era pequena, fraca e debilitada.

Arthur, sem desgrudar os olhos da senhora, puxou o braço do pai e sussurrou:

— Será que ela está morta?

Marcos ia responder, mas ouviram passos pesados sobre o assoalho. Do lado direito, surgiu uma mulher de meia-idade, cabelos lisos e negros que passavam um pouco da linha dos ombros. No rosto, alguns traços apontavam sua descendência indígena. Tinha sorriso generoso, olhar sincero e usava um vestido florido até os joelhos. Ela se aproximou, estendendo a mão.

— Boa tarde! — disse com um forte sotaque — Meu nome é Joana.

Marcos tirou a mão do ombro do filho e respondeu ao cumprimento.

— Marcos... E este é o meu filho, Arthur.

A mulher, percebendo que o garoto não parecia muito à vontade, apenas sorriu para ele e voltou a encarar o executivo.

— Não sei se a dona Martha contou pro senhor que minha filha e eu somos as responsáveis pela fazenda desde que meu marido faleceu.

— Não, na verdade estou um pouco surpreso, eu não sabia que viria pra cá.

Ela ergueu as sobrancelhas ao ouvir aquilo, mas preferiu não fazer nenhum comentário. Continuou apontando para o corredor da esquerda.

— Então, vamos conhecer a casa? As salas dividem a propriedade em duas áreas: o lado esquerdo dá acesso aos quartos de hóspedes; já o lado direito, à cozinha e ao quarto dos empregados.

Quando passaram pela senhora na cadeira de rodas, inesperadamente ela se mexeu e disse em tom de voz alto:

— Seu avô chegou, Joana?

Arthur se assustou, e dona Joana a repreendeu com carinho:

— Vovó, não assuste os hóspedes.

— Eu não fiz nada — disse a senhora. — Quem são esses aí?

— São hóspedes: doutor Marcos e Arthur, filho dele.

— Vieram para a festa?

— Sim, vovó. — A senhora voltou à sua posição inicial, com olhos paralisados. Dona Joana sorriu carinhosamente e olhou para Marcos. — Não se preocupem com ela. Me acompanhem, por favor — continuou a mulher, adentrando o corredor. Após cinco portas azuis, abriu uma delas. — Este é o seu quarto. Não temos suíte, mas o banheiro fica na porta da frente. O Arthur pode ficar no quarto ao lado.

— Vou dormir aqui com o meu pai.

— Como quiser — disse ela com um sorriso. — Se preferir, podemos trazer outra cama pra cá.

— Não será necessário — interrompeu Marcos, achando que não passariam mais de uma noite naquele lugar.

— Bem, a cozinha fica do outro lado da casa. Como eu já disse, é só atravessar as salas e continuar no corredor. Podem ir até lá a qualquer momento. Eu acabei de fazer um bolo, se quiserem tomar café antes do jantar.

— Obrigado! — disse Marcos, sentindo-se muito desconfortável.

— O jantar é servido às seis, e o almoço ao meio-dia, na sala de jantar. Mas se quiserem comer em outro horário, é só avisar. Se tiverem algum cardápio próprio, me falem e eu farei o possível pra cozinhar do jeito que vocês gostam. As luzes da casa são apagadas às nove, e, como não há interruptores nas paredes, vão precisar da ajuda do lampião para caminhar por aqui. Todos os dias, às oito horas, Isalina vai trazer uma moringa com água fresca para que passem a noite. Qualquer coisa que precisar, é só usar o sino.

— Que sino? — perguntou o garoto.

— Venham até a porta, por favor. — No largo corredor havia um aparador, e sobre ele uma máquina de escrever antiga e um sino de ferro em cima de uma toalhinha de crochê. Dona Joana apanhou o pesado objeto e se virou para Arthur. — Quer experimentar?

O menino balançou a cabeça negativamente, parecia com medo de todas aquelas novidades. Dona Joana balançou o sino, Arthur se incomodou novamente com o som, e, em seguida, passos apressados arrastando chinelos se aproximaram. Uma moça bonita, de cabelos longos e castanho-claros, olhos grandes, magra e alta parou diante deles.

— Chamou, dona Joana? — disse a recém-chegada, arregalando os olhos para o executivo.

Dona Joana percebeu a indiscrição da moça e limpou a garganta, continuando:

— Esta é Isalina; Isalina, esses são o doutor Marcos e Arthur, o filho dele. Tudo o que quiserem, a Isalina vai fazer o impossível para conseguir. É só pedir. No casarão moram somente Isalina, minha filha e eu. Na fazenda, tem uma colônia na qual moram os trabalhadores daqui, então vão encontrar muita gente perambulando pelo pasto — disse a mulher com um sorriso humilde —, mas todos estarão prontos pra atender no que precisarem. Espero que aproveitem bem as férias. Qualquer coisa que precisarem, é só pedir, a gente vem correndo.

— Obrigado, dona Joana.

As duas se afastaram, e os dois continuaram de pé analisando o ambiente. Um quarto grande, com cama de casal, guarda-roupas, criado-mudo e mesa para refeições, todos de madeira escura e talhada. As cortinas eram iguais às da sala.

Marcos se virou para o filho, que mexia na maçaneta, estranhando a necessidade de usar o polegar para acioná-la.

— Pai, eu não quero ficar aqui.

Marcos pensou em dizer que também não queria, mas não o fez para não aumentar a insatisfação do filho.

— Fique tranquilo, vai dar tudo certo.

— Como vai ser a noite? Vamos ficar na escuridão total?

— Não sei...

— Se eu encontrar com aquela mulher da cadeira de rodas no escuro, vou ter um treco.

— Acho que ela não anda, filho. E não fale assim, é só uma senhora — disse, consultando o celular.

— Pai, sério, não quero ficar aqui.

— Arthur, não é hora para isso. — Marcos se certificou de que não havia sinal de internet nem de telefone e se virou para o filho. — Seu *tablet* tem sinal?

— Não...

— E o sinal de telefone?

— Também não. Tudo parou de funcionar desde o momento em que pisamos aqui. Acho que a dona Martha não gosta de você, pai.

— Também acho que não — concordou Marcos, sorrindo. — E, acredite, ela passa todas as férias aqui, nem dá pra acreditar.

Arthur foi até o guarda-roupas e observou a madeira grossa e escura, os detalhes dos desenhos talhados, que aos seus olhos pareciam um tanto lúgubre.

— Nem a vovó tem um móvel deste. — Voltou-se para o pai, que estava andando de um lado para o outro com os olhos no celular. — O que você está fazendo?

— Estou reiniciando o celular, quem sabe ele busca a internet daqui.

— Pai, não vai dar certo. Eles não têm nem TV. Isso é uma necessidade básica de toda casa, como ter privada.

Apesar de Arthur estar realmente desesperado, conseguiu fazer o pai sorrir.

— Não seja exagerado, Arthur. Um mês vai passar rápido, você vai ver — disse sem nenhuma convicção.

— Duvido, você viu esta casa? Essas pessoas esquisitas? Eles parecem personagens de filme de terror. E o que é uma moringa?

Marcos se sentou na cama olhando para o celular, mas sorriu ouvindo o filho.

— Moringa é um recipiente pra colocar água.

— Acho que é um instrumento de tortura.

Arthur foi até a janela e afastou a cortina, olhou o trinco de ferro em forma de um enorme "L" que ia até a parte superior, destravou-o, abriu e fechou para testar se funcionava. Olhou para fora e o sol forte feriu seus olhos. Passou a observar a fazenda, e nada daquilo lhe chamava atenção. Apenas grama, árvores e o rio que passava do lado esquerdo da propriedade. Pensou que um mês naquele lugar sem seu quarto e sem suas coisas seria seu pior castigo.

Marcos e Arthur atravessaram a porta do quarto para ir ao banheiro apenas uma única vez durante toda a tarde, e repetiriam a travessia para tomar banho. O menino abriu a porta, colocou a cabeça para fora do quarto e olhou dos dois lados do corredor, como se fosse fugir. Apertou os olhos e viu os pés da senhora, que continuava sentada na cadeira de rodas na sala.

— Pai, vamos!

Caminharam até o banheiro com as roupas e as toalhas nas mãos. Pousaram tudo sobre um cesto de vime e ficaram por um tempo analisando o cômodo.

— Essa banheira parece uma xícara gigante. — Comparou Arthur. — Vamos ter que entrar nela pra tomar banho?

— Parece que sim. Não tem chuveiro aqui.

— Acha que vai sair água quente?

— Vamos ver — conjecturou, girando o dispositivo que parecia uma válvula para hidrante.

Os dois se despiram e se encolheram de frio. O dia havia sido muito quente e seco, e à noite a temperatura havia despencado drasticamente.

— Pelo menos tem sabonete e xampu que a gente conhece.

— Vá fazer xixi antes de entrar — ordenou o pai.

O menino obedeceu. Urinou observando o vaso sanitário azul-celeste, os azulejos com estampa floral.

— Eu nunca tinha visto pia e vaso sanitário como esses, e os azulejos são bem esquisitos.

— São bem antigos...

— São feios — afirmou o garoto.

Arthur terminou de urinar e percebeu que não havia caixa acoplada nem válvula de descarga. Ergueu os olhos para o alto, havia uma caixa plástica e uma cordinha.

— Pai...

— Oi, filho...

— Como você deu descarga da outra vez que viemos ao banheiro?

— É só puxar essa cordinha — respondeu Marcos, entrando na banheira e soltando um gemido satisfatório. — Hum... A água está bem quente.

Arthur ficou por um tempo analisando a cordinha e a puxou, ouvindo o barulho da água descer pelo cano e chegar até o vaso sanitário.

— Que coisa mais esquisita. — O menino foi até a banheira, entrou, ficando de frente para o pai. Marcos passou sabonete na esponja e o filho indagou: — O que é isso?

— Uma esponja natural — disse, esfregando-a contra o braço do menino.

— Parece um bicho. E o que são esses pontinhos pretos?

— São sementes...

Arthur passou a observar os movimentos do pai o esfregando, nunca imaginou que ele saberia lhe dar banho. Olhou no rosto dele, tocou sua barba e disse:

— Quando eu crescer quero ter uma barba igual a sua.

Marcos soltou o ar pelas narinas com um sorriso envaidecido.

— Você vai ter.

— Eu escuto todo mundo falar que você é bonito.

— Mas eu prefiro ouvir que sou um bom profissional — disse serenamente.

Arthur ficou em silêncio por um tempo, e com inocência comentou:

— Nunca tomamos banho juntos antes. — Marcos parou de esfregá-lo e o encarou: — Não fazemos muitas coisas juntos.

— Você entende que eu sou um homem muito ocupado?

— Entendo, pai. — Marcos sorriu, satisfeito, e voltou a esfregá-lo. — Mas acho que de vez em quando a gente podia fazer alguma coisa juntos. Quando você estiver de folga. Mas eu sei que você precisa trabalhar, pai. — Marcos não conseguiu dizer nada até o filho emendar: — A mamãe não entendia, não é? Por isso vocês se separaram. Eu não quero me separar de você.

Marcos parou novamente o movimento.

— Ela não entendia e eu também não quis entender a sua mãe. Nós erramos, mas a culpa sempre foi mais minha.

— Se pudesse voltar no tempo, você ia ficar com a mamãe?

Marcos sorriu carinhosamente para o filho, lembrando-se da ex-esposa, e disse, olhando em seus olhos:

— Se eu pudesse voltar no tempo, eu faria tudo diferente. Acredite. Você não fala muito nela.

— Falo, sim, pai, pra Roberta. Mas eu não me lembro muito da mamãe. Quase nada.

— Ela amava muito você.

— A gente não tem muito tempo pra conversar. Sabe, nós dois — disse o garoto tranquilamente, mas Marcos se sentiu culpado. Arthur voltou a ficar em silêncio, pensativo, observando os movimentos do pai. — Pai, você acha que a mamãe olha a gente lá do céu?

Marcos juntou as sobrancelhas quando a frase fez sua garganta arder, mas se mostrou forte.

— Acho que ela está o tempo todo com você.

Arthur sorriu por ouvir aquilo.

— Eu ouvi a vovó falar pro vovô que, mesmo separados, ela ainda amava você.

— Sua avó disse isso?

— Sim... — Marcos baixou os olhos, lembrando-se da voz de Deborah: "Amo você como nunca vou amar outro homem". — Você ama a Bianca como amava a minha mãe?

Marcos encheu a cabeça dele de xampu e esfregou, fazendo muita espuma, tentando ganhar tempo para que o nó, que cada vez apertava mais sua garganta, desse uma trégua.

— Amei sua mãe de uma forma que nunca vou amar outra mulher. Sua mãe foi única para mim.

— E mesmo assim vocês se separaram?

— Um dia você vai entender, Arthur, que o ser humano só dá valor às coisas quando as perde, e às vezes é tarde demais para voltar e consertar tudo. Não vou te julgar se não me perdoar, mas por enquanto basta saber que eu amei muito sua mãe. Amo você mais do que qualquer coisa e ninguém vai substituir vocês no meu coração.

O menino sorriu, e Marcos fez uma barba branca de espuma em seu rosto.

— Fiquei igual a você, pai?

— Sim, só que bem mais velho.

Na hora do jantar, não foram até a mesa. Marcos pediu que as refeições fossem servidas no quarto. Então, pontualmente às seis horas, Isalina entrou com o jantar. Às sete retirou a louça suja, e às oito colocou a moringa sobre a mesa com duas canecas de ferro.

Arthur esperou que ela saísse e se levantou para conhecer o novo objeto. Tocou na moringa e, um tanto desapontado, comentou:

— Um jarro de barro... grande coisa!

Os dois se deitaram na cama, abraçados e aquecidos debaixo de pesados cobertores. As luzes foram apagadas e a casa se cobriu de uma escuridão aterrorizante. Ouvia-se apenas o som dos grilos, dos sapos e de algum animal que não puderam identificar.

Marcos contou ao filho algumas histórias sobre sua infância, e não foi preciso muito tempo para pegaram no sono.

Dois de Julho

MARCOS ABRIU OS OLHOS, demorando alguns segundos para tomar consciência, ouvindo o filho chorar. O quarto ainda estava escuro, então seguiu o som do choro do menino para encontrá-lo todo encolhido na beira da cama.

— Faz isso parar, pai!

— Pelo amor de Deus, filho, o que foi? — desesperou-se Marcos, tomando Arthur nos braços e o apertando contra seu peito. — O que foi?

— Ele está aqui dentro do quarto.

— Fique calmo! Eu não estou entendendo...

— Esse barulho, pai...

Marcos ficou em silêncio e ouviu o canto de um galo bem debaixo da janela. O som era tão forte que parecia que a ave estava mesmo dentro do quarto. Apanhou o cobertor e envolveu Arthur de um jeito que lhe cobrisse as orelhas. Abraçou-o ainda mais forte e o embalou para acalmá-lo.

Marcos ouviu passos arrastados até a porta e a voz de Isalina perguntando:

— Doutor, tá tudo bem? O que houve com o menino?

Arthur apertava ainda mais o pai, transtornado, e o galo imponente parecia querer cucuricar cada vez mais alto.

— Está tudo bem. Não precisamos de nada.

Isalina ficou relutante, mas sua obediência a impediu de abrir a porta, já que ele não havia aceitado sua ajuda. A moça voltou para a cozinha observando dona Joana amarrar o lenço no cabelo, pronta para dar início à preparação do café da manhã.

— Bom dia, Isalina! Pronta pra labuta?

— Bom dia, dona Joana!

Dona Joana olhou para ela e indagou:

— Que cara é essa de quem comeu e não gostou?

Isalina se curvou um pouco para cochichar:

— Eu ouvi uns gritos do menino no quarto do doutor. Fui até lá e ele num quis minha ajuda, não.

— Você acha que eu devo ir até lá?

— Ele disse que num precisava de nada. — Isalina cruzou os braços, preocupada. — Ai, a senhora acha que ele bate no menino? Mas ele não parece ser esse tipo de homem, não.

Dona Joana foi até e porta e espiou a sala de jantar, onde não havia ninguém. Voltou-se para sua afilhada e disse:

— Quem vê cara não vê coração, não é mesmo?

— Nossa, fiquei morrendo de dó do menino, dava pra ouvir os gritos daqui, parecia assustado.

A mulher apanhou sobre a mesa uma bacia com legumes frescos, colocou-os dentro da pia e se pôs a lavá-los, pensativa. Isalina não gostava quando ela se fechava no mundo dela.

— Ô, dona Joana, a senhora num vai dizer nada?

— Queria que Jaci plantasse saudade no coração da Eva pra que ela voltasse logo. Ela sabe lidar melhor com essa gente da cidade.

— Ela tá fazendo uma *farta,* né? Até o Kevin Costner tá com *sardade* dela. Tá amuado lá na varanda.

Dona Joana não disse nada e voltou aos seus afazeres. Não quis prolongar aquela conversa. Mesmo assim, durante o dia, Isalina observou os visitantes com discrição e nas três vezes que entrou no quarto viu que o garoto passava a maior parte do tempo dormindo.

O doutor, vestido com calça e camisa social, passou aquele segundo dia ainda mais desesperado: andando no quarto de um lado para o outro, pensando nas coisas que tinha para fazer na empresa.

Não era capaz de interromper seus pensamentos sobre a torre do Rio de Janeiro, embargada pelo fiscal corrupto. Queria muito saber como estavam as coisas ou dar um simples telefonema.

Sentia calafrios, palpitações, suores, momentos de ansiedade. Olhava a todo momento para a janela e para o relógio, que parecia tão preguiçoso quanto os animais que pastavam lá fora.

Dona Joana tentou três vezes convencê-los a sair um pouco, conhecer a fazenda ou andar a cavalo. Marcos, no entanto, recusou todos os convites dizendo que o filho estava indisposto.

A noite chegou fria e silenciosa. Isalina bateu de leve na porta do quarto dos hóspedes e, ao abri-la, viu os dois deitados na cama.

— Com licença. Vim tirar a louça.

Ela arrastou os chinelos para dentro do cômodo e ambos apenas levaram os olhos até ela, mas não tiveram vontade de responder à moça. Isalina retirou os pratos, copos e talheres e saiu levando a louça suja até a cozinha. Colocou tudo dentro da pia e se virou para dona Joana, que retirava da mesa a louça do jantar.

— Jura que a senhora num tá achando esses hóspedes bem esquisitos?

— Não — respondeu a mulher sem olhá-la.

— *Gerarmente* as pessoas chegam aqui agitadas, querendo andar a cavalo. Tomar banho de rio, subir nas árvores. Querendo fazer tudo num dia só. Deixando a peãozada tudo doida. E esses dois aí passaram dois dias in-tei-ri-nhos no quarto. Num *redaram* o pé de lá pra nada. Eles num vão aguentar ficar um mês aqui, não, dona Joana.

Dona Joana levou a louça até a pia e ergueu os olhos até a janela. A lua era uma linha fina e prateada no céu.

— Estão só se adaptando...

— Adaptando?! Os dois passaram dois dias deitados. Será que não é melhor chamar o mestre Ubiraci? De repente tão com dor de barriga por conta do leite.

— Não há de ser nada, Isalina. Essa gente não está acostumada com a medicina do mestre Ubiraci. Vão se assustar. A dona Martha me disse que é o jeito deles, logo eles vão se acostumar. Vamos ficar cada macaco no seu galho que vai ser melhor assim.

— Não sei, não. — Isalina esticou o pescoço, espiando o corredor para se certificar de que não vinha ninguém. Voltou-se para dona Joana e confidenciou com um sorriso exagerado: — A senhora reparou que *homão* bonito, dona Joana? Hein? Num dá nem pra olhar muito naquele olho que *impinotiza* a gente. Parece até galã de novela. E o cheiro dele é bom demais, eu lavo as roupas o cheiro num sai — disse, revirando os olhos. — Parece que é o cheiro do homem mesmo, a gente entra no quarto e já sente.

— Pode parar de assanhamento, Isalina.

— Num tô com assanhamento, não, dona Joana! Não é *possíver* que a senhora num reparou. Deus o livre! — disse, fazendo sinal da cruz. — Ele deve de ter mulher bonita e tudo, mas num dá pra deixar de notar que é bonito demais.

Dona Joana se virou para Isalina e lhe deu um sorriso acanhado.

— É bonito, sim, moleca. Bonito até demais.

Três de Julho

AINDA ERA NOITE quando o galo amanheceu com um fôlego de tenor, fazendo seu show debaixo da janela dos hóspedes. Marcos mais uma vez acordou assustado com o choro do filho, acalentou o menino contra seu peito como se ali dormisse um bebê.

— Shh, calma, filho. Estou aqui com você.

— Pai, eu quero ir para casa — suplicou o menino aos prantos.

— Eu também. Se acalme. Vou dar um jeito nisso. Não podem nos obrigar a ficar aqui. — Deu-lhe um beijo na têmpora. — Tente voltar a dormir, eu estou aqui com você.

Algumas horas depois, Marcos abriu os olhos novamente, sentindo o corpo dolorido: havia dormido sentado na cama, com o filho ainda nos seus braços. Olhou ao redor, constatando que permanecia naquele pesadelo.

A luz forte da manhã atravessava as frestas da janela, já devia estar perto da hora do almoço. Soprou o ar dos pulmões tentando se acalmar, levou os olhos até o rosto de Arthur, que dormia profundamente, lembrando-se dos poucos momentos em que o pegara no colo e o fizera dormir.

O tempo havia passado rápido, e Marcos não tinha muitas lembranças de quando Arthur era bebê. Detalhou seus traços e constatou que, apesar de muito parecido fisicamente consigo, Arthur era tranquilo como a mãe. Olhar seu sorriso era o mesmo que ver Deborah sorrindo. Beijou seu rosto e o menino abriu os olhos, sonolento.

— Pai...

— Oi.

— Por que a gente está aqui?

— A dona Martha disse que era melhor para minha saúde.

— Você ainda está doente?

— Não é nada que não possa ser resolvido.

Arthur ficou em silêncio, mas logo voltou a falar:

— Por que tudo aqui é esquisito?

— Não é esquisito, filho. Eles são apenas gente do campo. Eles são assim mesmo, pessoas atrasadas.

— Aquela mulher que trouxe a comida fala tudo errado.

— As pessoas daqui são ignorantes — disse, não encontrando palavra melhor. — Eles vivem longe da cidade e só lidam com bicho e mato, não têm muito estudo.

Arthur passou a mão na barba do pai, pensativo.

— Eu tenho medo daquela velha na cadeira de rodas.

— Não diga "velha", diga "senhora".

— E como eles conseguem viver sem internet?

Marcos soltou o ar dos pulmões, lamentando-se.

— Também não sei. Vamos levantar e escovar os dentes. Vou fazer uma ligação para Vânia e ela vai mandar alguém vir nos buscar.

Arthur se sentiu mais animado com aquela decisão. Levantaram-se e ambos foram escovar os dentes.

— Pai, eu não quero falar com ninguém.

Marcos agitou a água dentro da boca, cuspiu na pia e disse:

— Tudo bem, filho. Só sorria e agradeça.

— Se a gente ficar aqui um mês, vai ser um castigo.

Marcos ofereceu ao filho um sorriso apático. Compartilhava daquela opinião, mas não podia dizer. Mesmo porque os seus planos eram de voltar para São Paulo o mais rápido possível.

Vestiram-se como se fossem passear no shopping, usavam jeans, sapatênis e camisa polo. Apontaram na sala. Uma música sertaneja num volume baixo preenchia o silêncio do enorme cômodo.

Arthur olhou ferozmente para a cadeira de rodas, constatando que a senhora não estava lá. Pegou a mão do pai e foram até a sala de jantar, mas o café da manhã já havia sido retirado, então se dirigiram até a cozinha.

O cômodo tinha o telhado aparente e chão de pedra bruta, dando um ar sombrio ao lugar. O fogão a lenha, feito de tijolo de barro, mantinha a chapa de ferro incandescente, e o fogo que chispava debaixo dela deixava o ambiente quente e sufocante. Numa das paredes havia um suporte com ganchos que comportava imensas panelas de cobre e ferro, as quais dona Joana manuseava com muita habilidade. A mesa de madeira rústica e seca estava toda riscada pelas décadas de uso. E sobre ela uma cesta feita de bambu e recheada de frutas.

— Bom dia! — eles disseram.

Isalina lavava louça e dona Joana ralava mandioca usando um ralador manual. Viraram-se quando ouviram o cumprimento dos hóspedes. Elas sorriram — claro que Isalina deu um sorriso um pouco mais largo do que o necessário.

— Bom dia! — elas responderam.

Arthur sentiu o pai apertando seu ombro, e sorriu automaticamente ao perceber que era um comando.

— Nós podemos nos sentar?

— Claro! — disse dona Joana, puxando a cadeira para o menino.

Isalina fechou a torneira, secou as mãos na barra do vestido e se apressou para estender uma toalha limpa sobre a mesa. Pousou o bule de café e o de leite. Colocou um prato com bolo de fubá inteiro, sequilhos, três tipos de pão, margarina caseira e dois tipos de queijo. Marcos conferiu a comida e disse:

— Eu aceito só um café. E para o meu filho também, por favor.

— Como passaram a noite? — perguntou dona Joana, servindo-os em canecas de ferro pintadas de vermelho.

Arthur olhou para o pai achando que ele iria fazer reclamações, mas o executivo apenas sorriu e respondeu:

— Passamos bem, obrigado. — Arthur voltou a baixar a cabeça, olhando com estranheza para a caneca. O pai, ao perceber, tocou a mão do filho e disse: — Beba, Arthur. — O menino levou a caneca até a boca observando a comida. Marcos, num tom despretensioso, indagou: — Vocês têm algum telefone para que eu possa fazer uma ligação?

— Temos um telefone, mas tem uns três dias que está sem linha. Quando chove muito nessas bandas sempre cai raio no fio e desliga tudo, e aí demora um pouco para arrumar.

— Entendo. E tem algum lugar da casa ou da região que tenha sinal de celular ou, sabe, internet? Eu realmente preciso muito falar com a minha secretária.

— Infelizmente não temos sinal na fazenda... — disse dona Joana, lamentando-se. — Em nenhuma parte... O único lugar com internet por aqui é uma cidade a duas horas de carro, mas também não temos um carro.

— A gente só tem a charrete — intrometeu-se Isalina —, mas são três horas de viagem debaixo do *sor* quente.

— Debaixo de quê?

— Silêncio, Arthur — repreendeu o pai, mais ríspido. No entanto, não estava irritado com filho, e sim com as notícias. — Mas isso não é possível! Estamos presos aqui?

— Não. Não estamos presos, doutor Marcos — retrucou dona Joana com certo espanto. — É que nós daqui da fazenda não precisamos ir para lugar nenhum, temos tudo aqui.

— Mas em algum momento vocês precisam ir para algum lugar. E como vão?

— Eu moro aqui há quarenta anos e só precisei sair duas vezes.

— E como eu vou embora?

— Dona Martha me disse que iam passar o mês aqui. Então creio que no final do mês o avião vem buscar vocês.

Marcos soltou o guardanapo sobre a mesa e disse com certa repulsa:

— Eu não vou ficar um mês aqui! — Baixou os olhos, percebendo que havia sido rude. Amenizou o tom e se voltou para ela, suplicante: — Olhe, eu não posso ficar aqui. Tenho um milhão de coisas pra fazer. Eu não posso ficar incomunicável. Eu preciso ir trabalhar, a dona Martha precisa de mim.

Dona Joana, com toda amabilidade que possuía, explicou:

— Eu gostaria muito, muito mesmo de poder ajudar, mas infelizmente o senhor vai ter que esperar que arrumem o telefone ou que o avião volte.

O homem se levantou e pegou a mão do filho.

— Venha, Arthur. Eu preciso falar com a minha secretária hoje.

Isalina arregalou os olhos para dona Joana depois que eles saíram.

Atravessaram a sala e foram até o alpendre. Marcos desligou o celular e voltou a ligar. Com o aparelho na mão, andou por toda parte com o filho a tiracolo. Caminhou pela estrada de terra. Rodeou a casa várias vezes, os olhos fixos no aparelho, como alguém que está procurando água usando um pêndulo. Quando estava prestes a desistir, viu um ponto de sinal de telefonia.

— Eu sabia que eu ia conseguir — exultou, eufórico, olhando para o filho. Discou. — Alô, Vânia... Alô... Vânia, está ouvindo? Eu preciso que mande alguém vir me buscar... Vânia.

A ligação caiu. Ele passou a mão nos cabelos, sentindo o sangue pulsar nas artérias. Inspirou e soltou o ar vagarosamente, tentando se acalmar e não preocupar o filho.

— Ela ouviu, pai?

Marcos demorou um pouco para se virar para Arthur, mas o fez, decepcionado.

— Não sei, filho... — O menino viu a senhora da cadeira de rodas andando vagarosamente na sua direção, abraçada a uma mandioca. Ela mantinha um andar lento e o tronco curvado para a frente. Passou por eles como se não existissem e entrou na casa. Marcos se entorpeceu de cólera. — Não se preocupe, não vamos ficar neste fim de mundo.

Quatro de Julho

MAIS UM DIA ESTAVA POR FINDAR na fazenda Arumã. O dia quente e seco se despedia, dando vez ao início da noite fria, confirmando que era inverno.

Isalina entrou no quarto dos hóspedes segurando uma bandeja com o café da tarde. Passou olhos rápidos pela cama, os dois estavam deitados um ao lado do outro, vestidos como se fossem passear.

Ela pousou a bandeja sobre a mesa e ficou olhando por um tempo para o bule de café, buscando coragem para desobedecer à ordem de não aborrecer os hóspedes; sentia-se muito incomodada com o desânimo do menino. Virou-se com as mãos juntas e olhos baixos, e começou:

— *Descurpa* a intromissão, doutor, mas vocês dois num querem ir lá fora conhecer a fazenda? Dar um passeio... — sugeriu ela, enchendo-se de coragem e erguendo os olhos para eles. Marcos estava deitado com a cabeça tombada para o lado, sem forças até para responder. — Ver vocês dois aqui no quarto está me deixando agoniada.

— E vamos ver o que lá fora? — Retrucou o executivo, estupefato. — Boi pastando e galinhas?

— Mas o senhor num acha que se distrair um bocadinho — disse, gesticulando de forma a manter um espaço entre o dedo indicador e o polegar — vai ajudar a passar o tempo mais rápido?

Marcos soltou o ar dos pulmões e afagou os cabelos do filho.

— Quer ir lá fora, Arthur?

— Não...

— Vamos lá— insistiu Isalina com um olhar suplicante para o menino. — Só dar uma espiadinha, por favor, Arthur.

Devido à insistência e ao jeito gentil da moça, o menino se levantou com a cabeça baixa para deixar bem claro que estava indo contra sua vontade. Marcos resolveu ir também, na verdade pensou em falar com as pessoas e conseguir alguém que os levasse até a tal cidade.

Atravessaram a sala, e Arthur levou olhos assustados até a cadeira de rodas. Isalina percebeu e disse:

— A dona Ana está em outro mundo.

— O que ela tem? — Quis saber Marcos. — Ontem a vimos andando.

— A dona Ana é vó da dona Joana. Tadinha. Ela tem uma doença... *Alzerraime*. Eu não sei falar o nome direito — disse, rindo de si —, mas às vezes ela não se lembra de ninguém. Tem dia que ela cisma que o falecido marido tá vivo ainda. E tem dias que ela parece mortinha.

Arthur passou por ela rapidamente, como se a qualquer momento a senhora pudesse dar o bote e agarrá-lo, mas dona Ana nem se moveu.

Ao colocar o pé no alpendre, Marcos percebeu uma brisa limpa e fresca contra seu rosto, algo muito melhor que o calor do quarto. Viu Kevin Costner deitado preguiçosamente aos pés de dona Joana, que se embalava devagar, para a frente e para trás, na cadeira de balanço. A mulher mantinha o olhar fixo na estrada de terra, segurando uma de suas canecas de ferro pintadas de vermelho e bebericando o café. Estava tão distraída com seus pensamentos que nem notou a aproximação dos hóspedes.

Isalina foi se explicando aos cochichos:

— A Eva, filha da dona Joana, todo ano viaja por três dias para ir numa *tar* de feira não sei das quantas. E quando ela vai, dona Joana se aflige, não tá acostumada a ficar longe dela. Elas são muito ligadas, sabe? *Iguar* unha e carne.

Marcos ergueu as sobrancelhas, fingindo se importar. Todos se aproximaram da cadeira de balanço e a mulher olhou para eles, sorrindo.

— Vocês levantaram! Estão mais dispostos hoje? — perguntou ela, sinceramente contente.

— Estamos, sim — respondeu Marcos sem muita convicção.

— Eu acabei de passar um cafezinho. O senhor quer?

— Não, obrigado...

Nesse instante, ouviram passos que subiam os degraus até o patamar. O homem tirou o chapéu e se aproximou dos outros. Heitor era um homem de estatura mediana, braços fortes devido ao trabalho braçal na fazenda. Cabelos até os ombros, castanho-claros e cacheados. Olhos grandes, expressivos, mas ao mesmo tempo humildes. A pele do rosto era seca e algumas rugas já se acentuavam; mesmo ainda aos trinta e cinco anos, parecia bem mais velho que Marcos.

Ele se aproximou de dona Joana e beijou seu rosto. Voltou a colocar o chapéu e estendeu a mão para cumprimentar o executivo.

— Como vai, doutor?

— Tudo bem — respondeu Marcos ao cumprimento.

O recém-chegado se virou para a anfitriã e sorriu.

— E a saudade, dona Joana? — disse ele, virando-se para a estrada também e se apoiando no guarda-corpo.

— Rudá não teve dó de mim dessa vez, meu amigo.

Ele sorriu, condolente, sem se desprender da faixa de terra. Marcos fez um movimento involuntário, decidido a voltar para o quarto, não encontrando um motivo para ficar olhando a estrada também, mas desistiu quando de repente o vira-lata ergueu a cabeça, suas orelhas mais parecendo radares. Num salto, o animal ficou em pé com olhar fixo na estrada e, após a euforia, disparou a correr.

Marcos viu o sorriso de dona Joana acompanhando a corrida do animal. Ela levou a mão ao peito e se levantou, indo até o guarda-corpo, e soltou, aliviada:

— Graças a Deus! Agradeço a Jaci por trazer minha Eva de volta.

— Eu também — balbuciou o peão.

Marcos olhou para a estrada, não havia ninguém além do cão desgovernado. Mas alguns segundos depois alguém apontou num galope muito veloz, deixando para trás um rastro de poeira que marcava o caminho. O cavalo de pelagem castanho-escura tinha apenas uma mancha branca na fronte e mantinha um galope elegante. O cão, muito feliz, corria ao seu lado, fazendo o caminho de volta para o casarão, latindo algumas vezes, mas sem tirar os olhos da mulher que cavalgava.

À medida que se aproximava, era possível ver que era uma jovem, cabelos longos e ao vento. Usava óculos de sol, chapéu, botas, jeans e uma camisa xadrez de manga comprida. Todos ficaram olhando a recém-chegada: uns com saudade; outros, curiosos.

Eva desmontou com muita agilidade, deixou-se ajoelhar no chão e abraçou o cão. Kevin Costner lambeu seu rosto, lambidas que mais pareciam beijos de saudade. Voltou a ficar em pé, tirou a mochila presa na cela do cavalo e lhe deu tapinhas carinhosos no pescoço, dizendo:

— Obrigada, amigo. Pode ir.

O cavalo galopou para o lado direito da propriedade e sumiu. Eva subiu a escada apressada e se atirou nos braços da mãe, trocando beijos e palavras carinhosas.

— Ai, filha, que saudade!

— Eu também estava, mãe. A senhora está bem?

— Agora estou! — disse Dona Joana, secando as lágrimas.

Eva abraçou Isalina e sorriu.

— Trouxe um presente pra você, Isa.

— É para o casamento?! — perguntou, eufórica.

— É, sim...

Eva se virou para Heitor, e foi apenas nesse momento que Marcos teve a curiosidade de olhar para ela e concluir que eram um casal, apesar de trocarem apenas olhares carinhosos.

— E como foi lá, Pimenta?

— Foi bom. Espero que vá comigo da próxima vez.

Ele apenas sorriu, Heitor não gostava da cidade nem de gente da cidade. Dona Joana, para chamar atenção da filha, virou-se para os hóspedes e apresentou:

— Eva, esses são o doutor Marcos e o filho dele, Arthur.

A moça se aproximou erguendo os olhos para encontrar os do visitante, estendeu a mão junto de um largo sorriso, tão generoso quanto o da mãe.

— Muito prazer! — Marcos correspondeu ao cumprimento. Ela se virou para Arthur e disse: — E você, peão, está gostando da fazenda?

Isalina arregalou os olhos para dona Joana, como duas bolas incandescentes. Elas precisavam atualizar as informações para Eva o quanto antes.

A mãe limpou a garganta e disse, tocando no braço da filha:

— Vamos entrar, Eva, e tomar um café?

Eva percebeu certo constrangimento entre eles e olhou no rosto da mãe, que mantinha um sorriso desengonçado.

— É...vamos, claro! — Virou-se para os hóspedes. — Vocês não querem tomar café com a gente?

— Não, obrigado — disse o executivo. — Vou voltar para o quarto.

Eva acompanhou com os olhos enquanto pai e filho davam as costas e entravam. Achou melhor seguir a mãe e colher informações.

O grupo se dirigiu até a cozinha e, enquanto Eva e Heitor se acomodavam à mesa, dona Joana já foi colocando o bolo fresco que havia feito para ela, além da garrafa de café.

— E aí? — perguntou Eva, olhando preocupada para as duas. — O que está acontecendo?

— O doutor e o filho não estão gostando daqui — despejou a mãe.

— Como assim?

— E olha que eu avisei a dona Joana. — Intrometeu-se Isalina, balançando a cabeça positivamente.

— Eu achei mesmo estranho — completou Heitor. — Ouvi o avião e sabia que tinha hóspedes, mas não vi ninguém diferente andando pela fazenda.

Dona Joana se sentou à mesa, serviu-se de café e foi se explicando:

— É, eles não saíram do quarto nem se alimentam direito. Não falam com a gente, só o necessário. O doutor ficou irritado porque aqui não tem internet nem telefone. O menino não gosta de nada, nem da minha comida. E você sabe, saco vazio não para em pé, não é? A dona Martha tinha me dito pra não estranhar o jeito deles, mas já está demais. Não achei que eles iam dormir o dia inteiro.

— Não saíram do quarto? — Estranhou Eva, olhando para a amiga atrás de uma resposta.

Isalina se recostou na pia, cruzando os braços.

— Com muito custo, consegui levar eles pra fora, mas ó... — disse, apontando para o corredor. — Já *vortaram* pro quarto.

— Mas isso é muito esquisito, mãe. Vir passar as férias aqui e não aproveitar nada...

— Eu acho que não vieram passar as férias, não, filha. Foram obrigados a vir.

— Mas isso não tem lógica! Ninguém é obrigado a ir para lugar nenhum — pontuou Eva, bebericando o café. — O que exatamente a dona Martha falou pra senhora?

— Que ia vir um doutor com o filho e que era pra fazer o de sempre: esconder a TV e o telefone, mas desta vez pediu pra esconder a caminhonete também. Ela me disse que eles iam dar um pouquinho de trabalho, mas não achei que ia ser assim. Geralmente, no segundo dia os hóspedes já tão fazendo várias coisas.

Eva juntou as sobrancelhas.

— Que estranho! Nunca tivemos problema com nenhum amigo de dona Martha. E a esposa dele?

— Dona Martha não me disse, mas parece que são só os dois. Acho que ele tem algum problema.

— Deve de ter mesmo — disse Isalina, erguendo as sobrancelhas. — Boniteza demais, não é, não, Eva? Êta, homem cheiroso! Homem grandão. Com um vozerão. Nunca tinha visto um desses antes. — Isalina se desprendeu das lembranças e viu dona Joana fazendo covinhas de reprovação. — *Descurpa*, dona Joana.

— Deixa de assanhamento, moleca! Você não vai se casar?

— Vou casar, dona Joana, mas ainda enxergo bem. Vocês não repararam no olho dele, não? Credo! Dá nojo de tão bonito! Parece que tá aceso.

— Acho que vou lá falar com eles, então.

— Não, Eva, melhor não. Deixa os dois à vontade. Não quero que façam reclamação nossa para dona Martha. Nunca demos aborrecimento pra ela.

Eva voltou a se sentar, contrariada.

— Tá bom, mas amanhã vou tentar alguma coisa. Não quero que levem má impressão daqui. Tem tanta coisa boa pra se fazer...

— Eu duvido que consiga — alertou Isalina. — Eles nem olham pra gente direito.

Eva olhou para todos com rostos preocupados e num salto ficou em pé, sorrindo. Pegou a mochila e abriu o zíper, tirou de dentro um pacote com embrulho colorido e estendeu para Isalina.

A moça apanhou carinhosamente e abriu com toda delicadeza. Era uma caixa plástica, que abriu fazendo suspense para si mesma. Ao constatar o que havia dentro, começou a chorar.

— Fala logo, criatura: o que é? — indagou dona Joana, aflita.

Isalina apanhou com as duas mãos. Tomando muito cuidado, ergueu a tiara em forma de coroa e mostrou para os demais.

— Quero você linda como uma princesa, Isa! — Isalina começou com um soluço involuntário e depois um choro exagerado. Eva sabia como ela era e já esperava por isso, então a abraçou apertado e disse: — Não chora! Se não eu choro também.

— Agradecida, Eva.

— Falando em casamento... Cadê o noivo?

Heitor se incumbiu da resposta:

— Ele foi buscar a Beyoncé. Mais um título ganho, Pimenta.

Eva deu um largo sorriso, orgulhosa.

— Isa, se prepare, vou dar a maior festa de casamento que já se viu nessas terras.

Cinco de Julho

EVA ACORDOU ANTES MESMO de o galo cantar. Bem-disposta, vestiu um jeans, uma de suas dezenas de camisas xadrezes e botas de couro marrom. Escovou os dentes, penteou seus cabelos lisos e castanho-escuros, que tinham nuances claras por conta do desbotamento causado pela exposição ao sol; iam até a cintura e eram repartidos ao meio. Sua pele morena-clara e dentes pequenos lhe garantiam um ar infantil mesmo aos vinte e seis anos. Baixa, com um pouco mais de um metro e meio, um corpo com curvas bem distribuídas.

Saiu do quarto e viu a bisavó caminhando lentamente pela casa, arrastando os chinelos, que pareciam pesados, segurando uma mandioca contra o peito e indo na direção da cozinha. Eva sorriu, passou o braço sobre os ombros da senhora e sussurrou:

— Bisa, para onde a senhora vai?

— Ai, Eva, você me assustou!

— Desculpe — disse, dando um beijo em seu rosto. — Aonde a senhora vai com essa mandioca?

— Vou fazer pro seu biso. Ele voltou de viagem, e você sabe que ele gosta de mandioca no café da manhã.

Eva sorriu carinhosamente, fazendo-lhe cafuné no cabelo branco e ralo.

— Eu também gosto, mas é muito cedo. Por que a senhora não vai se deitar com ele e deixa que eu faço isso?

— Não — respondeu ela, contrariada —, você não sabe fazer do jeito que ele gosta.

— Sei, sim. Já vi como a senhora faz. Nem muito mole, nem muito dura.

Dona Ana se acendeu num olhar para a bisneta.

— Você sabe mesmo! — Eva tomou delicadamente a raiz da mão da senhora e a conduziu até o quarto. Cobriu-a, vendo-a se encolher feito um bebê. — Quando estiver pronto, me chama.

— Tá bom, bisa.

Eva saiu do casarão e caminhou pela manhã, que ainda tinha a cor da noite. Olhou para o céu. Apesar de as estrelas tentarem iluminar a escuridão, Jaci era o astro mais bonito na imensidão negra.

A jovem entrou no estábulo, e Heitor já estava lá, recostado no cercado das vacas com um cigarro de palha no canto dos lábios e cutucando a unha com um canivete. Fazia companhia para Daniel, que lavava os tetos das vacas.

— Bom dia!

— Bom dia! — responderam os dois peões.

Eva foi até o bezerro recém-nascido, ajoelhou-se diante dele e passou a mão na sua cabeça.

— Ele é bonito demais, vocês não acham? Dos bezerros que já vi nascer aqui, esse é o mais bonito de todos!

Daniel e Heitor sorriram um para o outro. Era um bezerro igual a todos os outros, mas Eva era assim, enxergava os animais de um jeito que ninguém mais fazia.

— Chegou a falar com os hóspedes, Pimenta? — Quis saber Heitor.

— Não, à noite eles não saíram do quarto.

— Que coisa esquisita demais!

— É, também estou achando. Vou tentar me aproximar deles hoje — disse ela sem muito interesse naquela conversa. — Vamos começar?

— Não precisa acordar tão cedo, Pimenta, a gente dá conta.

— Mas eu gosto de fazer, peão.

Ele sorriu para ela.

— Tá certo, patroa. Vamos lá, então.

Os três deram início à rotina com a ordenha das vacas.

Eva era filha do casal Joana e Sebastião, ou Tião. Peão famoso naquelas bandas, cuja a tradição de filhos da terra herdara de seu pai, que herdara do seu avô. E assim desde a compra da fazenda.

Tião cuidara da fazenda durante toda a sua vida, e vira o velho casarão se transformar numa casa nova quando dona Martha herdara a propriedade. A princípio, quisera fazer do lugar um resort no qual as pessoas pudessem voltar a suas raízes. Mas, durante um passeio pela propriedade, descobrira que nas suas terras havia um tesouro de valor inestimável, então mudara seus planos.

Ela havia feito uma reforma minuciosa, tentando mexer o mínimo possível na arquitetura original. Recuperara móveis e estofados que tinham mais de cem anos. A iluminação fraca e amarelada era mantida, acionada por um único botão, garantindo a tradição de irem dormir quando escurecesse.

Dona Martha queria um lugar para contar histórias em volta da fogueira, fazendo uma roda de viola e contemplando o céu. Um lugar onde a tecnologia não lhe roubasse a inocência, e onde pudesse mostrar para seus filhos que existira vida antes dos smartphones. Um lugar para fazê-la esquecer da vida de empresária. Lá em Arumã, era apenas Martha, um ser humano em contato com a natureza.

Mas o tempo passara e ela não pôde ter filhos. A fazenda virara retiro de férias para poucos merecedores. Não queria contaminar aquela gente com seus vícios urbanos e solitários. Tião e dona Martha tinham um ótimo relacionamento entre patroa e empregado, e mantinham tudo em perfeito equilíbrio.

Alguns anos depois, dona Joana ficara grávida, mas o primogênito de seu Tião não passara do terceiro dia. Fora um choque para o peão, que queria muito um sucessor. Ele sentia uma grande necessidade de, como seus antepassados, ter um filho homem para cuidar de Arumã.

A tristeza rondara aquelas terras por dois anos, até que dona Joana dera à luz uma menina muito pequena, que pesava um pouco mais de um quilo. Ela nascera tão frágil que não possuía forças nem para se alimentar; dormia a maior parte do tempo.

Todos achavam que ela teria o mesmo destino do irmão. Porém, dona Joana e seu Tião velaram a pequena até o terceiro dia com medo de que ela não conseguisse sobreviver, e na quarta noite de luar, vendo a luta do casal para manter a filha viva, mestre Ubiraci pedira à deusa Jaci que protegesse a menina. Então, no quinto dia, aquele pequeno ser, em contato com o corpo da sua mãe, procurara pelo seio para se alimentar sozinha. Fora então que seu Tião a batizara: Eva.

Seria a primeira mulher a tomar conta da fazenda Arumã, que já era habitada por setenta moradores, dentre eles doze crianças, descendentes de índios e ex-escravos, pessoas que ainda não haviam se rendido ao atraente futuro promissor que oferecem as grandes metrópoles.

Durante dois anos, seu Tião observara a filha. Eva era uma criança agitada, espoleta e corajosa. Vivia trepando nos móveis, correndo e dando trabalho para a mãe. Então, quando a menina completara quatro anos, seu Tião passara a levá-la todos os dias na garupa para trabalhar com ele. Passava o dia com o pai, comendo fruta do pé, no meio dos animais e das plantas.

Eva observava tudo o que o pai fazia, e naturalmente a rotina da fazenda a havia transformado numa autêntica filha da terra, tão boa quanto qualquer peão da fazenda. Tinha mãos grossas. Subia em árvore, montava cavalo bravo, corria atrás de boiada solta, arava, plantava, colhia. E assim Eva cresceu.

Ao terminar o segundo grau, seu Tião fora picado por uma cobra peçonhenta e sua saúde nunca mais fora a mesma. Então Eva assumira os cuidados com a fazenda, desdobrando-se entre a faculdade e Arumã.

Depois de Eva entender que tinha que amar bicho e amar cada pessoa daquele lugar, seu Tião se fora, deixando aquela peoa responsável por cuidar do seu pequeno pedaço do paraíso. E havia três anos Eva desempenhava todas as suas tarefas tão bem quanto seu pai. Além do legado, todos acreditavam que Eva era filha de Jaci, por isso era capaz de enfrentar todos os desafios sem temer nada. Era, na colônia da fazenda e até nas cidades vizinhas, conhecida como patroa.

Após a ordenha, Eva sempre voltava para o casarão com Heitor para tomarem café da manhã com dona Joana e Isalina. Acenaram para mestre Ubiraci, que cortava lenha todos os dias naquele horário.

Heitor se sentou na grande mesa da sala de jantar já posta, na qual Isalina e dona Joana já os aguardavam. Eva não se sentou.

— Não vai comer, Pimenta?

A moça não respondeu, distraída e olhando para o corredor. Virou-se para a mãe e perguntou:

— E os hóspedes?

— Não se levantaram. Ainda é muito cedo, Eva.

Num impulso, atravessou a sala, ouvindo o galo Zezé com seu canto matinal. Aproximou-se da porta e ficou em silêncio para tentar ouvir se eles estavam acordados, então ouviu os gritos do menino. Instintivamente, forçou a maçaneta, abriu a porta e se deparou com uma cena chocante. Marcos segurava o filho nos braços, apertando-o contra o seu peito, enquanto o menino cobria as orelhas com as mãos, muito assustado.

— O que está acontecendo?

— Saia daqui — berrou Arthur.

— Por favor, saia do quarto... — pediu o executivo.

— Eu só quero te ajudar.

— Não preciso de nada. Saia, por favor.

Eva obedeceu e fechou a porta, mas ficou do outro lado, com o coração a galope, pensando no que estaria acontecendo com o menino. Até ouvir Zezé cantar e o menino gritar novamente, foi então que entendeu. Correu até Heitor e ordenou:

— Peão, tira o Zezé daqui. Leva esse galo pra longe. Vai... rápido.

Mesmo sem entender, Heitor saiu em disparada, e Isalina foi também. Alguns segundos depois, o show do galo cessou.

Eva pegou uma xícara com leite e chocolate e voltou para o quarto. Bateu de leve na porta e, sem esperar a permissão, colocou a cabeça para dentro do cômodo.

— Oi... — disse ela olhando para Arthur. — Está tudo bem?

O menino balançou a cabeça positivamente e voltou a esconder o rosto no ombro do pai.

— Eu quero ir para minha casa — choramingou.

Eva entrou e se ajoelhou diante deles, afagando os cabelos de Arthur. Olhou nos olhos de Marcos, e foi impossível não concordar com Isalina: o doutor era, sem exagero, muito bonito, mesmo com os cabelos desgrenhados e com um rosto de quem acabara de acordar. Eva sorriu para ele, mesmo não recebendo outro sorriso em troca. Pousou a xícara sobre o criado-mudo e disse carinhosamente para Arthur:

— Posso falar com você? Você estava com medo do Zezé?

O menino tirou o rosto do ombro do pai, as lágrimas incessantes pelo rosto.

— Quem é Zezé?

— O nosso galo cantor, Zezé de Camargo. Ele se acha demais, por isso faz essa bagunça de manhã, mas aqui ninguém tem coragem de dizer pra ele que canta mal. — Arthur enrugou o cenho e tentou um sorriso. — Mas eu mandei a peãozada levar ele embora. Foi preciso três peões, os mais fortes daqui da região, pra fazer ele parar.

O menino, sentindo-se seguro para falar, despejou:

— Eu não gosto daqui, não gosto do cheiro deste lugar nem de nada que tem aqui.

— Como você pode dizer que não gosta? Minha mãe me contou que você nem foi lá fora. Nem conheceu a fazenda. Você não quer sair pra tomar café e ir passear comigo?

— Não, eu quero ir pra minha casa.

Eva umedeceu os lábios, pensativa, e insistiu:

— Olha, Arthur, eu vou te levar em alguns lugares... tenho certeza de que você vai gostar.

— Aqui não tem nada. Vocês não têm nem televisão.

— Então... — continuou ela pacientemente. — Nós não temos televisão porque aqui é diferente da cidade. A gente se diverte com outras coisas. Na colônia tem crianças da sua idade, e elas vão adorar conhecer você. E tem, sim, um monte de coisas pra fazer aqui. A gente pode ver os cavalos, você pode montar neles. Tem um que é bem mansinho. E tem a escola, que eu tenho certeza que é bem diferente da sua. A gente pode nadar no rio...

Arthur secou as próprias lágrimas e ficou olhando para o pai.

— Só vou sair para tomar café.

— Tá bom, filho. Mas antes vá escovar os dentes.

— Tá... — Arthur ignorou os apelos de Eva, apanhou o *nécessaire* de dentro do guarda-roupas e, antes de sair, disse: — Pai, fica no banheiro comigo?

— Já estou indo, filho.

Arthur saiu e Eva voltou a ficar de pé, vendo Marcos soltar o ar pela boca, visivelmente irritado.

— Vou pedir para minha mãe tirar vocês desse quarto. O Zezé gosta de cantar bem nessa janela.

— O Zezé — disse ele, enfatizando o nome do galo — quase nos mata de susto toda manhã.

— Desculpa... É que pensamos somente na comodidade de deixar vocês o mais próximo do banheiro. Nem pensamos no galo, já que o canto dele não nos incomoda.

Foi nesse momento que Marcos resolveu baixar a guarda. Ela parecia ser uma pessoa mais civilizada do que os outros.

— Olhe, obrigado por tudo o que estão fazendo — disse tão severamente que nem a convenceu de que estava realmente agradecido —, mas a única coisa que eu quero é ir embora deste lugar. Você pode me ajudar?

— Minha mãe me contou que não estão à vontade aqui. Mas se vocês nos derem uma chance de mostrar...

Marcos não deixou que ela continuasse:

— Eu só preciso dar um telefonema. É tudo o que eu quero.

Eva espremeu os lábios pensando que não ia ser nada fácil.

— Infelizmente o senhor vai ter que esperar que consertem o telefone.

Marcos se levantou e foi até janela, ficando de costas para ela.

— Sabe, eu não acredito que não exista um meio de sair deste lugar. É que isso aqui não é para nós. — Eva ficou irritada, mas não disse nada, afinal ele era amigo da proprietária. — Eu preciso ir trabalhar e a dona Martha me obrigou a vir nessas férias forçadas. Meu filho e eu estamos acostumados com... certas... coisas que vocês não têm aqui.

— Como o que, por exemplo?

— Eu preciso usar o celular, sabe? É igual a um telefone...

Eva cruzou os braços sobre o peito e ergueu o queixo.

— Eu sei muito bem o que é um celular, doutor. Já descobrimos o fogo e a roda por aqui. Eu sei o que é um *video game*, sei o que é um notebook, Wi-Fi, um e-mail...

— Que ótimo! — disse ele debochadamente.

Eva o encarou, lamentando-se.

— Desculpa, doutor, mas o senhor vai ter que esperar.

— Você não entende? — exclamou, esfregando a mão no rosto. — Eu preciso ir embora.

A porta se abriu e Arthur colocou a cabeça para dentro do quarto.

— Pai, estou te esperando.

— Eu já estou indo, Arthur. — O menino voltou a sair e Marcos disse, apontando para a porta como se pedisse para que ela saísse: — Preciso ajudar meu filho.

Eva saiu antes dele e no corredor preferiu engolir a raiva. Virou-se para o doutor e disse num tom de obrigação:

— Toque o sino se precisar de alguma coisa.

— Pra quê? Vocês não podem me ajudar.

Eva se virou e saiu a passos firmes, feito marcha de cavalo bravo. Heitor e Isalina haviam voltado para terminar de tomar o café. Esperavam ansiosos pelas novidades.

— E o menino, Eva? — perguntou dona Joana, muito preocupada.

Eva não respondeu, tentando conter a respiração.

— Que cara é essa, Pimenta? — disse Heitor com a boca cheia.

— Ai, que ódio! Esse cara é um grosso... mal-educado.

— Mas é bonito... — completou Isalina.

Eva continuou com as mãos na cintura, fumegante como uma locomotiva.

— Vocês acreditam que ele ia me explicar o que é um celular?

Heitor soltou um sorrisinho debochado, pensando que o tal hóspede não sabia com quem estava se metendo.

— Não adianta nada ficar toda arisca, Eva — alertou dona Joana. — Eles são hóspedes e a dona Martha gosta muito do doutor. Pelo o que ela me disse no telefone, ele é quase um filho pra ela.

Heitor se levantou e pousou as mãos nos ombros de Eva para lhe confortar.

— Senta, Pimenta. Vamos tomar café e voltar ao trabalho. Se ele quer ficar aí enfornado no quarto, que fique. Nossa obrigação é atender o chamado.

Mas Eva nem deu atenção.

— Qual é o problema desse cara? O que custa ser simpático e aproveitar a fazenda até o dia de ir embora?

Todos ficaram em silêncio. Eva olhou para trás e viu Marcos. Seu filho olhou assustado para dona Ana, imóvel na cadeira, e depois examinou

Heitor, que usava jeans, uma camiseta velha com a barra enfiada para dentro da calça e cinto de fivela larga com um canivete preso na cintura.

— Bom dia! — disse dona Joana, muito animada. — Vocês querem sentar pra tomar café?

— Sim — disse Marcos, conduzindo o filho até a cadeira e se sentando também.

Sobre a mesa havia ainda mais comida do que na manhã anterior. Dona Joana ajeitou perto deles duas facas e duas colheres.

— Pai, eu não gosto dessa margarina.

Dona Joana se aproximou do menino e gentilmente disse:

— Come o bolo de fubá. — O menino balançou a cabeça negativamente. — Então de que bolo você gosta? Posso fazer o que você quiser. Tem sequilhos, suco.

O menino não respondeu, e Marcos ordenou:

— Coma, filho, por favor. — Ele se virou para a mulher e indagou: — E o telefone, já foi consertado?

— Acho que não — disse ela, endireitando a coluna e gaguejando. — É... vou verificar e depois falo para o senhor.

— Parece incrível! Tudo está acontecendo ao mesmo tempo — avaliou, olhando para Eva. — Parece que há uma conspiração para que eu fique.

Dona Joana olhou para a filha como quem faz uma súplica. Eva entendeu o olhar da mãe, aspirou profundamente, sorriu, voltou a se revestir de paciência e se sentou na cadeira ao lado do menino.

— Arthur, se lembra da proposta que te fiz no quarto? De ir passear?

— Sim... — disse o menino, olhando para a caneca em sua mão.

— Eu queria muito te levar pra dar uma volta lá fora. Você aceita?

Arthur olhou para o pai para que ele respondesse e, como Marcos não se pronunciou, o menino despejou:

— Meu pai disse que não tem nada pra fazer aqui. Que vocês são ignorantes.

Marcos arregalou os olhos surpresos para Eva.

— Não foi isso que eu disse...

Eva se encheu de cólera. Entendeu que a rejeição do garoto não era porque estava sentindo falta dos seus objetos, mas um reflexo do preconceito do pai. Era isso que representavam para eles: um bando de ignorantes.

Seria inútil uma aproximação, porque não era uma questão de adaptação, e sim de preconceito.

— Ignorantes? — indagou Eva num misto de raiva e tristeza.

— A palavra não está colocada no mesmo sentido que eu usei.

— Ignorante para mim, doutor, só quer dizer ignorante.

— Eva... filha... — disse dona Joana, tocando nos seus ombros e apontando com os olhos para a saída. — Por favor...

Dona Ana, que se mantinha em seu mundo particular, resolveu despertar. E falou num tom alto:

— Eva, o que está acontecendo? O seu biso já chegou? — Eva fechou os olhos para tentar se acalmar, mas a senhora a repreendeu: — Eva, estou falando com você.

— Não, bisa! Ele não chegou ainda.

A senhora passou a resmungar baixinho, entregando-se ao seu mundo imaginário. Heitor tomou as dores da amiga, percebendo o quanto estava irritada. O peito da peoa arfava.

— Vamos, Pimenta... — disse, puxando-a pela mão, mas a jovem não se moveu. — Vem, Eva...

A garota se deixou levar pelo amigo e lá fora foi andando na frente a passos firmes, até que Daniel, que os aguardava debaixo de uma árvore na qual estavam amarrados os cavalos, ficou em pé rapidamente.

— Fica calma, peoa! — pediu Heitor.

— O que foi que aconteceu?

Eva olhou para Daniel e desabou:

— Chamaram a gente de ignorante, você acredita? O menino disse que não gosta do cheiro da casa. Eles sentem repulsa por tudo isso aqui.

— Ele é só um bosta, peoa — afirmou Heitor.

— Que raiva! Se continuarem assim, vou ligar pra dona Martha, vou dizer que eles querem ir embora.

— Acho melhor não fazer isso — aconselhou Daniel. — A dona Martha não mandaria gente ruim pra cá.

— Não é questão de ser ruim, Daniel, é questão de ser esnobe. Ele acha a gente a escória do mundo. Não querem nem se aproximar. Como se a gente tivesse uma doença contagiosa. — Eva montou em seu cavalo e puxou a rédea para que ele virasse para sua esquerda. — Nunca irei permitir que alguém humilhe minha mãe e nossa gente.

Verbalizou "iá" para seu cavalo e disparou pelo caminho de terra, deixando um rastro de poeira. Heitor tirou os olhos da cavalgada da patroa, que se distanciava a cada segundo.

— Nossa, o que aconteceu lá dentro? — perguntou Daniel.

— Tá brava feito o cão. Vai trabalhar que nem gente grande hoje.

Daniel tirou o capim do canto da boca e deu um sorrisinho. Sabia como era aquela moça quando cutucada, então partiram atrás dela.

Eram cinco horas quando Eva voltou a galope do trabalho pela estrada de terra na qual Kevin Costner foi encontrá-la, como fazia todos os dias. Voltaram velozes até a entrada do casarão.

Eva desmontou, como num ritual, ajoelhou-se, abraçou o cão e brincou com ele enquanto fazia festa para recepcioná-la. Em seguida, cochichou no ouvido do cavalo e o animal disparou para o estábulo. Atravessou o alpendre sendo seguida pelo cão. Passou pelas salas e se dirigiu até a cozinha, onde a mãe estava sozinha lavando maçãs que haviam acabado de ser colhidas.

— Oi, minha filha.

— Oi, mãe, tudo bem por aqui? — disse Eva, apontando com a cabeça para o corredor dos hóspedes.

— Do mesmo jeito, não saíram do quarto. Fiquei pensando em você o dia inteiro. Nem veio almoçar. Sei que está chateada, não quero que fique assim.

— Já passou, mãe, mas não gostei do que ele falou.

— Não é culpa do menino, Eva. Filho de peixe, peixinho é.

— Não estou com raiva do menino, não, mãe. Ele é só uma criança inocente absorvendo o preconceito do pai.

— Mas eu acho que o doutor não quis insultar a gente. Viu como ele te olhou preocupado quando o menino falou que éramos ignorantes?

Eva se aproximou da mãe, olhou nos seus olhos e sorriu. Dona Joana era uma pessoa tão pura de coração que sempre via o lado bom de tudo. Colocou seu cabelo atrás da orelha e declarou:

— Ele não quis nos insultar, mãe, mas pensa que somos gente burra. Só que a opinião dele sobre nós não me importa. — Ela apanhou uma maçã. — Vou tomar um banho.

Eva foi para o quarto com Kevin Costner. Ele se deitou no tapete ao lado da cama, acompanhando com os olhos os movimentos de sua dona. Eva abriu o guarda-roupas à procura de algo para vestir. A única coisa que queria naquele momento era tomar um banho e sentir a água hidratar sua pele seca e empoeirada.

Tirou o cinto, desabotoou os primeiros botões da camisa, sentou-se na cama e, antes que pudesse se livrar das botas, ouviu uma discussão. Foi até a porta e olhou pelo corredor. Seguiu as vozes e suas suspeitas se confirmaram. Vinha do quarto dos hóspedes.

Caminhou a passos rápidos até lá e viu Arthur ao lado de Marcos. O executivo mantinha as mãos na cintura olhando para Isalina, que, aflita, procurava algo nas gavetas do criado-mudo.

— Eu juro, doutor! — choramingou Isalina.

— Eu o deixei bem aqui… — insistiu Marcos, apontando para o móvel.

— Mas eu não mexi em nada, doutor — argumentou Isalina com voz chorosa. — Eu só tirei o pó dos *mover,* trouxe as roupas lavadas e guardei tudo. Por Tupã, eu não mexi em nadinha.

— Quem é Tupã? — perguntou Arthur, mas ninguém respondeu, então Marcos continuou:

— Eu deixei aí, só você entrou aqui.

Eva entrou no quarto e disse com certa autoridade:

— Posso ajudar?

Marcos baixou os olhos até Eva e foi se explicando, mas parecia mais chateado do que com raiva:

— Ela limpou o quarto e o carregador do meu celular sumiu…

Isalina, muito sensibilizada, aproximou-se de Eva com as mãos unidas, mostrando o quanto estava sendo verdadeira.

— Eva, eu só limpei o quarto. Eu juro por nossa senhora do céu! Quero que um corpo-seco me coma se eu estiver mentindo.

Eva olhou nos olhos de Isalina e disse:

— Deixa que eu resolvo. Pode ir, Isa. — A moça baixou a cabeça e saiu, desapontada. Eva passou os olhos pelo quarto, encheu o peito de ar e se virou para Marcos, muito séria. — Sei que o senhor é hóspede aqui e a ordem que eu passo para todos é fazer o possível e até o impossível para deixar a estada dos amigos da dona Martha agradável. Mas eu nunca vou permitir que alguém acuse nenhuma dessas pessoas. A Isalina é uma ignorante de minha extrema confiança.

— Então, se você confia plenamente nela... eu é que sou o mentiroso?

— Não, só acho que o senhor se enganou e deve ter colocado em outro lugar.

— Tenho certeza de que deixei sobre o criado-mudo.

— E eu tenho certeza de que ela irá encontrar.

Marcos a encarou por um tempo, e Eva continuou firme, então, sem ter mais o que argumentar, finalizou a discussão:

— Então só me resta aguardar que ela o encontre. — Eva lhe deu as costas para sair, mas Marcos a impediu dizendo: — Será que eu cometi algum crime pra ficar preso neste lugar?

Ela voltou a se virar para ele com olhos faiscando.

— Pra não me sentir ofendida com o seu comentário, doutor, vou considerar "neste lugar" um elogio.

Eva continuou com o olhar desafiador, virou-se e foi em direção à porta. Marcos desceu os olhos para seu jeans justo e seus cabelos longos no mesmo balanço do andar autoritário. Desviou imediatamente os olhos, incomodando-se com o próprio pensamento malicioso, e fechou a porta com uma batida alta.

Seis de Julho

EVA JÁ TINHA SEGUIDO SUA ROTINA matinal pela fazenda e agora se encontrava no refeitório da colônia conversando com algumas mulheres sobre a organização da festa de casamento de Isalina. As costureiras estavam empolgadas com os preparativos para a realização daquela comemoração, a noiva era uma moça muito querida por todos na colônia, por isso se empenhavam para que tudo saísse perfeito. De repente, a noiva entrou correndo no recinto: vermelha e ofegante.

— Eva... Eva... — Eva se levantou e se aproximou dela muito preocupada, sabia que para Isalina estar ali não eram boas notícias. — O doutor... pediu a charrete... — Levou as mãos ao peito e despejou de uma vez, desesperada: — Disse que vai embora com o menino.

Eva correu até seu cavalo, montou e cavalgou veloz até o casarão. Marcos já estava sentado com o filho na charrete, enquanto seu Tomás colocava as malas atrás do banco. A patroa desmontou ao lado deles e apanhou a rédea.

— O que está fazendo? — perguntou Marcos.

— Eu não posso deixar o senhor ir.

— Ah, é? Eu quero ver quem vai me impedir de ir embora.

Eva pousou a mão sobre o ombro do executivo a fim de lhe mostrar que se compadecia do seu sofrimento.

— São três horas de viagem até a próxima cidade, a charrete não é coberta. Vocês não vão aguentar. Pense no seu filho — disse olhando para Arthur. — A pele dele é muito clara e está sem protetor, você não está analisando...

— Eu só quero ir embora daqui.

— Deixa eu te mostrar a fazenda, o paraíso que é isso aqui. Amanhã eu mesma vou até a cidade e ligo pra dona Martha para mandar o avião vir te buscar, doutor. Mas não posso deixá-lo ir.

— Se me impedir, vou processá-la por cárcere privado. Não sou obrigado a ficar onde não quero. O meu paraíso é bem diferente disto aqui.

Eva encarou os olhos de Marcos por um tempo e pela primeira vez recuou.

— Tá certo!

Entregou as rédeas para seu Tomás e fez um movimento com a cabeça para o condutor, dando permissão para irem. Eva deu um sorriso triste para Arthur, vendo a charrete pegar a estrada.

Dona Joana correu até a filha, parando ao seu lado.

— Não acredito que deixou eles irem.

— Ele está decidido. Eu não tenho o que fazer. Ele é adulto, mãe, não posso obrigá-lo a ficar.

A moça montou em seu cavalo ainda ouvindo a mãe:

— Vá atrás dele. Diga que consertaram o telefone.

— Ele não irá muito longe, não vai aguentar a fúria de Guaraci — avaliou Eva olhando para o sol.

— Mas e o menino? — Eva saiu em disparada para o lado oposto ao da charrete. Dona Joana juntou as mãos e olhou para céu. — Ô, meu bom Deus! Isso não vai acabar bem. Que Guaraci tenha piedade deles.

Uma hora depois, seu Tomás olhou para o céu, não havia nenhuma nuvem para dar uma trégua aos novos viajantes imprudentes, apenas Guaraci se mantinha imponente no céu. Preocupou-se em manter o galope do animal o mais rápido que pôde, conduzindo até então sem esboçar nenhuma opinião. Contudo, naquele momento se permitiu olhar para o lado: o menino estava com a cabeça sobre as pernas do pai, suas bochechas e orelhas pareciam em brasas. Marcos também estava com o rosto queimado pelo sol e era visível a sua exaustão.

— Tem certeza de que quer continuar, doutor? — perguntou seu Tomás num tom de lamentação.

— Pode continuar, estamos quase chegando.

— Faltam mais duas horas, o menino não vai aguentar.

— Eu pago o que você quiser, por favor, só preciso que me leve até a cidade.

Arthur ergueu a cabeça e choramingou:

— Pai, eu estou com sede. Minha cabeça está doendo.

— Aguente mais um pouco, filho, a água que eu trouxe já acabou.

— Meu rosto está ardendo...

— Arthur... Por favor, filho, aguente mais um pouco. Você não quer sair deste lugar?

— Doutor, o menino não está bem... Vai pegar uma insolação.

Marcos juntou as sobrancelhas olhando a estrada, uma linha de terra sem fim. Sentiu a garganta seca, de sede e de desespero. Nunca havia sentido tanta vontade de chorar, de gritar, de sair correndo sem olhar para trás. Olhou para o rosto vermelho do filho e desejou que aquele pesadelo acabasse.

— Eu só quero sair daqui...

— Pai, vamos voltar.

— Doutor, pelo amor de Deus. Vou até a cidade para o senhor hoje mesmo, mas vamos levar o menino de volta.

Marcos sabia que seu Tomás estava certo, mas não teve forças para responder, apenas assentiu com a cabeça.

Seu Tomás parou e apanhou uma manta empoeirada que ficava atrás do banco da charrete e cobriu Arthur. Apesar do calor insuportável, sua pele não seria ainda mais agredida. Cedeu o seu chapéu para Marcos e intensificou o galope do animal de volta.

Chegando ao casarão, Marcos entrou com Arthur nos braços. Seu Tomás correu na frente e tocou o sino freneticamente, quem ouvisse saberia que era urgente. O executivo deitou o filho no sofá e logo apareceram Isalina e dona Joana, perplexas, vendo o estado do menino.

— Por Deus do céu! — disse a mulher juntando as mãos. — O que aconteceu? — Dona Joana se ajoelhou ao lado de Arthur, analisou-o por um momento e ordenou: — Tomás, corre até o mestre, conta o que aconteceu e diz para vir preparado, rápido.

O homem disparou porta afora. Dona Joana foi até a cozinha e voltou com a moringa, uma bacia de água fria e vários panos limpos.

— Ele está febril... — disse Marcos com os olhos inundados.

— Vamos tirar as roupas dele — ordenou a mulher. — Vamos molhá-lo para baixar a febre.

Eles o despiram, e dona Joana lhe deu água e passou a fazer compressas com o pano, tentando amenizar o aquecimento das partes avermelhadas. Arthur permanecia desacordado e vez ou outra gemia de dor.

Minutos depois, seu Tomás voltou com Eva e um homem de uns cinquenta anos, alto, forte e com traços indígenas marcantes. Cabelos longos, lisos e pele bronzeada. Vestia jeans e camisa com botões e trazia no ombro uma mochila. Ele se aproximou de Arthur e se ajoelhou ao lado dele também, analisando-o.

— Se afasta, por favor — pediu a Marcos.

Dona Joana segurou no braço de Marcos e o puxou para se afastar.

Mestre Ubiraci tocou nos pés de Arthur para sentir sua temperatura e se aproximou do seu rosto, examinando com mais perícia o grau das queimaduras. Abriu a mochila e pegou um frasco que continha uma pasta amarela com textura de manteiga. Passou a pomada, fazendo movimentos suaves sobre o rosto todo do menino, além de orelhas e mãos. Depois tirou da mochila algumas ervas e um pilão, amassou-as e misturou com água, inclinou o tronco de Arthur e o obrigou a beber o remédio.

Arthur fez uma expressão de que o gosto era amargo. Isalina, sentindo-se sensibilizada, suplicou:

— Bebe, filho, pra você melhorar.

O menino bebeu e reclamou de frio.

Mestre Ubiraci examinou minuciosamente o corpo de Arthur, certificando-se de que toda a pele agredida tinha recebido o tratamento, e em seguida se levantou, encarando Marcos. O índio estava muito sério e confiante o suficiente para defender os direitos do garoto.

— Uma criança pode agir inconsequentemente. Agora, para um pai, isso se chama irresponsabilidade. Algo mais grave poderia ter acontecido. Não viva a vida pensando apenas no seu prazer. Ele é o seu maior bem. Então cuida dele, doutor. — Eva ficou surpresa ao ver Marcos baixar a cabeça, visivelmente abalado. Ao contrário do que todos esperavam, ele não retrucou. — Ele precisa de muita água. Passa a pomada até que a pele pare de arder e deixa o menino descansar até que se recupere.

Marcos assentiu sem olhar para o mestre Ubiraci, apanhou o filho nos braços e o levou para o quarto. Eva prontamente pegou o pote com a pasta, a moringa e foi junto com ele. Ao entrar no quarto, puxou o cobertor da cama e Marcos acomodou o filho. Ela afagou os cabelos de Arthur, virou-se para o executivo e lhe explicou:

— Faça exatamente o que o mestre recomendou — disse ela, sussurrando para não despertá-lo. — Se acabar a pomada, me chama a qualquer hora que eu vou buscar mais. Tenho certeza de que amanhã ele não vai estar mais com dores. Essa pomada para queimadura é milagrosa. — Eva virou a água da moringa no copo e ofereceu a ele, que bebeu num único gole, estava sedento. — O remédio que ele tomou vai fazer a febre baixar. Por favor, se precisar de alguma coisa, nos chame, estamos aqui pra te ajudar. — Marcos não se moveu, sentado ao lado do filho olhando seu rosto. — Doutor — chamou Eva para que ele a olhasse. — Vou até a cidade ligar pra dona Martha e pedir que mande o avião. Eu entendo você, não precisamos passar por isso.

Marcos não esboçou a reação que ela esperava, apenas parecia repreendido pela sua própria consciência.

— Obrigado!

Eva saiu do quarto e fechou a porta, indo até a sala, onde dona Joana estava à porta se despedindo do mestre.

— E então, filha?

— O doutor parece que está muito abalado — respondeu Eva.

— Ele percebeu o risco que correu pensando apenas em si mesmo — concluiu mestre Ubiraci.

Eva baixou os olhos, assumindo uma parcela de culpa pelo que havia acontecido.

— Estou me sentindo tão culpada quanto ele. Eu poderia ter evitado isso, mas quis medir forças com o doutor. Não achei que iria tão longe, mestre. Ele quer muito ir embora — confidenciou Eva, falando baixo. — O que o senhor acha que devo fazer?

— Liga pra dona Martha e conta o que aconteceu, esse homem está doente, não tem condições de ficar aqui.

— Doente? — perguntou Eva, curiosa. — Como assim?

— Liga pra Dona Martha, Eva — insistiu o mestre —, antes que ele faça uma besteira. Ele trouxe ventos ruins para nossas terras. Ele chamou atenção de Anhangá. Vejo escuridão para as próximas luas, e isso veio quando ele pisou aqui.

Sete de Julho

NA MANHÃ SEGUINTE, Eva foi para a ordenha, mas Heitor percebeu que a patroa estava calada e pensativa. Puxou conversa sobre vários assuntos para tentar distraí-la, mas ela parecia ocupada no seu universo particular, dava-lhe apenas respostas curtas.

Foram para o casarão tomar o café da manhã, acenaram para mestre Ubiraci cortando lenha e entraram. Heitor a viu encher o copo com café, avisando:

— Vou ver como o Arthur está.

O peão acompanhou com os olhos sua amiga sumir pelo corredor e se voltou para dona Joana, que o observava. Sentou-se à sua frente e demorou um pouco para encará-la.

— O que foi, dona Joana?

— Está devagar demais, Heitor.

— O dito não é "quem corre cansa, quem espera alcança"? — disse ele com um sorriso tímido.

— Nesse caso eu te diria que "o seguro morreu de velho", meu amigo.

Ele não disse nada e baixou os olhos novamente.

Eva bateu de leve na porta e ouviu a voz de Marcos autorizando sua entrada. Ela entrou, vendo-o se sentar na cama e passar os dedos entre os cabelos para ajeitá-los.

— Bom dia! — disse, estendendo o café.

— Bom dia, Eva.

Eva se aproximou de Arthur, curvou-se e examinou seu rosto. O menino dormia profundamente.

— Como ele passou a noite? — sussurrou.

— Dormiu bem. Pediu água algumas vezes — respondeu com a voz rouca. — Falei com ele agora há pouco. Estava meio sonolento, porém disse que não está mais com dores.

— Que boa notícia — falou com ternura.

Marcos tomou um gole de café observando os dedos dela num vaivém carinhoso entre os fios de cabelos do filho. Olhou seu rosto bonito por um tempo e voltou a caneca nos lábios, tomando um grande gole de café. Disse-lhe com olhos baixos:

— Obrigado, Eva.

Ela voltou a ficar ereta, percebendo o quanto havia sido difícil para ele agradecer.

— Vou até a cidade ligar pra dona Martha...

— Tem certeza? Não é perigoso?

— Não se preocupe, já estou acostumada. A galope, levo pouco mais de uma hora. — Ela esticou o braço e tocou seu ombro antes de sair. — Arrume suas coisas, doutor, logo voltará para o seu paraíso.

Eva se manteve fora durante toda a manhã, e, um pouco depois do almoço, atravessou sorrateira o corredor dos hóspedes. Sabia que os dois dormiam. Tirou do bolso uma chave e abriu a única porta do casarão que permanecia sempre trancada. Olhou uma última vez pelo corredor, certificando-se de que ninguém estava por perto, e entrou, voltando a trancá-la.

Passou os olhos pela biblioteca. Sobre a mesa do escritório, na qual estava a TV de plasma de quarenta polegadas, estava o telefone e a chave da sua caminhonete. Tudo escondido, esperando os hóspedes irem embora.

Sentou-se à mesa e ligou o fio do aparelho telefônico, levando o gancho até sua orelha. Discou alguns números e segundos depois foi atendida.

— Alô, dona Martha? Sou eu, a Eva.

— Olá, Eva! Que surpresa! Está tudo em ordem?

— Desculpa ligar pra incomodar a senhora, mas como não se trata de assuntos da fazenda...

— Pode falar, menina.

— É sobre o doutor Marcos e o filho dele. — Fez uma pausa e despejou: — Dona Martha, eu acredito que eles não estão tendo uma boa estada aqui na fazenda. Eles não saem do quarto. Parecem apreensivos e infelizes por estarem aqui. O Arthur odeia a fazenda, chora, reclama e quer voltar pra cidade.

— Então será necessária a sua intervenção, não acha? — Ambas ficaram em silêncio por um momento, e a mulher continuou: — O doutor Marcos, Eva, não é só um conhecido que deixei passar as férias aí. Depois do meu marido, ele é a pessoa mais importante para mim, e precisa de ajuda.

— Não vejo como posso ajudá-lo. Eles nem querem interagir com a gente.

— Será que não está havendo certo preconceito de ambas as partes? Você quer que eles aceitem a forma de vida de vocês, mas vocês também não estão aceitando a diferença. O choque é igual para ambos.

— Juro por nosso Deus que os tratamos da mesma forma que tratamos a senhora...

— Eu não tenho dúvidas quanto a isso, Eva.

— Ontem o doutor quis ir para a cidade de charrete. Tentei impedi-lo, mas ele estava decidido, disse até que iria me processar; eles não aguentaram o sol e voltaram pra fazenda. O mestre Ubiraci teve que medicar o menino com febre.

— E por que não disse a ele que havia telefone? — Eva não respondeu. — Estão medindo forças?

— Achei que ele não iria tão longe, dona Martha. Estou me sentindo tão culpada quanto ele, por isso estou ligando pra senhora. Não sei o que fazer.

— Então o caso dele é grave. Eu sabia que a ligação do Marcos com o trabalho era um tanto exagerada, mas não achei que fosse irracional. — Dona Marta fez silêncio por tempo maior que o normal, e uma ruga se fez na sua testa. — Bem, acho que vou mandar o jatinho ir buscá-los. Não quero que nada de mal aconteça. Eu só estava pensando na saúde do doutor Marcos e achei que um tempo aí na fazenda fizesse bem a ele. Mas vejo que ele é um caso perdido, então.

Eva baixou os olhos por um momento. Dona Martha astutamente havia atingido sua alma, conhecia muito bem aquela moça e apenas aguardava a conclusão de sua investida. Eva perguntou:

— Dona Martha, por que eles estão aqui?

A mulher aspirou profundamente e soltou o ar.

— Eva, a saúde do Marcos é como uma panela de pressão entupida. E o que acontece quando a panela está cheia de vapor sem ter para onde sair?

— A panela explode.

— Pois bem, foi o que quase aconteceu. O Marcos, Eva, é o melhor profissional que eu tive o prazer de conhecer nesta minha longa vida. Só que eu aprendi que até o melhor dos melhores não atinge a perfeição. Toda extravagância é negativa. Eu ensinei tudo o que ele sabe, mas esqueci de ensinar o equilíbrio. E estou me sentindo culpada por isso. Ele é viciado em trabalho, em tecnologia. E o menino não é diferente dele. Nunca olhei para o Arthur nos olhos, Eva, está sempre com o rosto atrás do *tablet*. Eles precisam de ajuda.

— E a esposa do doutor?

— Ela morreu de câncer quando o Arthur tinha quatro anos.

Eva ficou em silêncio por um tempo. Dona Martha havia usado a palavra mágica para convencer Eva: ajuda.

— Eu acho que posso tentar, dona Martha.

A senhora sorriu do outro lado da linha, mas não deixou que Eva notasse. Sabia que conseguiria persuadi-la. Tinha certeza de que, se Eva não conseguisse, Marcos não teria mais chance.

— Eva, só faça o que você sabe fazer de melhor, o que o seu pai lhe ensinou. O doutor Marcos é uma pessoa excepcional e precisa de ajuda.

— Só tem um problema, dona Martha. Depois do que aconteceu ontem, eu disse a ele que iria pedir pra senhora mandar o avião. Ele vai me cobrar.

A senhora pensou por um momento e revelou:

— Diga ao doutor Marcos Monterrey que eu disse pra ele continuar aí. Que o processo do embargo está nas mãos do doutor Clovis.

— Eu direi.

— Mostre a ele o que tem de bom aí. Ensine-os a enxergar esse monte de mato com a mesma paixão que você vê. Eles nunca viram uma vaca de perto. Eu tenho certeza de que você vai saber como atrair a atenção deles. Eu preciso desse ponto de partida, preciso da sua ajuda.

— Pode contar comigo, dona Martha. Eu vou dar um jeito.

— Confio em você, Eva. E obrigada!

— Estamos aqui para ajudar. Até mais, dona Martha. — Eva desligou o telefone e ficou inerte por um tempo. Sussurrou: — Como vou fazer pra prender a atenção deles por um mês?

Tirou o fio do telefone e ouviu um sino ser tocado desesperadamente, saiu trancando a porta e correu até a sala achando que fosse algo com Arthur. Viu seu Guma com expressão de dor, o punho direito fechado contra o peito e a camisa suja de sangue. A voz do mestre falando de Anhangá lhe veio à mente. Correu até o franzino senhor e o ajudou a se sentar no sofá. Ajoelhou-se na frente dele e, olhando em seus olhos, indagou, tentando manter a calma:

— Seu Guma, o que aconteceu?

— Cravei o facão no morro e segurei no cabo para apoiar, mas a minha mão escorregou e cortei todos os dedos.

Marcos, ao ouvir sino e vozes, foi com o filho até a sala ver o que estava acontecendo, mas, ao perceber que o homem estava ferido, manteve-se distante.

Seu Guma mostrou o punho fechado para Eva, mas não teve coragem de abrir. Começou a tremer. Eva acolheu o punho do homem entre suas mãos com muito carinho, ouvindo-o dizer:

— Não vou conseguir abrir, patroa.

Ela olhou nos olhos dele firmemente.

— Não se preocupe, seu Guma. Vamos fazer isso juntos, tá bom? — Olhou para Marcos e falou: — Eu preciso da sua ajuda. — Marcos não se moveu, parecia traumatizado ao ver o sangue pingando do punho dele e enchendo as mãos de Eva. — Marcos! Preciso da sua ajuda. Se a Isa não apareceu é porque não está na casa. Preciso que pegue no banheiro o kit de primeiros socorros.

Marcos demorou alguns segundos para sair correndo, mas o fez, achando o kit logo na primeira porta do armário que abriu. Voltou e ficou ao lado dela, ouvindo suas ordens:

— Agora pega a faixa e esse frasco plástico — disse, ainda segurando o punho do velho. Olhou para Arthur, que estava paralisado, e ordenou: — Arthur, você precisa me ajudar também. Vai lá fora e conta o que aconteceu pro primeiro que você encontrar. Pede pra chamar o Heitor. — O garoto saiu correndo porta afora sem pensar duas vezes. Eva voltou para seu Guma e disse: — Vamos abrir a mão, eu preciso ver.

O senhor ergueu o punho ainda mais trêmulo, porém não conseguiu abrir.

— Não posso, patroa.

Eva olhou para Marcos:

— Abre o frasco e quando ele abrir a mão você joga o líquido.

— Tá... — Foi tudo o que Marcos pôde dizer.

Eva limpou as mãos na gaze e segurou o rosto do homem.

— Eu preciso que o senhor abra a mão. Vai ser rápido, e eu sei que o senhor é forte.

Ele assentiu. Era impossível não obedecer a aquele olhar cheio de amor, aquela voz firme que passava a certeza de que tudo ia dar certo e as mãos carinhosas que tocavam seu rosto como se realmente fossem fazer aquilo juntos, como se a dor que ele sentia fosse compartilhada com ela.

Seu Guma abriu o máximo que a dor lhe permitiu, Marcos jogou o líquido ouvindo o homem gritar. Eva apanhou a bandagem e habilmente envolveu o ferimento, apertando firmemente para estancar o sangue, e depois envolveu o punho do homem. Nesse momento, Arthur entrou na sala com Heitor.

— Trouxe os cavalos? — indagou Eva para o peão.

— Trouxe — ele respondeu. — Vamos...

O senhor se levantou e todos foram para fora. Heitor montou no cavalo e ajudou seu Guma a subir na sua garupa. Eva montou em outro cavalo e os três partiram pela estrada de terra.

Pai e filho ficaram em silêncio por um tempo, olhando os cavalos se afastarem. Kevin Costner ficou sentado, inquieto, vendo Eva partir sem ele.

Marcos baixou a cabeça e ofereceu um sorriso ao filho, como se perguntasse se estava tudo bem.

— O homem vai ficar bem, né?

— Vai, sim, filho.

Isalina e dona Joana voltavam para o casarão com as mãos cheias de verduras, observando a cavalgada apressada passar por elas. Ficaram observando sem entender. Viram o doutor na varanda e apressaram os passos até chegarem ao alpendre, onde Marcos contou o que havia acontecido.

— Coitadinho do seu Guma! — choramingou Isalina.

— Tava sangrando muito... — comentou Arthur.

— E você, pelo que vejo, está muito melhor. Ganhou um bronzeado... — Marcos percebeu que dona Joana desconversou ao ver que seu filho estava abalado.

Arthur mostrou as mãos sem a vermelhidão e sorriu.

— Não estou sentindo mais nada.

— Que bom! Assim pode aproveitar a fazenda. Querem entrar para comer alguma coisa?

— Aceito um café, dona Joana.

Naquela tarde, pai e filho ficaram sentados na varanda, no embalo da cadeira de balanço. Conversando.

Arthur parecia mais animado, entretanto vez ou outra perguntava se o pai achava que o homem ia ficar bem. Como Eva não voltara, os dois foram tomar banho.

Marcos decidiu ir jantar com os demais na esperança de que ela voltasse para dar notícias. Os dois apontaram na sala um tanto tímidos, mas dona Joana já puxou uma das cadeiras.

— Sentem. Que bom que vamos comer juntos.

Todos se sentaram, inclusive dona Ana, imóvel sob o olhar desconfiado de Arthur. Sobre a mesa havia três tipos de salada, arroz, feijão, farofa, salada de batata com ovo, salada de grãos e berinjela à parmegiana. O cheiro estava ótimo!

Marcos se preparava para se servir quando viu dona Joana e Isalina baixarem a cabeça, devotas e com olhos fechados. Marcos desistiu do movimento e fez um sinal para Arthur respeitar e ficar em silêncio. O executivo observou as duas enquanto diziam juntas:

— Agradecemos ao nosso Deus por criar o nosso mundo e pelos deuses que protegem nossas terras, plantas, águas e animais. Amém.

As duas começaram a se servir, e Marcos fez o mesmo em silêncio, pensando no filho. Arthur não sabia nada sobre religião. Tudo que ele havia aprendido sobre Deus havia sido na escola, e Marcos não fazia ideia do que o menino acreditava ou se sabia rezar. Nunca haviam tido aquela conversa.

Dona Joana ia levar o garfo à boca, mas interrompeu o movimento ao ver Arthur mastigar distraidamente, observando dona Ana.

— Está tudo bem, Arthur?

Ele desgrudou os olhos da senhora e perguntou para dona Joana, empurrando os óculos para perto dos olhos.

— Ela não vai comer?

— Quando ela fica assim, não consegue fazer nada sozinha. É como um bebê.

— É, mas quando ela tá boa da cabeça é muito sapeca — disse Isalina. — Tem que ficar o tempo todo de olho grande nela, *iguar* criança levada. Não é não, dona Joana?

— É, sim, acho que Deus desliga ela um pouco pra dar sossego pra gente.

Arthur sorriu, e dona Joana adorou ver aquele sorriso, e ainda mais as colheradas fartas que ele levava até a boca.

Depois do jantar, os dois foram para o quarto, mas não puderam dormir. Marcos achou que Arthur ainda estava impressionado e preocupado com o homem ferido. Sugeriu ao filho irem até a sala e se aquecerem na frente da lareira, que estava acesa.

Ambos se sentaram um ao lado do outro. A casa se encontrava totalmente escura e silenciosa. Somente o fogo da lareira iluminava o ambiente.

O menino aproveitou a falta do que o distrair e contou ao pai algumas situações pelas quais havia passado na escola. Contou que não sabia jogar futebol, e que por isso não tinha muitos amigos. Disse que achava uma menina da sua sala a mais bonita de todas, e que uma vez havia ficado por duas horas na diretoria passando mal, porque a diretora não havia conseguido falar com o pai.

Marcos ouviu tudo, mas ficou em silêncio, remoendo-se por não ter estado ao lado do filho naqueles momentos. Arthur continuou contando outras de suas aventuras no colégio, até adormecer sentado. Marcos ajeitou o filho nos braços com movimentos delicados para não o acordar. Aconchegou o menino no seu peito e ficou por um tempo olhando seu rosto.

Como era bom observar aquele ser que era um pedacinho de si e sentir aquele cheiro acolhedor. Acendia o amor que existia no seu peito; um sentimento inabalável de proteção o preencheu. Beijou a cabeça da criança e levou os olhos até as chamas da lareira, pensando em seu Guma e em como se sentiu confiante quando Eva lhe deu apoio. Arthur precisava daquele apoio também.

Preparou-se para se levantar, mas desistiu quando ouviu a porta se abrir. Era Eva, que, ao vê-lo, parou abruptamente, sentindo o coração disparar, sem saber se era por conta do susto ou o efeito que causava aquele homem tão bonito. Trancou a porta e se aproximou dele, sussurrando:

— O Arthur está bem? Por que estão aqui?

— Acho que ele ficou impressionado com o que aconteceu; não estava conseguindo dormir.

Eva se sentou na mesa de centro, ficando diante deles.

— Por isso mandei ele ir procurar o Heitor.

Marcos lhe deu um sorriso curto de agradecimento, o primeiro desde que chegara à fazenda. Eva não retribuiu e baixou os olhos, desejando não tê-lo visto.

— E o homem? — Quis saber Marcos.

— Seu Guma levou alguns pontos, mas parece que o corte perfurou o tendão de um dos dedos. Ele vai ter uma árdua caminhada até se recuperar. — Eva tomou delicadamente a mão de Arthur, conferindo a coloração da pele. — A cor das mãos já está normal.

— Ele está totalmente recuperado.

— Que bom — disse Eva, olhando para o rosto de Marcos. — Seu rosto está vermelho também.

— Eu estou bem...

Eva baixou os olhos e espremeu os lábios, precisava iniciar aquela conversa. Queria falar com ele antes que perguntasse. Puxou o ar para dentro dos pulmões e, como num sopro, despejou:

— Falei com a dona Martha. Ela me disse que gostaria muito que você continuasse aqui. — Ele ficou com expressão paralisada. — Disse que o embargo está nas mãos do doutor Clovis. Mas, por favor, não fica bravo comigo, eu não sei do que se trata, só estou passando o recado.

As sobrancelhas de Marcos se juntaram e seu queixo endureceu. Virou a cabeça na direção das chamas da lareira, remoendo-se numa raiva contida.

— Um bandido, é isso o que ele é... — cuspiu.

— Desculpe, eu não queria te aborrecer. Mas estou entre a cruz e a espada. Não sei o que fazer.

Marcos voltou a olhá-la, um pouco mais contido.

— Me sinto mais confortável que o doutor Clovis tenha pegado o caso, ele é um ótimo advogado.

Eva pensou que talvez ele quisesse conversar sobre o assunto e procurou seus olhos.

— Quer me explicar? Falar sobre isso?

— Não — disse, voltando-se para as chamas. — Dizer o que penso sobre ele, aqui, é covardia.

— Eu diria desabafo...

— É sobre um fiscal corrupto, eu queria dizer pessoalmente. Eu quero estar ao lado da dona Martha, ajudar a resolver. Conheço o processo inteiro. — Voltou os olhos para ela. — Você entende que estou me sentindo um inútil aqui, sem fazer nada o dia inteiro, sabendo que estão com problemas?

— Eu entendo, sim. E no seu lugar eu também ficaria angustiada, querendo voltar. Mas, se a dona Martha faz tanta questão que você fique, deve ser por um motivo muito mais importante pra ela do que o problema lá na empresa. Ou ela seria a primeira a chamá-lo, não acha?

Marcos inspirou e depois soltou o ar dos pulmões, era visível seu conflito interno. Parou seus olhos nos dela e indagou:

— Ela não lhe contou por que estou aqui?

— Não. — Ficaram em silêncio por um tempo, mas Eva voltou a falar: — Você parece ter um trabalho bem estressante.

— Eu gosto do que faço, por isso não se torna estressante. Pelo contrário, é compensador. Falando em estresse, fiquei impressionado pela forma como conduziu a situação aqui com o homem ferido. Fico um pouco nervoso nesses momentos — disse com olhos baixos —, sou a pessoa menos indicada para socorrer alguém. Eu não saberia o que fazer.

Eva ergueu a sobrancelha, surpresa com o elogio, mas não deixou de alfinetá-lo:

— Todos os ignorantes são importantes para mim, doutor.

Marcos umedeceu os lábios e a encarou com firmeza.

— Olhe, Eva, me desculpe. Eu não quis ofender vocês.

— Eu sei que não. Mas acha que somos burros. E que o seu trabalho diplomado tem muito mais valor do que o nosso, certo?

Marcos não quis responder e insistiu:

— Desculpe, Eva.

— Seja sincero, doutor, assim poderei lhe perdoar.

— Só acho que não exige tanto estudo. — Eva virou a cabeça para o lado, desapontada, mas Marcos interrompeu seus pensamentos: — Não peça para uma pessoa ser sincera se não quer realmente ouvir a verdade.

Eva devolveu a ele um olhar desafiador.

— O que me incomoda é o preconceito.

— Não é preconceito, é diferença cultural.

— É preconceito — reafirmou ela.

— Consegue provar a minha intenção?

Eva estufou o peito e despejou:

— Imagina o senhor como turista em outro país. Pois bem, mesmo que esse tal país tenha uma cultura totalmente diferente da sua, e muitas vezes até bizarra, o senhor quer fazer parte, pagou para estar lá. A língua pode ser desagradável aos seus ouvidos, mas você quer fazer parte. A culinária pode apresentar animais que você jamais pensaria em comer. Mas você, como turista, quer experimentar, apreciar aquela comida chamada de exótica. Mas se o assunto for o interior, seremos sempre os caipiras. Sinônimo de atraso. Burrice. Nosso sotaque é motivo de riso. E mesmo oferecendo toda hospitalidade do mundo, sendo educados, atenciosos com desconhecidos, só porque respeitamos a terra e os animais, nós, os caipiras, é que somos os ignorantes.

Marcos manteve uma expressão paralisada, encaixando-se em cada justificativa da defesa de Eva. E, apesar de ter argumentos para rebatê-la, o renomado Marcos Monterrey se calou diante das mais lindas e ao mesmo tempo duras palavras, totalmente seduzido por elas. Voltou com seu ar autoritário e admitiu:

— Seria uma ótima advogada.

Ela lhe devolveu um sorriso enfadonho.

— Não deboche...

— Estou falando sério. Desculpe. Eu realmente não devia ter dito aquilo...

— Deixa eu mostrar — Eva o interrompeu. — Sei que consigo provar que não somos ignorantes. E que precisam de nós tanto quanto precisamos de vocês. — Os olhos de ambos se sustentaram em silêncio, num desafio de resistência, mas Eva baixou a guarda, sorriu e se levantou. — Precisa de alguma coisa, doutor?

— Não, obrigado.

— Então boa noite! — Ela passou a mão no cabelo de Arthur e foi para o quarto da mãe, bateu de leve na porta e entrou. — Mãe, tá acordada?

— Estou, quer dormir aqui comigo?

— Vou tomar um banho, acabei de chegar.

— Deita aqui do meu lado um pouquinho, filha. — Eva tirou as botas, o jeans e a camisa, aconchegou-se ao lado da mãe, que a cobriu como se fosse uma criança. — Chegou tarde, filha. E o seu Guma?

— É, mãe — lamentou —, seu Guma vai precisar de muito tempo pra voltar a mexer a mão. Se voltar...

— Ele está bem?

— Está, deixei ele em casa.

As duas ficaram em silêncio, contemplando a escuridão do quarto. Eva sentia o vaivém dos dedos da mãe nos seus cabelos, pensando em Marcos. E mesmo sem dizerem nenhuma palavra, dona Joana sabia que algo incomodava a filha.

— O que foi, minha Eva?

— Falei com a dona Martha. Ela me disse que tenho que mantê-los aqui. Que o doutor está com sérios problemas de saúde e precisa de ajuda.

— E a esposa do doutor?

— Ela morreu de câncer quando o Arthur tinha quatro anos.

Dona Joana pousou a mão no peito, verdadeiramente triste.

— Minha santa mãezinha! Que coisa terrível! — Ambas voltaram a ficar em silêncio. Mas dona Joana quis saber o que a filha havia decidido. — E então...

— Não sei como vou fazer isso, mãe.

Dona Joana sorriu. Eva era incapaz de recusar ajuda a quem quer que fosse.

— Faz com o doutor do mesmo jeito que seu pai fez com você — disse a mulher, entrelaçando seus dedos nos dedos da filha. — Leva os dois para todo canto. Mostra tudo. Acho muito difícil alguém não amar esse lugar. Por mais que o doutor seja uma rocha, Eva, até as rochas têm o seu propósito na natureza.

Eva levou a mão da mãe até seus lábios e a beijou em forma de agradecimento.

— Em uma coisa a senhora pode apostar, mãe: vou fazer tudo o que estiver ao meu alcance.

Oito de Julho

ERAM NOVE HORAS DA MANHÃ e o sol estava a pino na fazenda Arumã, atravessando todas as janelas das salas. Isalina estava empolgada, esfregando o escovão no chão da sala de lareira para deixar o assoalho brilhante. Eva não havia participado da ordenha naquela manhã, deu-se o luxo de acordar um pouco mais tarde, tomou café da manhã e aguardava os hóspedes se levantarem.

Mantinha-se sentada à mesa da sala de jantar com a cabeça apoiada no punho esquerdo, observando a outra mão varrer os ciscos de pão sobre o pano de mesa. Estava tão distraída que nem percebeu Kevin Costner se equilibrando nas patas traseiras e agitando as dianteiras na tentativa de ganhar um pedaço de pão.

Dona Joana estava à sua frente separando os feijões bons dos ruins, mas com a atenção voltada para a filha. Não era normal aquela distração, e aquele silêncio era sinônimo de vozes na sua cabeça, que Eva ouvia exclusivamente.

— Tudo bem, filha?

Eva não ouviu. Dona Joana, então, voltou-se para os feijões: puxava um punhado e separava com o indicador os furados, colocando-os de lado. Os selecionados, empurrava para dentro da panela. Repetiu a ação mais três vezes e voltou a olhar para a filha, que sorria. Seu instinto materno lhe soprou aos ouvidos o que estava acontecendo, mas achou que era cedo demais para perguntar. Só havia um motivo para Eva estar assim: Rudá.

Ouviram passos sobre o assoalho e se entreolharam. Em seguida, Marcos e Arthur apontaram no cômodo e, diferente das outras vezes, já foram se acomodando nas cadeiras.

— Bom dia! — disse Marcos.

Elas responderam em coro enquanto eles se serviam. Arthur olhou para Isalina e comentou:

— Esse aspirador de pó é esquisito.

Isalina parou o movimento e se endireitou, pousando uma das mãos nas costas.

— Isso é um escovão, serve para dar brilho no chão.

— Hum... — disse ele, voltando-se para Eva. — O meu pai disse que o homem que se machucou está bem.

— Está bem, sim, ele levou alguns pontos e vai precisar de um tempo de repouso.

— Que bom! — finalizou o menino.

Marcos se serviu de café e bolo, e Eva acompanhou os movimentos das mãos do executivo. Apesar de segurar firmemente a alça do bule, eram movimentos sutis, nem se ouvia o som do objeto quando era pousado sobre a mesa. Em seguida, cortou um pedaço de bolo com o garfo e o levou até a boca. Enquanto mastigava, mantinha os punhos sobre a mesa numa postura ereta. Não pareciam movimentos artificiais, mas a rotina de alguém que tivera uma educação refinada e rígida. Era naturalmente um homem de classe, e Eva entendeu que ele realmente não se encaixava naquele lugar.

— Eu não ouço mais o galo — disse Arthur, animado, fazendo Eva se desprender dos pensamentos.

— Deixamos a Isa — confidenciou Eva — com a missão de impedir o Zezé de cantar.

— Como? — indagou o menino, muito curioso.

— Ela acorda antes que ele e fica debaixo da sua janela esperando para enxotá-lo.

— Todo dia? — perguntou Arthur, virando-se para Isalina, que parou o movimento com o escovão e fez um sinal de positivo.

Ele sorriu para ela.

— Isso é verdade? — perguntou Marcos olhando para dona Joana.

— É verdade, sim — respondeu a mulher indo para a cozinha e depois voltando com uma forma coberta. Colocou sobre a mesa fazendo certo suspense para Arthur e, quando destampou, viu o olhar de admiração do menino. Era um bolo com cobertura de chocolate que escorria pelas laterais. — Fiz esse bolo pra você, Arthur. Você quer um pedaço?

— Quero, sim! — Aceitou com olhos famintos.

A senhora se virou para Marcos.

— O senhor aceita um pedaço?

— Aceito, sim, por favor.

Dona Joana os serviu, muito orgulhosa de si.

— Então, Arthur — disse Eva depois de dar um gole na caneca com café. — Eu gostaria muito, mas muito mesmo de te levar até o pasto e te apresentar às vacas mais famosas do mundo. Eu sei que você conhece a maioria delas.

— Eu não conheço nenhuma vaca...

— Mas essas eu tenho certeza que conhece — disse com um sorriso, aguçando a curiosidade do menino.

— Só se o meu pai for junto — argumentou olhando para Marcos.

— Mas é claro que ele vai. Tenho certeza que seu pai quer muito ir lá fora, respirar ar puro, caminhar... — continuou Eva, olhando para Marcos para se certificar de que havia cumplicidade entre eles. — E só não fez isso ainda porque você está um pouco assustado com todas as novidades aqui da fazenda.

— Isso é verdade, pai?

Marcos, mesmo contrariado, respondeu:

— É verdade, sim.

Dona Joana sorriu. Era um grande progresso e, conhecendo muito bem o carisma da filha, sabia que, se o doutor não despertasse a fera novamente, o mês transcorreria sem surpresas.

Eva esperou que terminassem o café e se levantou. Passou o braço sobre os ombros do garoto e foram para fora. Após descerem os degraus, Eva acenou para mestre Ubiraci perto da porta da cozinha, cortando lenha para dona Joana. Continuaram caminhando até que Eva parou diante da charrete, mas, antes que pudesse dizer qualquer coisa, viu a bisa vindo ao seu encontro, arrastando os chinelos, olhando para o chão e agarrada a uma mandioca.

— Bisa! — chamou Eva, mas a frágil senhora seguiu em frente, obrigando-a a dizer num tom mais alto: — Bisa!

Dona Ana parou de andar e virou o corpo na direção da bisneta.

— Oi, Eva! — Olhou para os demais e disse alegremente: — Temos hóspedes? Que distração a minha.

— Bisa, esses são doutor Marcos e o filho dele, o Arthur.

Dona Ana esfregou a mão suja de terra no vestido e a estendeu para Arthur e depois para Marcos.

— O senhor sabe dançar? — indagou a gentil senhora jogando a cabeça para trás para encarar um homem tão alto. — Vai ter uma grande festa esta noite... — disse, sorrindo.

— Desculpe, infelizmente eu não danço.

— Ah, que pena!

Eva desviou a atenção de dona Ana:

— Vai fazer mandioca pro biso?

— Vou, você sabe como ele adora mandioca. E eu vou me arrumar para a festa. Você não vai?

— Eu vou, sim, porém vou me arrumar mais tarde. Nós vamos passear agora. A senhora quer ir com a gente?

— Ai, Eva! Tão distraída essa moleca! — Riu. — Eu vou fazer a mandioca pro seu biso.

Eva bateu a mão na testa.

— Ah, que cabeça a minha! Desculpa, bisa!

A senhora acenou para os visitantes e voltou com seu passo vagaroso e resmungando para dentro da casa:

— Essa moleca! Tão distraída!

Eva sorriu ao vê-la se afastar, virou-se para eles e confidenciou:

— Meu bisavô comia mandioca toda manhã, por isso, quando ela desperta, vai buscar uma pra ele. Só que ele morreu há vinte anos.

— É Alzheimer? — indagou Marcos.

— O doutor disse que é, mas eu acho que o nome disso é saudade.

— E a festa? — continuou Marcos, curioso.

— Meu bisavô era peão, criava gado de corte e saía com a boiada para levar para pastar, tocando berrante. Numa manhã, ele saiu e nunca mais voltou. Foi justo no dia da festa, e ficou devendo a última dança para dona Ana.

— Ninguém sabe o que aconteceu com ele?

— Não, encontraram a boiada solta, mas nem sinal dele. — Eva mudou o ânimo para não chateá-los com histórias tristes. — E então... Vamos dar início ao nosso passeio? É meio cansativo ir a pé, por isso vamos de charrete.

Eva desamarrou a corda que prendia o cavalo à árvore e o puxou até próximo a eles. Marcos ajudou o filho a subir no veículo e em seguida se sentou ao seu lado.

— Dá uma espremida aí para o lado, porque essa charrete é para dois lugares.

Arthur se sentou mais junto do pai, esperando Eva se sentar também.

— Você sabe guiar isto? — perguntou Marcos, preocupado.

Eva olhou para ele e, com olhar desafiador, afirmou:

— Claro que sei, tenho dezoito anos de habilitação de charrete, doutor. — Arthur deu uma risadinha, mas o executivo não. — Vamos, Kevin Costner.

O cão subiu na charrete com muita agilidade, indo na parte detrás. Eva tocou as rédeas contra o dorso do animal, de modo a avisá-lo que podia andar. O cavalo saiu devagar para não dar tranco e depois apenas um galope mediano, enquanto Eva os distraía:

— A fazenda Arumã foi comprada em 1830. Cinco anos depois, o casarão ficou pronto. Naquela época, existiam vários tipos de liberação de direitos de posse das terras que visavam proteger os índios, mas na verdade era apenas um acordo de fachada que dava direitos aos fazendeiros de se apropriarem das terras indígenas. Após conseguirem o documento, os fazendeiros acabavam expulsando os índios de suas próprias terras, alguns acabavam escravizados ou muitas vezes dizimados.

— Eu não entendi... — disse Arthur.

— Imagina que você está lá em São Paulo na sua casa vivendo feliz. Aí vem uma pessoa de outro país e te diz que São Paulo agora pertence a eles. E que outra família vai morar na sua casa junto com você para te proteger. Só que essa outra família, quando ganha o direito de usar a sua casa, te expulsa porque não quer você lá.

— Mas isso é errado.

— Muito errado, entretanto não havia quem pudesse protegê-los. Mas aqui nas terras sagradas de Arumã foi um pouco diferente. Quando Antônio Quintanilha ganhou a posse dessas terras, ele honrou o que estava no contrato e manteve a tribo local intocada. Ele usou parte da terra para plantar milho e feijão e se manteve em harmonia com os indígenas.

"Ele tinha doze filhos, todos eram trabalhadores da fazenda; não tinham escravos. Por isso o nome 'terras sagradas', aqui nunca houve sangue derramado.

"Com o passar do tempo veio a abolição, e apesar do ato histórico a verdade é que não melhorou muita coisa, nem todos os escravos tinham para onde ir ou como se sustentar. Então, após sua morte, Manuel Quintanilha, o filho mais velho do Antônio, viu suas vendas crescerem e precisava de mais mão de obra. Ele ofereceu parte das terras para que as famílias de ex-escravos viessem trabalhar em troca de uma casa confortável, comida e proteção.

"E assim nasceu a colônia, feita pelos próprios moradores e com o material fornecido pelo Manuel. É aí que a minha família entra na história. Com o aumento dos funcionários, meu tataravô foi contratado como um tipo de gerente da época para organizar todas as equipes de trabalhadores, depois passou para o meu bisavô, avo, pai..."

— E agora você — completou Marcos.

— É... — disse ela, espremendo os lábios e respondendo humildemente. — Estou tentando.

Eva parou e Kevin Costner sabia que era o ponto-final. Desceu da charrete e saiu correndo pelo pasto, marcando o seu território. Os demais se aproximaram da cerca.

Eva se sentou na primeira tábua com as pernas para dentro do pasto e Arthur fez o mesmo. Ficaram observando as vacas; não era necessário ser especialista em gado para perceber o quanto estavam saudáveis e bem cuidadas. Elas pastavam tranquilamente: algumas solitárias e outras em grupos. Mastigando sem parar e vez ou outra se preocupando em abanar o rabo num sossego de dar inveja.

— Essas são novilhas — explicou Eva. — São adolescentes, por enquanto só curtem a vida. — Ficaram observando os animais por um tempo, e Eva continuou: — E então, Arthur, que achou?

— E as vacas famosas?

— Bem, são essas. As vacas mais famosas do mundo.

Arthur voltou os olhos para os animais, decepcionado.

— Pra mim são apenas vacas.

— Não diga isso, elas podem ficar chateadas. Sabe como são as celebridades.

— Sério?!

— Hum... Tá vendo aquela vaca que está sozinha, lá no fundo? — disse apontando, vendo o menino responder que sim com a cabeça. — Aquela é a Britney Spears.

Marcos apertou os olhos e soltou o ar pelas narinas em sinal de deboche.

— Por que deu esse nome pra vaca? — perguntou Arthur.

— Porque ela é bonita e briguenta e gosta de ficar isolada. Aquela que tem um topete é a Rihanna. Conhece essas cantoras?

— Conheço todas. Eu gosto da Katy Perry...

— Ah, a Katy está bem ali. É aquela com mais manchas do que as outras.

Arthur sorriu para o pai e Marcos retribuiu.

— Tem a Lady Gaga, que é aquela bem menor. Aquela ali mais velha é a Madonna. Fica aqui pra explicar para as jovens como é o processo. Aquela ali — continuou apontando para os animais — tem um mugido longo, então a batizei de Adele. E aquela vaca maior é a Shakira. Eu imagino que a Shakira seja uma mulher muito alta e por isso escolhi esse nome. E por último, porém não menos importante, aquela ali é a Taylor Swift, a mais meiga de todas. Agora tem uma vaca que você nunca viu igual. É a Beyoncé, ela já ganhou cinco prêmios no quesito beleza aqui da região. Ela até provoca um pouco de inveja nas outras. — Eva ficou em silêncio por um momento e indagou: — Você acha a Beyoncé bonita?

— Acho...

Eva olhou para Arthur e viu dentes num sorriso largo.

— Ela vai chegar logo, foi num concurso e ganhou mais um prêmio.

— Gostei dos nomes, Eva.

— Isso não é verdade, Arthur — comentou Marcos um tanto sério. — Ela está brincando com você.

Eva arregalou os olhos, surpresa.

— É claro que é verdade! Pode embaralhar as vacas que eu repito os nomes de cada uma, eu mesma as batizei. — Marcos enfiou as mãos nos bolsos da calça e espremeu os lábios, contendo o riso. Eva se irritou e viu ao fundo um peão que passava. Ela ficou em pé na cerca e gritou acenando para o homem. — Seu Zé, pode vir aqui, por favor?

— Já vou, patroa! — gritou o homem, que veio correndo ao seu encontro com a camisa aberta e um galho na mão. — Bom dia, doutor, bom dia, garoto! — disse ele, tirando o chapéu e colocando sobre o peito. — Pode falar, patroa.

Eva desceu da cerca e passou o braço sobre os ombros do homem.

— Seu Zé, o senhor pode, por favor, me dizer qual é o nome daquela vaca com várias manchas?

Seu Zé espremeu os olhos para reconhecer o animal e respondeu:

— Katy Perry...

— E aquela menor?

— Lady Gaga.

— Muito obrigada por sua atenção, seu Zé — disse ela lhe dando tapinhas nas costas —, pode voltar ao trabalho.

O senhor voltou o chapéu à cabeça, acenou uma despedida para eles e sumiu pelo pasto. Eva se virou para Marcos com um ar vitorioso.

— Satisfeito, doutor?

Marcos sorriu.

— Tá... Você me convenceu. Os cavalos têm nomes também?

— Quase todos os animais daqui são batizados.

— Estou louco pra saber como chamam os cavalos.

Ela sorriu, no entanto não revelou os nomes, achou que seria mais um jeito de prender a atenção deles. Olhou para Arthur e sugeriu:

— Vem, vou te apresentar à Katy Perry.

Arthur olhou para o pai, que assentiu com a cabeça. O menino pulou para dentro do pasto e foi atrás de Eva, que já se aproximava das vacas. Marcos apoiou os antebraços sobre a madeira da cerca e passou os olhos pelo lugar. O céu era uma imensidão azul-clara e límpida, e o som dos animais era relaxante. Mas, cada vez que se encontrava sozinho, pensava no quanto estava sendo improdutivo. Baixou a cabeça, preocupado: tinha de estar na empresa, rebatendo os argumentos do fiscal corrupto e dando início à construção da torre na Alemanha. E estava ali, vendo vaca pastando e os dias passarem lentos.

— Olha, pai...

Marcos voltou a erguer a cabeça e levou os olhos até o filho, que estava muito perto da vaca Katy Parry. Preocupou-se.

— Cuidado, Arthur!

— Não se preocupe, doutor — disse Eva, virando-se de costas.

Os olhos de Marcos percorreram o corpo de Eva com a mesma delicadeza com que a mão dela acariciava o dorso do animal. Endireitou a coluna e enfiou as mãos nos bolsos, dispersando os pensamentos.

Eva conseguiu convencer Arthur a acariciar também e perguntou:

— E aí, o que achou?

— Achei que fosse áspero, mas é macio.

— Vou te mostrar uma coisa ainda mais legal.

Heitor estava no rancho escovando os cavalos, mas parou o movimento ao ver Eva e os hóspedes descerem da charrete. Ela apontava para todos os lados, empolgada, explicando tudo a eles.

Entraram no estábulo, um espaço coberto com telha de aço, mas aberto nas laterais. Havia ventiladores no teto virados para divisórias de madeira nas quais as vacas enfiavam a cabeça para se alimentar de uma mistura à base de capim que mais parecia uma farofa. Os animais eram grandes e robustos e pareciam relaxar no lugar.

Daniel passou carregando uma pá cheia de esterco para fora, Arthur apertou o nariz e reclamou:

— Que cheiro ruim!

Eva se virou para o garoto, pousou a mão no ombro dele e olhou nos seus olhos.

— É só no começo. Solta o nariz. — O menino obedeceu. — Agora respira uma, duas vezes. Não tem cheiro de mato molhado?

— Um pouco mais forte.

— Sim. Porque é esterco. Logo você vai se acostumar com esse cheiro e nem vai sentir mais. Quer continuar?

— Quero.

Marcos cruzou os braços e apontou para o teto com a cabeça.

— Pra que os ventiladores?

— Pro animal dar um bom leite, ele precisa estar bem, não gastar energia com calor, estresse, moscas. Tá vendo esse chão? É de borracha — disse apontando para baixo. — É pra não machucar os joelhos delas quando deitam.

— E como sabe que isso é realmente necessário?

Eva se sentiu ofendida com aquela pergunta, mas achou melhor não reagir àquilo, havia feito muitos progressos, então apenas disse:

— Li num livro.

— E aquilo? — perguntou Arthur, apontando para uma espécie de escova de cabelo gigante fixada na parede.

— Aquilo é um coçador. Se você tocar, ele vai girar.

Arthur foi até lá e tocou no rolo, que girou automaticamente. Ele tirou as mãos rápido e disse:

— Não é macio, machuca.

— É, mas as vacas adoram. Elas fazem até fila.

— E só nascem vacas? — observou Marcos. — Que sorte!

— O mestre pede aos deuses que nasça apenas vacas, ou pode chamar de sorte.

Eva os levou até o baio, chamou o garoto e se ajoelhou diante do bezerro que se mantinha deitado. Observou o sorriso de Arthur, que se ajoelhou também e passou a mão na cabeça do animal, sem medo.

— E o nome dele, Eva?

— Eu ainda não escolhi, não sou muito boa com nomes masculinos.

— Qual você já tem?

— Stallone e Van Damme.

Marcos esticou os lábios.

— Nem sei quem são esses. Mas ele podia ser o Justin Bieber... — sugeriu o menino.

Eva arregalou os olhos e analisou o bezerro para se certificar de que combinava.

— Como não pensei nisso antes? Perfeito! Toca aqui. — Ergueu a mão para o menino bater contra ela e Arthur correspondeu. — Tá batizado. Você será Justin Bieber — falou, dando um beijo na cabeça do bezerro.

Imediatamente, Marcos tirou o sorriso sarcástico do rosto, percebendo que ela realmente levava aquilo a sério.

Quando voltaram para o casarão, já era hora do almoço. Arthur e Marcos foram tomar banho, não estavam acostumados com tanta poeira e clima seco. Almoçaram e foram dormir.

Eva aproveitou para sair num galope apressado, precisava fazer a ronda pela fazenda, já que tinha servido de guia a manhã toda. Verificou os testes feitos no leite retirado naquela manhã. Foi até a horta, o galinheiro, o estaleiro. Todos trabalhando como sempre, ouvindo música no rádio de pilha ou cantando.

No caminho, encontrou Isalina apanhando hortaliças para o jantar. Foi até a colônia ver seu Guma, que já se sentia melhor, apesar da mão imobilizada.

Tudo em Arumã estava na mais perfeita ordem e harmonia, exceto por um aglomerado de pessoas atrás do casarão. Gritou "iá" ao cavalo para que corresse e desmontou num salto, antes mesmo de o animal parar. Aproximou-se das pessoas, furando o círculo que formaram; olhavam tristes para o galo deitado no chão, ou parte dele.

— O que aconteceu?! — perguntou a patroa, perplexa.

— A gente não sabe não, patroa — disse um homem. — Eu estava passando por aqui e vi o Zezé de Camargo assim.

— Será que o doutor o matou? — Supôs uma mulher — Eu ouvi dizer que ele num gostava do canto do galo.

— Quem será que fez isso com o pobre do Zezé? — lamentou outro.

— Não, gente — disse Eva —, o doutor não fez nada. Deve ter sido algum bicho, ou entrou numa rinha. Seu Tomás, enrola o corpo do Zezé num pano e alguém chama o mestre, por favor.

Eva passou a mão no rosto, lembrando-se de Isalina, e correu até a cozinha, vendo a moça descascando batatas.

— Isa... Isa, o que aconteceu com o Zezé?

— Sentei debaixo da janela e fiquei lá esperando ele aparecer, e nada. Vim pra casa ajudar dona Joana e agora acharam o pobrezinho — Isalina cochichou. — Parece até obra de Anhangá. Quem iria arrancar a cabeça do pobre Zezé?

— Isso não é obra de Anhangá, Isa. Anhangá não mata bicho. E os hóspedes?

— Estão no quarto.

— Vou pedir para enterrá-lo antes que o menino veja.

As duas contornaram a casa e foram até onde o galo gostava de cantar. As pessoas se afastaram para que Eva se aproximasse do mestre Ubiraci. Isalina se aproximou também. Chorava muito, condolente, até parecia uma das viúvas do galo. O índio ergueu os braços até o céu, segurando o corpo da ave envolvida num pano, fechou os olhos dizendo:

— Que a mãe terra receba o corpo desse animal que nos tanto foi útil e companheiro. Que ele agora fertilize a terra.

O homem disse mais algumas palavras, e o galo foi colocado delicadamente dentro da pequena cova e em seguida um outro homem, usando uma pá, cobriu o corpo com terra. Eva, que parecia mais preocupada do que triste, fez o último pronunciamento:

— Por conta dessa perda, hoje à noite não terá roda.

Todos caminharam de volta para a colônia. Mestre Ubiraci continuou imóvel, olhando para o amontoado de terra, esperando ficar a sós com a patroa.

— O que aconteceu com o Zezé de Camargo, Eva?

— Bem, eu não sei. O Arthur tinha medo do canto do Zezé e eu pedi pra Isalina ficar aqui de manhã pra enxotá-lo. Mas ela nunca faria isso.

— Não mesmo, e, se tivesse algum motivo, ela lhe falaria.

Eva cruzou os braços e perguntou mesmo já sabendo a resposta:

— Mestre, o senhor acha que pode ser algum animal que fez isso?

— Creio que não, ou partes dele não seriam encontradas. O predador o teria comido. — Mestre Ubiraci olhou para a janela do quarto dos hóspedes e viu quando Marcos fechou as cortinas. — Vivemos em harmonia aqui com a terra, os animais e com os deuses a nosso favor. Essa morte pode chamar atenção de Anhangá para nossas terras. E junto com ele, as desgraças.

— Eu sei, mestre.

— Eva — disse ele pousando a mão no ombro dela. — Não se iluda com as aparências, e que Jaci ilumine a escuridão para que você enxergue nas trevas.

Eva olhou para a janela também, e assentiu com a cabeça.

— Pode deixar.

Nove de Julho

EVA NÃO PARTICIPOU DA ORDENHA novamente naquela manhã, acordou mais tarde. Vestiu jeans, camisa xadrez com tons de rosa mais evidentes e botas sobre as pernas da calça. Olhou-se no espelho achando a roupa simples demais, voltou a abrir o guarda-roupas; nos cabides, uma infinidade de camisas xadrezes, camisetas, regatas, jeans e dois vestidos. Soprou o ar e voltou a fechar a porta do guarda-roupas.

— Não ligo mesmo! — disse para si.

Ouviu vozes e saiu do seu quarto, indo para a sala marcando os passos sobre o assoalho.

— Bom dia, peãozada! Dormiram bem? — Todos responderam ao cumprimento. Eva se sentou pensando em perguntar por que não jantaram com elas ontem, mas achou melhor não pressioná-los. Ao constatar a ausência de algumas pessoas, tratou de perguntar à mãe: — A bisa não está bem hoje, mãe?

— Hoje está meio indisposta — comentou dona Joana vagamente.

— E o Heitor, apareceu por aqui?

Marcos olhou para Eva quando ela perguntou, mas voltou a se ocupar com sua caneca de café.

— Não, por aqui não, filha.

Tomaram café em silêncio, e, quando estavam prestes a acabar, Eva arrastou a cadeira para trás.

— E então? Estão prontos para conhecer a colônia?

Arthur se levantou, empolgado, Marcos nem tanto, porém não fez nenhuma expressão entediante. Subiram na charrete e Eva os conduziu até a colônia.

Viram pequenas casas geminadas pintadas de branco com portas e janelas azuis, que se formavam em duas fileiras. Entre elas, uma ruazinha em declive, feita de pedras disformes e pontiagudas, deixava desconfortável a caminhada para quem não estava acostumado.

Eles desceram a rua a pé. Por onde Eva passava, cumprimentava as pessoas as chamando pelo nome.

— Como eu disse antes para vocês, essas casas foram construídas pelos próprios moradores, ex-escravos e índios que já haviam sido catequizados — explicou enquanto caminhavam. — São construções mais novas do que o casarão. Quando dona Martha tomou posse, reformou todas as casas, trocando todo o encanamento, parte elétrica, louças e azulejos para que os trabalhadores tivessem conforto, mantendo preservada apenas a arquitetura externa. Quem vê as casas por fora não imagina o quanto são bonitas por dentro, eles adoram morar aqui.

Marcos observava as pessoas que saíam de suas casas para vê-los passar. Sorriam e os cumprimentavam como se pai e filho fizessem parte da colônia. Pessoas simples, de sorriso humilde e olhar curioso.

Eva observou duas moças em uma das janelas das casas. Elas cochichavam olhando para Marcos, esboçando sorrisinhos confidentes.

No fim da rua havia um recinto que servia como cozinha e refeitório. O local tinha portas gigantes pintadas de azul com trincos de ferro colossais e dobradiças enormes. Eles entraram e logo notaram que o cheiro de comida tomava conta do lugar.

— Esse recinto é o refeitório da colônia. Nos dias úteis, nós almoçamos aqui e tomamos o café da manhã. Só quando temos hóspedes eu faço minhas refeições no casarão. Aqui fazemos a festa dos povos, que simboliza a igualdade entre nós. Tem muita comida, dança, nos lembramos dos nossos antepassados, dos momentos ruins da nossa história, choramos, nos abraçamos e reacendemos a chama do quanto nos amamos e somos importantes uns para os outros. Essa festa é tão importante quanto o Natal para nós. Arumã sempre foi um lugar de paz.

— Querem um cafezinho? — perguntou uma das cozinheiras.

— Eu aceito — disse Marcos.

Depois do café, Eva perguntou, animada:

— Querem conhecer a escola? É perto daqui.

Descendo um pouco mais a rua, havia uma casa pintada de verde e com mãos carimbadas de todas as cores e tamanhos.

— Aqui é a escola — informou ela num tom baixo. — O matutino é o ensino fundamental. Como são poucas crianças e jovens, a professora Carmem consegue dar aulas para três séries juntas. À tarde é o ensino médio. E à noite são os adultos. — Eva bateu na porta, e, ao abrir, viram vários rostos com olhos curiosos olhando para trás. — Bom dia, professora Carmem; bom dia, crianças.

Todas as crianças ficaram em pé e disseram em coro:

— Bom dia, patroa; bom dia, queridos visitantes. Sejam bem-vindos à nossa escola.

Eles entraram, observando os alunos e a pequena escola.

— Entrem — chamou a professora, aproximando-se com um sorriso simpático. — Fiquem à vontade.

Eva os apresentou à professora Carmem e em seguida anunciou:

— Crianças, esse são doutor Marcos e o Arthur. Eles vieram de São Paulo e estão hospedados no casarão. Estão aqui para conhecer vocês e a fazenda Arumã.

— A Jacira ia declamar um poema pra gente — completou a professora —, e ela disse que ele a faz se lembrar de você, Eva.

— Sério? — exclamou a peoa, surpresa. — Estou muito curiosa.

Jacira se levantou e caminhou até a frente da sala. Usava um vestido até os joelhos e sapatilhas. Tinha traços indígenas, cabelos compridos e franja espessa. A menina não passava dos dez anos. Posicionou-se com as mãos atrás das costas e olhou para a professora, que assentiu com a cabeça.

— O poema *Satélite* foi escrito pelo poeta Manuel Bandeira.

Enquanto falava, todos ficaram em silêncio, admirando a desenvoltura da menina. Jacira declamava as estrofes com intimidade e desembaraço nas palavras difíceis de serem pronunciadas, deixando claro para os visitantes que era uma especialista.

"Fatigado de mais-valia,
Gosto de ti assim:
Coisa em si,
– Satélite."

Todos bateram palmas, e Jacira voltou a se sentar. Marcos olhou para o rosto de Eva, que mantinha um curto sorriso congelado e queixo erguido, tentando esconder o quanto estava emocionada. Gostou de ver que por trás daquela mulher forte também existia um lado sensível.

Eva foi até a menina e lhe deu um beijo no rosto.

— Obrigada.

— Coincidência, não, Eva? — comentou a professora.

Eva ofereceu um sorriso confidente para a mulher em resposta, mas não disse nada. Despediram-se das crianças e voltaram para o casarão.

No fim do dia, Eva voltava para o casarão num galope vagaroso, contemplando o sol, que descia no horizonte como uma bola de fogo alaranjada, escondendo-se atrás de uma montanha, deixando o céu no mesmo tom, parecia em chamas. Uma imagem linda, digna de uma pintura para eternizá-la. Viu Heitor guardando as coisas no rancho, foi até lá e desmontou.

— Guaraci está se exibindo para Jaci.

Heitor levou os olhos até o sol, sorriu e justificou o motivo de tanta exibição:

— É o que faz um homem apaixonado, se exibe. — Eva sorriu, acariciando a crina do seu cavalo. — Tá de férias, Pimenta?

— Não — disse, voltando a olhar o sol. — Fui levar os hóspedes para se distraírem.

— Eu sei, vi vocês andando por aí. E como foi?

— O garoto ficou bem. Agora o pai...

Eva ficou por um tempo com o olhar perdido.

— O que foi?

— É que dá raiva saber que existem pessoas como ele. Que não dão valor ao nosso trabalho. Será que eles pensam que frutas e leite dão em supermercado?

Heitor lhe mostrou os dentes num sorriso e balançou a cabeça de um lado para o outro.

— Talvez, ué. Eles acham que somos um bando de preguiçosos, que cuidar disso tudo não dá trabalho nem exige conhecimento. Mas não fica assim, peoa. É só um bosta que precisa da gente pra comer. — Eva continuou em silêncio, acariciando seu cavalo. Heitor percebeu que ela estava distraída. — Tudo bem, patroa?

— Vou conseguir fazê-lo mudar de ideia — prometeu, confiante.

— Pra que todo esse trabalho, Pimenta? Logo eles vão embora — lembrou num tom desconfiado.

— Você está certo, mas eu quero tentar mudar essa opinião.

Heitor tirou o chapéu e passou a mão pelos cabelos, aproximando-se dela.

— Você precisa trazer a caminhonete de volta. A gente precisa do carro caso aconteça alguma coisa, como o que aconteceu com o seu Guma.

— Você tem razão. Mas graças a Deus deu tudo certo. Vou deixar a caminhonete na colônia e a chave com você. O doutor não anda sozinho mesmo...

— Eu acho que, se o doutor não quer ficar, deixa que vá embora de vez. É um problema a menos.

Eva levou olhos até o seu amigo, muito séria.

— A dona Martha me disse que o doutor precisa de ajuda.

— Não acho que vale a pena o sacrifício — confidenciou Heitor desprendendo a sela do seu cavalo. — O Guma é gente nossa.

Eva ergueu os olhos até o amigo, não acreditando que aquelas palavras haviam saído da sua boca.

— Como posso pesar quem merece ajuda?

— O Guma foi pedir a sua ajuda, o doutor não. — Heitor jogou a sela nas costas e entrou falando sem olhá-la: — Acho que está passando tempo demais com gente da cidade.

Eva juntou as sobrancelhas e ergueu o queixo, sentindo-se ofendida. Foi atrás dele e o segurou pelo braço, Heitor se virou e viu olhos apertados.

— Não fala assim comigo, Heitor. Eu ajudaria qualquer um, amigo ou inimigo.

— Desculpa, Pimenta — pediu, amenizando o tom, mas se aproximando do corpo dela, intimidando-a. — Estou preocupado com você. Não gosto de te ver assim.

— Estou bem...

— Eu quero o seu bem, não vê isso?

Eva encarou seus olhos, mas se sentiu desconfortável com a aproximação dele. Baixou os olhos, não sabia se estava entendendo aquela reação do amigo. Deu um passo atrás e pediu:

— Guarda o meu cavalo, por favor, vou voltar a pé.

Dez de Julho

MARCOS E ARTHUR ATRAVESSARAM o corredor para irem tomar o café da manhã. Ao entrarem na sala, observaram Eva sentada na frente da cadeira de rodas de dona Ana, que mantinha o olhar perdido para além da janela. Eva colocava pequenos pedaços de bolo na boca da senhora, que apenas mastigava, ouvindo a bisneta cantar baixinho:

"Penso que cumprir a vida
Seja simplesmente
Compreender a marcha
E ir tocando em frente."

Eva notou a presença dos dois e parou de cantar. Olhou por cima do ombro e sorriu para Marcos.

— Bom dia!

Os dois responderam ao cumprimento.

— Ela está bem? — perguntou Marcos enquanto se sentava, parecendo realmente preocupado.

— Do jeito dela — disse Eva. — Espero que esses momentos que ela se perde do nosso mundo seja porque está com meu bisavô.

Marcos não disse nada, mas pensou por um momento. Antes ouviria aquilo e acharia tudo uma grande bobagem, mas, quando ouvia certas coisas saírem da boca de Eva, entendia aquilo como palavras puras, e não tolas.

— Estão preparados para o passeio de hoje?

— Sim — disse Arthur.

Os dois se serviram, e Eva continuou cantando com acalanto para a senhora, que recebia o pedaço de bolo, mastigava e engolia com movimentos automáticos.

Marcos tomou o café prestando atenção na letra da música que Eva cantava.

Quando terminaram, foram até a charrete. Eva cumprimentou mestre Ubiraci, chamou Kevin Costner e todos foram para a Casa Branca. Era um espaço novo na fazenda, que Eva construíra para ordenhar, pasteurizar e ensacar o leite.

Ela abriu a porta e viu Daniel usando um jaleco branco, galochas brancas e touca de pano nos cabelos.

— Bom dia, patroa! — Virou-se para os visitantes e cumprimentou: — Bom dia!

Eles responderam ao cumprimento, e Eva iniciou.

— O Daniel, além de ótimo cantor e de fazer muito sucesso entre as moças — Marcos olhou para o rapaz, que sorriu, envergonhado —, cuida da ordenha. Você já lavou a ordenhadeira?

— Acabei de fazer isso agorinha.

— Você pode me trazer uma vaca, por favor?

— Agora mesmo, patroa.

— Bem — continuou Eva —, é lá no estábulo onde fomos ontem que tudo começa. Depois da primeira cria, as vacas passam a ter emprego e viram leiteiras profissionais. Essas não têm nomes porque são da época da administração do meu pai, por isso elas têm brincos de identificação na orelha — explicou com olhos saudosos. — Ele dizia que não se pode batizar bichos que trabalham pra gente, e essa foi a única vez que não obedeci ao meu pai. Depois que ele morreu, passei a batizá-los. — Daniel veio puxando uma vaca por uma corda, e Eva o instruiu: — Coloca a Demi Moore aqui...

Arthur se exaltou:

— Você disse que as leiteiras não tinham nome.

— E não têm, mas eu não resisto. Essa não é a cara da Demi? — Arthur riu mesmo não sabendo a quem ela se referia. — Então, a Demi e as outras vacas, às quatro da manhã, acordam e tomam banho. O Daniel e mais dois ajudantes lavam os tetos delas com água e uma solução. Depois elas vêm pra cá sozinhas.

— Sozinhas? — perguntou Marcos, surpreso.

— Sim, elas sentem a necessidade de se livrar do leite e, como elas sabem o caminho, vão sozinhas. — Eva conduziu a vaca até que se encaixasse num corredor de madeira no qual cabia apenas um animal. Foi explicando: — Isso é uma ordenhadeira — falou enquanto mostrava um aparelho que tinha quatro cilindros. Eva se abaixou e encaixou com muita habilidade os cilindros nos tetos da vaca, mas não ligou o aparelho. — Esse aparelho vai ordenhar a vaca como se fosse mãos, e o leite vai passar por essa mangueira — disse apontando — e jogar naquela leiteira gigante de alumínio.

— Quantas vacas vocês têm? — Quis saber o executivo.

— Setenta vacas lactantes. Não estou incluindo as famosas; como já te disse, elas são adolescentes. E a Madonna, que já é uma senhora.

— E, com setenta vacas, quantos litros sai em média por dia?

Eva engoliu o sorriso orgulhoso, tudo aquilo estava ficando interessante para ele.

— Mil litros de leite por dia. Em duas ordenhas por dia. — Virou-se para o peão. — Pode levar a Demi, Daniel, obrigada!

— E depois? — perguntou Arthur.

— Depois todo o leite é despejado nesse tanque de alumínio, que vai bater e depois ferver até setenta e cinco graus. Em seguida, essa mesma máquina vai esfriar o leite a quatro graus. Esse choque térmico, chamado de pasteurização, permite que você beba esse leite sem precisar ferver.

— E toda vaca dá leite bom? Não precisa fazer nenhum teste?

— São feito testes nos tetos pra saber se a vaca apresenta mastite, verificar o pH e acidez. Em seguida, fazemos o pré-dipping, processo no qual os tetos são esterilizados com solução à base de iodo. Depois que todo leite é retirado, vai para o tanque.

— E já pode beber?

— Pode, sim. Depois da pasteurização o leite vai para essa outra máquina, que é a embaladora. Essa aqui embala em saquinhos, aí vai para o comércio local. No caso de vocês da cidade, vai em caixas *tetra pack* ou garrafas plásticas.

Marcos cruzou os braços, passando os olhos por todo o equipamento, e por fim olhou para ela.

— E você aprendeu tudo isso com livros?

— Temos uma ótima biblioteca aqui.

— Eu posso experimentar? — perguntou Arthur.

— Claro. — Olhou para Daniel, que acompanhava toda a explicação. — Pega um pouco de leite para ele experimentar.

Imediatamente, Daniel trouxe dois copos descartáveis com leite. Pai e filho beberam, e Eva ficou ansiosa pelos comentários. Marcos foi o primeiro:

— Tem um sabor e aroma mais fortes do que o da cidade.

— Na verdade, esse leite não é forte, o leite que vocês bebem é que é fraco.

— Você tem razão — reconheceu ele. — E a distribuição?

— Parte do leite fica aqui pra alimentar as famílias e fazer queijo. A outra parte é comercializado na cidade, de porta em porta e nos pequenos comércios. Nós vendemos também hortaliças, frutas, legumes e raízes. Como nossa fazenda é a mais próxima da cidade, que na verdade tem o tamanho de uma vila, abasteço todos por lá. Com esse dinheiro movimento a fazenda economicamente, pago os funcionários, para que a dona Martha não banque nenhum custo daqui. Eu planto capim e milho, e parte dele serve para o preparo da ração das vacas, então não tenho muito gasto com a comida delas, que precisa ser balanceada pra fornecer um leite de qualidade. Amanhã vou mostrar pra vocês os outros animais, a horta e os pomares. Vocês vão gostar!

A noite já se fazia completa quando Eva saiu do banho e se vestiu: uma blusa aveludada preta, jeans e botas novas. Olhou-se no espelho. Não estava se sentindo muito bonita. Olhou para Kevin Costner deitado sobre o tapete e perguntou:

— O que achou? — O cão não esboçou nenhuma reação, mas Eva o entendeu. — Também tô me achando meio estranha hoje.

Penteou os cabelos, jogando-os para o lado esquerdo, mas não gostou; experimentou penteá-los do lado direito, mas preferiu uma risca no meio, como costumava ser. Sem ter muito que fazer para melhorar, saiu do quarto com Kevin Costner.

Arthur e Marcos haviam acabado de se sentar à mesa e dona Joana terminava de colocar a comida sobre ela. Isalina ajeitava um pano no peito de dona Ana para que ela não derrubasse a comida na roupa. Apesar de Eva não estar satisfeita com sua aparência naquela noite, dona Joana reparou quando Marcos parou na filha um olhar de admiração enquanto ela se aproximava da bisavó.

— Oi, bisa, a senhora está bem?

— Estou — respondeu dona Ana. — Você não vai se apresentar aos hóspedes?

— Ah! Claro, bisa. — Eva se virou para Marcos, sorriu e lhe estendeu a mão cordialmente. — Muito prazer, senhor! Sou Eva.

— Marcos... — disse ele, levantando-se e lhe esticando a mão, participando da brincadeira. — O prazer é meu.

Arthur se agitou na cadeira, achando engraçado.

Isalina se juntou a eles e fizeram as orações; Arthur baixou a cabeça dessa vez. Apenas Marcos aguardou olhando para Eva. Em seguida, serviram-se em silêncio, até Arthur quebrar o gelo, depois de ver dona Ana comer sozinha:

— Hoje ela está bem.

— Sim. Ela já andou por toda a fazenda — respondeu dona Joana, vendo Arthur aceitar um pouco de tudo o que havia na mesa. Ela ficou satisfeita e emendou: — Sua opinião sobre a fazenda mudou, né, Arthur? Do que você tinha medo?

— Eu tinha medo da dona Ana quando cheguei.

— Arthur! — repreendeu Marcos.

— Por que você teria medo de mim? — indagou a senhora, levando uma colher de arroz à boca.

— Deixa ele falar, doutor Marcos — disse dona Joana amavelmente. — Agora eu sei que ele gosta da gente. O que ele pensou ficou para trás.

Marcos sorriu gentilmente, entendendo que o recado era para ele também.

— Obrigado, dona Joana.

— Ela às vezes fica paralisada e aí do nada ela fala — comentou o menino.

— Isso é verdade, ela me dá uns grandes sustos também — concordou Isalina.

— É que eu dô uns cochilos — explicou a senhora, fazendo todos rirem.

— Eu também achava tudo esquisito — Arthur revelou, erguendo os óculos para mais perto dos olhos. — Tudo aqui é diferente. Até a porta da casa é diferente, tem que usar o polegar e o buraco da fechadura é enorme.

— É? E como é a porta da sua casa? — Quis saber Isalina.

— Filho, por favor.

— Não se preocupe, doutor — insistiu dona Joana. — Fala, Arthur. Como é a porta da sua casa?

— É com comando de voz, não tem puxadores nem buraco de fechadura.

Marcos baixou os olhos, um tanto sem jeito. Isalina se exaltou:

— Eu não entendi, não! Como vocês abrem a porta?

— É só dizer "abrir porta" que ela abre sozinha.

— Mas aí *quarquer* pessoa abre? — recuou Isalina, assustada.

— Não — concluiu o garoto, rindo. — Só a nossa voz que ela reconhece.

Eva ergueu as sobrancelhas, olhando para o executivo.

— Isso nem eu sabia que existia. Mas e se faltar energia?

— Ela vem com um sistema *no break*, que armazena energia — explicou Marcos, desconfortável. — Não desliga. A não ser que fique muitos dias sem energia, mas aí posso abrir com a chave.

— Vocês gostam mesmo de tecnologia — ela concluiu.

— As luzes da nossa casa também acendem se a gente disser "acender luzes", e a lareira e o ar...

— Chega, Arthur — repreendeu Marcos sem estar irritado.

— Uau! — disse Eva com um sorrisinho debochado.

— Ai! Nem consigo acreditar que é só falar e a porta abre. Eu queria muito ver tudo isso, você me convida pra ir na sua casa, Arthur?

— Claro, Isalina, e aí eu te mostro o meu drone. — Todos ficaram em silêncio até Arthur voltar a falar: — Eu adoro minha casa, minhas coisas, mas estou gostando de estar aqui e conhecer vocês e aprender sobre os animais. Vou ter muita coisa pra contar na escola.

— O que é um drone? — continuou Isalina, curiosa.

— É um tipo de avião com controle remoto, só que voa para todos os lados.

— Ah! Entendi. *Iguar* uma pipa.

Arthur olhou para o pai com vontade de rir, mas não o fez, gostava de Isalina e sua curiosidade deixava as coisas que ele contava parecerem muito interessantes. Dessa forma, ele se sentia especial.

— É quase isso. Tipo uma pipa. Quando eu voltar aqui eu trago e te deixo pilotar, tem bastante espaço aqui pra brincar.

Quando Eva o ouviu dizer "voltar aqui", ela e a mãe se entreolharam com um sorriso.

— *Descurpa* eu ser *meia* burra — disse Isalina humildemente —, é que por aqui a gente não vê essas coisas.

Arthur olhou para Isalina e disse, muito sério:

— Você não é burra, só não conhece. Eu também não sabia o que era uma moringa, nem arreio e rédea.

— Fico feliz em ouvir isso — falou Eva, sorrindo para Arthur.

— E a sua mãe, Arthur?

Eva olhou para dona Joana, que repreendeu Isalina:

— Isalina, não seja inconveniente. Boca fechada não entra moscas.

— *Descurpa,* dona Joana, só quis saber.

Marcos parou de comer e observou o filho enquanto ele respondia:

— Minha mãe ficou muito doente e morreu.

Isalina baixou os olhos até o prato se sentindo triste e arrependida por ter perguntado.

— *Descurpa,* Arthur. Eu num sabia.

— Tá tudo bem.

— Achei que seu pai fosse separado por conta de ser tão bonito!

— Isalina! — repreendeu dona Joana com os olhos prontos para saltarem do rosto. Eva sorriu para Marcos, que olhava para o prato, muito envergonhado. — Tá com a língua solta, moleca?

A moça baixou os olhos, remexendo a comida.

— *Descurpa,* só estou sendo sincera. Esqueço que às vezes falar a verdade ofende.

Eva mordeu os lábios, contendo o riso.

— Óia só, pro senhor ver — se exaltou dona Joana. — Que moça sem juízo!

Eva se divertia vendo o constrangimento da mãe e de Marcos, que a cada frase enrubesciam ainda mais.

— Não se preocupe, dona Joana. Está tudo bem.

— Mas é verdade mesmo — intrometeu-se Arthur a fim de defender Isalina. — Todo mundo fala que o meu pai é bonito. As minhas professoras, a Roberta, que cuida de mim. Saiu até na revista!

Eva arregalou os olhos para o executivo, que não sabia mais para onde olhar.

— Isso não é verdade...

— É, sim, pai. Você disse que a gente não pode mentir.

Marcos se voltou para a comida e tentou se justificar:

— As pessoas exageram muito no que falam.

— Mas o senhor é bonito mesmo, não tem espelho no quarto, não? — retrucou Isalina, perdendo-se na inocência da sua sinceridade.

— Por Tupã, Isalina! Fecha essa matraca!

Apesar de estar se divertindo, Eva achou melhor se intrometer, percebendo que Marcos a qualquer momento iria cavar um buraco e entrar nele.

— Gente, vamos mudar o rumo dessa prosa? Ou amanhã o doutor não vai querer comer com a gente.

Todos voltaram a comer em silêncio, até Arthur voltar a falar:

— Meu pai vai se casar com a Bianca e ela é uma chata...

Eva e Marcos se entreolharam: ela surpresa com a novidade, e ele desapontado com aquela revelação.

— Arthur, eu já disse que você não tem o direito de falar da minha vida particular para as pessoas.

— Me desculpe, pai, mas ela é mesmo uma chata.

Eva esticou o braço, tocou na mão do menino e disse:

— Eu tenho certeza que a Bianca deve ser uma pessoa muito legal. Você só tem que conhecê-la melhor. Você se lembra que eu te disse que todos somos diferentes? Você também não gostava da gente.

— Mas você é legal mesmo, a Bianca finge que é legal.

— Gostei de saber que me acha legal!

Dona Joana se serviu de mais purê de batata e indagou, curiosa:

— Desculpe a minha intromissão, mas por um acaso é a Bianca sobrinha da dona Martha?

— Sim... — respondeu Marcos limpando os lábios no guardanapo.

— Eu a conheço. Ela vinha aqui quando era criança — contou olhando para Eva. — Você não se lembra dela, filha? Vocês brincavam juntas... Era uma menina linda.

— Lembro vagamente — respondeu, preenchendo o garfo de arroz.

Houve um silêncio constrangedor, ouviam apenas o som dos talheres tocando a louça. Dona Joana achou melhor trazer os ânimos de volta, e sorriu olhando para os demais.

— A Eva quando criança era uma moleca. Subia em árvore, ia pro pasto com a peãozada. Uma vez o Tião a levou pra caçar tatu. Tadinha, acho que ela não sabia o que era caçar. Quando viu o pai matar o bichinho, chorou o dia inteiro. Nunca mais o Tião caçou. Ela montava em cavalo sem sela. Cavalo bravo. Antes aqui tinha porco, ela vivia no meio deles, não gostava de tomar banho.

— Mãe! — reprovou Eva, achando engraçado.

— Às vezes cheguei a duvidar do meu bom Deus e achei que Ele tinha mandado um menino no corpo errado.

Marcos soltou uma gargalhada, jogando a cabeça para trás.

— Mãe! Que horror! A senhora nunca me disse isso... Hoje por um acaso é o dia do constrangimento?

Nesse momento, mestre Ubiraci entrou na casa ao lado da professora Carmem. Percebeu que havia uma aura boa naquela noite, muito diferente dos últimos dias.

— Boa noite — disseram os recém-chegados.

— Boa noite, mestre Ubiraci. Boa noite, professora Carmem.

— Querem jantar com a gente?

— Obrigada, Joana — agradeceu a professora. — Eu já jantei.

— Eu também — afirmou mestre Ubiraci.

— Mas sentem, eu acabei de passar um café.

Eles obedeceram e se sentaram ao redor da mesa com os demais.

— Vejo que o menino está bem melhor — comentou mestre Ubiraci olhando para Marcos. Ambos pareciam bem mais amigáveis agora.

— Totalmente recuperado. Aproveitando que o senhor está aqui, agradeço pelo que fez pelo meu filho.

— Estamos aqui para ajudar.

— A professora Carmem é de São Paulo também. — Eva olhou para Marcos e comentou, orgulhosa: — Ela é amiga da dona Martha, veio passar quinze dias de férias e nunca mais foi embora.

Marcos endireitou a coluna na cadeira com olhos surpresos para a professora.

— É mesmo?!

— Quanto tempo faz? — perguntou retoricamente dona Joana. — Dez anos?

— Quinze anos — afirmou a professora, observando dona Joana lhe servir o café. — Tive o prazer de dar aula para Eva.

Eva sorriu.

— E a senhora não sente falta da cidade? — continuou o executivo.

— Não. Na verdade, cansei de paraísos artificiais. Cada dia que dou aula pra essas crianças sinto mais vontade ainda de voltar no dia seguinte. Aqui em Arumã eu me encontrei como pessoa e entendi o verdadeiro sentido da minha profissão. Eu não preciso fazer malabarismo pra ter a atenção dos alunos. Na cidade, existem tantos atrativos para as crianças e jovens que a escola se tornou um castigo.

— A senhora tem razão — concordou Marcos.

— Quando vi o pôr do sol daqui pela primeira vez, nunca mais quis estar em outro lugar.

— A senhora dava aula para que série? — Quis saber Arthur.

— Do ensino fundamental ao ensino médio — explicou ela, sorrindo para ele.

— Me desculpe a minha inconveniência, mas e a família da senhora? — continuou Marcos.

— Meus dois filhos já são casados. Eles vêm com meus netos aqui para passar as férias. Meu marido me trocou por uma mulher mais jovem. Ele trabalha na Costa Barreto. Cláudio Cunha é o nome dele.

— Eu o conheço. É o nosso diretor de compras...

— Exato.

Ouviram passos pesados vindo da varanda, e o sorriso de Eva para o recém-chegado incomodou um pouco o executivo.

— Boa noite a todos!

Apesar de dizer "a todos", Heitor olhou apenas para sua amiga.

— Boa noite, peão! Chega mais. Quer jantar? — perguntou Eva

— Não, agradecido! Vim saber se estava tudo bem. Senti falta de vocês na roda. Vocês não vêm?

— Vamos, sim, Heitor — respondeu Isalina. — É que a prosa tá boa.

— Então eu já vou, pra fazer companhia pro Daniel.

— Vai, peão — finalizou Eva. — Daqui a pouco a gente aparece.

— Se é assim, vou deixar as melhores músicas pra quando estiver lá.

Isalina arregalou os olhos com um sorriso surpreso diante da declaração do peão e cutucou Eva com uma cotovelada indiscreta. Marcos olhou para Eva, que apenas sorriu para o homem.

Heitor saiu. Dona Joana se embalou numa conversa com mestre Ubiraci e a professora. Isalina começou a tirar a louça da mesa. Apesar de Marcos estar com o corpo voltado para os demais, dirigiu os olhos até Eva, que estava distraída, com as costas no encosto da cadeira, mas os olhos baixos. Desejou saber o que estava pensando.

— Eva?!

Eva, como quem vem de um mundo particular, virou-se para a mãe sem fazer a menor ideia sobre o que estavam falando, mas percebeu que todos a olhavam.

— Desculpa, mãe. Eu não estava prestando atenção.

— O Arthur está falando com você, perguntando sobre a roda.

— Ah, as pessoas que moram aqui na fazenda fazem uma fogueira e a gente toca violão, canta, conta histórias até dar sono. Fazemos isso nos dias frios. Você quer ir?

— Quero, mas acho que vai ser chato. Eu não sei nenhuma música.

— Mas antes de achar chato não custa olhar, né?

— É...

Marcos se levantou e disse, encaixando a cadeira debaixo da mesa:

— Se me derem licença, eu vou para o quarto. Você cuida dele, Eva?

— Claro, doutor — respondeu ela.

Eva se levantou e fez um gesto para Arthur acompanhá-la. Todos foram para fora também, exceto dona Joana, que passou por Marcos empurrando a cadeira de rodas de dona Ana na direção do quarto, mas a pequena senhora pediu que parasse.

— O que foi, vó?

Dona Ana olhou para Marcos e disse como se confidenciasse seu maior segredo:

— Isso tudo que eles falam é conversa fiada. Arumã esconde segredos. Quem os deuses querem que fique nunca vão embora. Eles nos prendem aqui com sua beleza. Ninguém pode sair. Todos que pisaram nessas terras sagradas nunca partiram, e estamos aqui passando de pai pra filho. Sem perceber...

Marcos ficou por um tempo preso no olhar da senhora, pareciam vivos e lúcidos como nunca, mas não disse nada. Encarou dona Joana quando esta fez sinal para ele não se importar com aquelas palavras.

— Vamos, vó... A senhora já está ficando cansada.

Marcos foi para o quarto e se sentou na cama, contemplando a escuridão. O silêncio do lugar permitiu que ouvisse um coro que cantava uma música animada e acompanhava com palmas. Voltou a ficar de pé e saiu do quarto, indo até a varanda. Dali, era possível ver a fogueira, que àquela distância parecia pequena.

O executivo apoiou os cotovelos no guarda-corpo e contemplou o céu estrelado e sem nenhuma mancha de poluição. A lua estava pela metade, mas brilhava tão intensamente quanto a lua cheia.

Passos no assoalho da casa lhe chamaram atenção. Virou a cabeça na direção da porta e viu dona Joana.

— Não quer ir mesmo, doutor?

— Não, vou ficar por aqui, obrigado.

A mulher caminhou pela escuridão e desapareceu.

Marcos baixou a cabeça, incomodando-se novamente com a lembrança do sorriso de Eva para o tal peão. Ergueu o tronco e fez as costas estalarem, dando um gemido. Olhou para a fogueira pensando em ir até lá, mas não estava certo se queria ver Eva com Heitor após a declaração explícita do homem.

Enfiou as mãos nos bolsos e a passos lentos desceu degrau por degrau. Caminhou pela rua de pedra vagarosamente, até perceber que já se encontrava no início da estrada de terra. Pensou em dar só uma olhada, visto que estava ali, ou melhor, ia vigiar Arthur. Convenceu-se e, depois de encontrar essa desculpa para si, caminhou confiante até a fogueira.

Precisava acalmar aquela necessidade de estar perto de Eva, vendo aquele sorriso meigo dentro de uma mulher tão forte e ouvindo seu sotaque, que dava singularidade à sua personalidade. Estar ao lado dela deixava a estada em Arumã suportável.

Faltando dez metros para chegar perto do grupo, viu Eva de costas para ele. Arthur ao seu lado esquerdo e o tal peão do lado direito. Havia muitas pessoas sentadas no chão de terra vermelha e ao redor da fogueira, que de perto era muito maior.

Heitor cantava uma música junto com Daniel, cada um com seu violão. O ritmo era tranquilo, e no refrão Marcos viu Eva passar o braço sobre os ombros do filho e o puxar para mais perto dela. Embalou-o de um lado para o outro.

Sorriu. Marcos preferiu parar onde estava e ficar de longe, observando. Quando a música acabou, todos aplaudiram, e Daniel começou a falar:

— Agora vamos dar o ar da graça pra nossa patroa, que estava fora e fez falta aqui; não viu o João do Berro descer o Morro da Piedade rolando de tão bêbado.

Eva olhou para o homem sorrindo.

— Ah, João, toma jeito, peão.

E ele berrou:

— Mentira!

Todos riram, inclusive ela.

Daniel lhe ofereceu a viola, mas Eva recusou.

— Não, obrigada — disse ela —, estou meio enferrujada. Faz tempo que não toco.

— Para de rodeio, Pimenta — insistiu Heitor.

Marcos viu que conversavam e contornou a roda até conseguir ver o rosto dela, que apanhou a viola das mãos de Heitor e olhou para as crianças.

— Hoje a Jacira vai escolher a música então.

— *Menino canoeiro...* — sugeriu com o nome da música na ponta da língua.

Eva sorriu, parecendo gostar do pedido. Ajeitou os dedos nas cordas e olhou para Daniel. Pareciam falar com os olhos.

"Rema com força, Iberê
Joga a canoa pra lá
Rema com força Iberê
Pro rio não te levar."

A música conhecida pela dupla As Galvão era alegre, e as pessoas acompanhavam o refrão. Eva tinha uma voz forte e mostrava muita intimidade com a viola. Assim que tocou as cordas do instrumento, sua timidez se dissipou. Cantava olhando para Jacira, que acompanhava fazendo gestos, muito animada. Eva emendou *No rastro da lua cheia,* de Almir Sater. Daniel deixou que ela cantasse sozinha e todos ficaram em silêncio, admirando a moça.

"Ah, o tempo faz, tempo desfaz
E vai além, sempre."

As chamas da fogueira iluminavam a tez de Eva e seus olhos mantinham um brilho intenso, prendendo a consciência de Marcos, que se aproximou ainda mais sem perceber. Atraído, como um homem seduzido pelo canto da Iara.

Eva cantava agora com o olhar introspectivo, perdido. Cantava para alguém que não estava ali. Alguém que havia lhe deixado uma marca, algo que aquela peoa valente nunca deixaria transparecer. A curiosidade trouxe certa euforia a Marcos.

"No rastro da lua cheia
Se chega a qualquer lugar."

Todos aplaudiram. Eva sorriu e fez um movimento com a cabeça em agradecimento. Devolveu o instrumento para o seu dono e continuou apreciando o show dos cantores.

Mestre Ubiraci parou de aplaudir e também de sorrir ao sentir um vento incomum passar por ele, trazendo seus longos cabelos para a frente do rosto. Virou a cabeça para a mata e viu um cervo enorme e albino, de olhos vermelhos e de grandes chifres. O animal fez um movimento preciso com a cabeça, como se indicasse uma direção. O índio seguiu o olhar do animal e viu Marcos distante da roda. Ao perceber que estava sendo observado pelo índio, o executivo tirou os olhos de Eva e encarou o mestre, desconfiado. Preferiu ir embora.

Uma hora depois, Eva e Arthur cruzaram a varanda. Eva apanhou um lampião que ficava na entrada para iluminar o caminho deles até o quarto, mas levaram um susto quando ouviram Marcos os cumprimentar, sentado no sofá.

— Caramba, pai! Você quase matou a gente de susto — contou o menino indo até o som da voz.

Eva virou o lampião na direção dele e ficou curiosa.

— O que está fazendo sentado aí no escuro?

— Tem algum lugar iluminado nesta casa? — devolveu ele.

Ela sorriu e se sentou no sofá, pousando o lampião sobre a mesa de centro.

— Por que não foi na roda com a gente, pai?

Marcos acariciou os cabelos do filho.

— Na próxima vez eu irei.

Eva ergueu os olhos até ele; cruzaram-se, pesados e rápidos, como dois estranhos. Isalina entrou no cômodo e deu um grito estridente, colocando a língua toda para fora.

— Ai, cruz credo! — disse fazendo o sinal da cruz. — O que vocês tão fazendo aqui? Parecem até assombração. — Arthur deu uma gargalhada. — Eu trouxe o livro que eu falei. Da lenda da vitória-régia.

— Pai, a Isalina vai ler pra mim. Posso ir pro quarto com ela?

— Claro que pode, filho.

Arthur e Isalina saíram. Eles voltaram a cruzar os olhares, e Eva disse ao se levantar:

— Vou me deitar...

— Eu gostaria de fazer algumas perguntas sobre o que você me mostrou. Claro, se você não se importar.

Eva ficou hesitante por um tempo, analisando-o sentado na poltrona com o tronco ereto no encosto da cadeira, as mãos sobre os apoios e queixo erguido. Sua expressão era indecifrável. Ela voltou a se sentar, incomodada com os efeitos da troca de olhares.

— Pode falar, doutor.

— Sabe, tudo o que você me mostrou nesses dias me deixou muito impressionado. Eu não fazia ideia que dava tanto trabalho ter uma caixa de leite em casa.

— O trabalho está longe de acabar. Tenho que me preocupar com a alimentação, vermifugação dos animais e as doenças que esses bichos pegam. Dá um pouco de trabalho, sim, mas tudo é feito com amor e dedicação. Gostamos do nosso jeitinho. Quando fiz a casa branca, os trabalhadores ficaram um pouco hesitantes, mas depois de um tempo usando acharam ótimo. No entanto, tem fazenda por aí que o fazendeiro tem uma dúzia de funcionários e distribui leite para o estado inteiro com uma produção totalmente informatizada. Desde a inseminação até o produto final.

— E você sabe de tudo isso porque leu num livro? — perguntou ele num tom debochado, sabia que ela estava mentindo.

— Ainda acha que caipira é ignorante, doutor?

Marcos umedeceu os lábios e continuou:

— Olhe, eu não chamei vocês de burros. O Arthur me disse que a Isalina falava errado e eu só disse que, como vocês ficam longe da cidade, eram ignorantes.

— Não mudou muita coisa. — Apesar da tranquilidade na voz de Eva, era possível notar resquícios de decepção. — Seu filho fez uma simples pergunta e você já estereotipou, nos tachando de burros.

Marcos olhou para o lado, depois se voltou pra ela.

— Você tem toda razão, e eu me arrependo de ter dito isso. Eu gostaria de fazer algo para compensar meu erro. Porque não quero passar o resto dos dias aqui sendo condenado por você.

Ficaram se olhando por um tempo, então Eva revelou:

— Sou veterinária.

— Eu já fazia ideia — disse, entusiasmado. — Não desmerecendo a leitura, mas a forma como você explica as coisas novas que implantou aqui não é de um autodidata, mas de quem assistiu a uma aula.

— Se já sabia, por que perguntou?

— Eu queria ouvir de você e fazê-la parar de rir nas minhas costas — disse com humor.

— Você é muito prepotente — afirmou, rindo.

— Não é prepotência, sou um observador. Vejo a sua dedicação e a paixão nas suas palavras quando fala do seu trabalho. Sua equipe é muito comprometida a fazer o trabalho da melhor forma possível. São fiéis a você. Tudo aqui é muito organizado e em perfeito equilíbrio. Por que não implanta uma produção maior?

Eva se sentou na ponta do sofá e apoiou os cotovelos sobre os joelhos.

— Deixa eu ver por onde eu começo... Quando eu terminei o curso e voltei pra cá cheia de ideias inovadoras, sonhos de tornar isso aqui uma fazenda sustentável, rentável, dona Martha jogou um balde de água fria em tudo. Disse que essa não era e nunca seria a sua intenção. A fazenda não é minha, tive que obedecer. Consegui pelo menos comprar a ordenhadeira, porque antes todo o processo era feito manualmente. Ela deixou que eu construísse a casa branca, mas não liberou o recurso e eu também não tinha autonomia para usar a reserva da fazenda. Sou responsável pelos animais e pelo salário dessas pessoas, eu não podia me arriscar.

"Então, fiz uma festa junina fora de época. Essas festas são bem alegres aqui, como não há muito entretenimento as pessoas da cidade e das fazendas vizinhas vêm. Tudo que foi vendido na festa foi feito de livre e espontânea vontade pelos moradores da fazenda: as barracas, a alimentação. Consegui o dinheiro e colocamos a mão na massa para construir. Como não entendo nada de construção, peguei uma planta na internet e copiei."

— Que genial!

— Também reformei o estábulo com o piso de borracha, os ventiladores e o coçador. Mas... foi tudo o que ela me deixou fazer. Eu queria mais e resolvi ir embora, arrumar trabalho numa fazenda grande, trabalhar na área de inseminação, que eu gosto.

"Fiz as malas e no caminho fui pensando em cada pessoa da cidade que depende da fazenda: do leite, das hortaliças, dos ovos. Tudo sai daqui.

Pensei no meu pai, que me ensinou tudo o que eu sei. Na minha mãe chorando na porta me vendo ir embora. Me lembrei de cada peão com quem vivi minha vida inteira. Cada velho da colônia que me ensinou alguma coisa.

"A ruga de cada rosto aqui tem uma história de amor e dedicação com a natureza. Mestre Ubiraci, meu conselheiro, não faço nada sem ouvir a opinião dele. Depois que meu pai morreu, eu me tornei a responsável por cada pessoa daqui. Todos eles fizeram parte da minha formação e me transformaram na Eva que eu sou hoje, essencial para Arumã, antes mesmo do meu diploma.

"Eu não podia fazer o que eu mais repudiava nas pessoas: a ingratidão. Não pude largar tudo isso por um sonho egoísta. Voltei. Meu pai me deixou a missão de cuidar deles, e não posso desapontá-lo. As pessoas vão embora do interior em busca de vida melhor, mas, para mim, não existe nada melhor do que isso."

— Você falou sobre o que seu pai lhe deixou para fazer, mas o que a Eva quer?

Eva foi taxativa:

— Não troco cheiro de esterco por poluição.

— Mas você não seguiu os passos do seu pai, você fez um curso superior e participa das feiras pra se aprimorar.

— Um pai sempre quer dar algo de melhor para o filho, e ele me mandou pra faculdade. No fundo ele sabia que o mundo estava mudando. Meu pai era muito inteligente. Mesmo não saindo daqui, via essa mudança nos hóspedes. Ele sabia que um dia Arumã ficaria pequena demais, e que cedo ou tarde seríamos contaminados.

— Você fala como se o progresso fosse uma doença.

— Desculpe a sinceridade, Marcos, mas eu acho uma maçaneta como essa — disse ela apontando para a porta — uma grande invenção. Uma maçaneta que abre com comando de voz, um desperdício.

— Me convença — intimou Marcos, espremendo os olhos.

— Eu não preciso te convencer de nada, porque respeito a sua opinião.

— Mas estou aberto a mudar de opinião. Me convença de que essa maçaneta é melhor do que a minha.

Eva parou seus olhos nos dele, firme. Marcos gostava disso, ela nunca recuava, nunca baixava a guarda. Não o enxergava como superior como todas as outras pessoas faziam. Era tão segura de si que nada seria capaz de abalar seus ideais, suas paixões. E era a única pessoa com poder de lhe deixar sem argumentos.

— A sua não é eficiente porque quando faltar energia não pode ser utilizada. Tenho certeza que ela às vezes falha ao reconhecer os comandos. Eletrônicos têm vida útil curta e em três ou quatro anos a sua incrível maçaneta caríssima vai virar lixo. Essa maçaneta, doutor — disse apontando para porta novamente —, tem mais de cem anos, desempenhando sua função com a mesma dignidade. É uma senhora que merece todo nosso respeito. A sua nada mais é que um mero atrativo.

Marcos a encarou por um momento e disse, ainda com a mesma postura autoritária:

— Seria uma ótima advogada.

— É somente a minha opinião.

— Comprei a minha maçaneta fútil — frisou a palavra "fútil" — porque o vendedor me convenceu de que era a mais segura possível. Pensei apenas na segurança do meu filho, que passa a maior parte do tempo em casa. Não sou o homem materialista que pensa que sou.

— Você não precisa me explicar, já disse que respeito sua opinião.

— Administra muito bem esta fazenda, Eva. Controla as finanças, toda a produção, as questões particulares e até assuntos corriqueiros. Com pouca idade, conseguiu com que todos a enxergassem como superior, fazendo até mesmo com que os mais velhos a obedeçam. É uma mulher incrível.

Eva ficou imóvel, tentando controlar a respiração, que se desestabilizou diante daqueles elogios, mas continuou com palavras firmes:

— Obrigada, vindo de você não é simplesmente um elogio. Mas você entendeu errado, eles não me obedecem, eles confiam em mim. Acreditam em mim.

Marcos congelou seus olhos nos dela, apenas o chispar das labaredas se fazia ouvir.

— Você canta muito bem.

Eva não pôde evitar se mostrar surpresa e sentiu o peito arfar. Ele havia ido até a roda... Mas ela não se deixou impressionar.

— Obrigada, Marcos.

— Bem — disse com um curto sorriso. — Não ouvi você dizer que me perdoa, mas pelo menos está me chamando de Marcos, e não de doutor.

Eva passou a língua nos lábios, confusa, mas não podia baixar a guarda. Porém, não entendia aonde ele queria chegar, cercando-a com aquelas palavras. Fazendo-lhe parecer especial. E a fitando com aquele par de olhos felinos e tão firmes. *Por que está fazendo esse jogo?*, pensou.

Pararam o olhar um no outro por um tempo, até Eva se levantar e dizer num tom de quem não havia entendido o momento:

— Bem, se acabou a consultoria, eu vou dormir. Fica com o lampião, sei andar aqui de olhos fechados. Não esquece de expulsar a Isalina do seu quarto.

Ele sorriu.

— Só mais uma pergunta, Eva. — Ela se virou, curiosa. — Como o leite é transportado até a cidade?

Eva baixou os olhos, demonstrando fraqueza pela primeira vez, e Marcos percebeu. Agora estava entendendo tanta curiosidade. Era advogado. Estava tentando achar uma brecha. Pensou que seus esforços estavam sendo em vão, voltou a erguer os olhos e com a voz firme respondeu:

— Numa caminhonete que vem da cidade na madrugada e parte às cinco da manhã do estábulo. — Ele lhe devolveu um sorriso presunçoso, Eva se virou e saiu dizendo: — Boa noite, doutor!

Onze de Julho

ERAM OITO DA MANHÃ quando Isalina colocou comida no pote de Kevin Costner. Fazia isso todas as manhãs. Passou os olhos pelo terreno e chamou pelo cão, mas ele não apareceu. Desceu os degraus na porta da cozinha e ganhou o chão de terra, caminhando pelas proximidades e batendo a colher contra a panela.

— Kevin... Kevin Costner... — Nada do cachorro aparecer. — Onde se enfiou esse cachorro?

Rodopiou olhando toda extensão do terreno e o viu de longe, debaixo de uma árvore. Caminhou até lá a passos apressados e muito preocupada.

— O que foi, criatura? Está doentinho?

Isalina se ajoelhou e pegou o cachorro para acariciá-lo. Foi quando viu a ponta de um tecido mal enterrado. Puxou o pano e viu que era um sutiã de Eva enroscado num fio branco, danificado pelas mordidas do animal. Ergueu na frente dos olhos, boquiaberta.

— Ah, seu filho duma égua, o fio do telefone do doutor. Eu não vou assumir essa culpa, não. Vem, vamos falar com o doutor agora! — Isalina deu uns passos adiante e olhou para trás, o cão ainda estava sentado. Falou muito brava: — Vem logo, você vai se explicar com o doutor!

Kevin Costner a seguiu e foram direto para o quarto dos hóspedes. Isalina bateu na porta e segundos depois Marcos a abriu. Ele usava um short e estava sem camiseta, passando a toalha nos cabelos úmidos. Isalina arregalou os olhos sobre o abdome do homem com total indiscrição.

— Pois não, doutor, pode falar! — soltou.

Marcos riu.

— Não, Isalina, você que bateu na porta.

— Ah, é! — disse ela voltando a si. — *Descurpa* incomodar, mas espia só o que eu achei.

Isalina esticou o braço com o fio na frente dos olhos de Marcos, ou melhor, o que havia sobrado dele enroscado no sutiã.

— Não me diga que é o carregador do meu celular.

— Foi o Kevin Costner — disse ela, apontando para o cachorro. — E esse é o sutiã da Eva que tava sumido.

Marcos juntou as sobrancelhas, baixou a cabeça e olhou para o cão, que se mantinha sentado com a cabeça baixa, parecia entender que havia sido flagrado.

— Para mim ele parece arrependido, Isalina.

— Pede *descurpa* pro doutor, Kevin.

Marcos olhou pro cachorro novamente e sorriu.

— Está tudo bem, Isalina. Acho que eu é que devo desculpas a você.

— O que é isso, doutor?! Quem iria desconfiar de um ladrãozinho disfarçado de cachorro, né?

Marcos riu novamente, Isalina parecia mais preocupada com a traição do animal do que com o pedido de desculpas dele.

— Olhe, me desculpe por achar que você perdeu o cabo.

— Tudo bem, doutor. É só manter a porta fechada agora, eu vou bater um dedo de prosa com o meliante aqui. Até mais.

Arthur estava tomando café da manhã e tagarelando com Isalina. A triste moda de viola que saía da vitrola preenchia o ambiente.

Marcos se mantinha tão entregue aos seus pensamentos quanto dona Ana na cadeira de rodas, com olhar perdido para além da janela e com pensamentos atemporais. Ele mantinha uma postura ereta na cadeira, mas com os olhos presos na caneca de ferro pintada de vermelho na sua mão, incomodado com a ausência de Eva. Repassava em sua mente a conversa da noite anterior, pensando se havia dito algo que pudesse tê-la desagradado.

— E a Eva? — Quis saber Arthur, fazendo o executivo se desprender dos pensamentos, erguer os olhos e ansiar pela resposta.

— Hoje ela foi fazer a ordenha — respondeu Isalina —, mas já devia ter *vortado* pra tomar café. Deve de ter acontecido *arguma* coisa.

— Bom dia, peãozada! — A voz de Eva fez todos olharem para a porta, inclusive Marcos, que sustentou um sorriso sutil nos seus lábios.

Todos responderam ao cumprimento. Eva pendurou o chapéu no suporte ao lado da porta e lavou as mãos no lavatório. Aproximou-se as secando na toalha e encarando os olhos do executivo.

— Estou surpresa em vê-lo aqui, doutor Marcos. Achei que iria embora com o leite — comentou num tom irônico.

Marcos limpou os lábios no guardanapo, apoiou os punhos sobre a mesa, mantendo um sorriso revelador. *Bingo, foi isso que a chateou,* pensou.

— Por que achou que eu iria embora? Não deu um mês de férias ainda.

Eva se sentou à sua frente e se serviu de café.

— Bom demais que tenha escolhido ficar.

Marcos buscou seus olhos, mas ela se manteve ocupada com uma fatia de pão. Ficou a observando comer, buscando alguma informação subliminar naquela frase; entretanto, contentou-se apenas em acreditar que Eva estava satisfeita por ele ter resistido.

— Pensei que você não ia vir hoje — comentou Arthur.

— Sou a guia oficial de vocês. É que eu precisava ver como andam as coisas.

— Por favor, se estivermos atrapalhando...

— Não estão. — Eva não deixou que continuasse. — Faço questão de fazer companhia para os dois.

Ao terminarem de comer, seguiram Eva para fora. Quando os três chegaram à estrada de terra, ela contou a novidade sem rodeios:

— Estão vendo aqueles dois cavalos? — perguntou retoricamente. — O menor é o Lionel Messi e o outro, com porte todo imponente, é o Cristiano Ronaldo.

Marcos não hesitou em rir.

— Só pode estar de brincadeira... Aposto que o seu cavalo é o atual craque da seleção.

— Errou, peão — Eva colocou a ponta do polegar e do dedo médio na boca e soltou um assovio alto, que se espalhou pela fazenda. Alguns segundos depois, um cavalo mangalarga marchador de pelagem castanha e branca surgiu com seu trote elegante. Ela assobiou novamente, mostrando para ele onde era exatamente o local do encontro. O animal foi na sua direção e parou ao seu lado, baixando a cabeça para receber um carinho. — Senhores, permitam-me apresentar o rei Pelé.

Após fazer a anunciação, piscou para Marcos com um dos olhos, mostrando que havia ganhado. Marcos sorriu, passando a mão no pelo do animal, muito brilhante e macio; era a primeira vez que tirava as mãos dos bolsos para interagir. Arthur preferiu acariciar a crina comprida.

— Que legal! Ele te obedece igual cachorro! — comentou o menino.

— É porque eu o chamo todos os dias assim. Bem, peãozada, o negócio é o seguinte: hoje não vamos de charrete, vamos cavalgando. Se disserem pra dona Martha que vieram para a fazenda Arumã e não andaram nem no Lionel Messi, ela vai brigar comigo. Mas vou dar uma chance pra vocês, aquele que estiver muito apavorado pode vir na minha garupa.

Marcos ficou observando Eva ajustar o comprimento do couro do estribo para Arthur, digerindo aquela proposta tentadora. Imaginou-se atrás dela, sentindo sua pele e o cheiro dos seus cabelos. Voltou as mãos nos bolsos e pigarreou, olhando para o lado. Também não era justo ser taxado de medroso.

— Coloque o Arthur no Messi, eu vou no Cristiano Ronaldo.

— Ótimo! Vem aqui, Arthur — disse ela se aproximando do animal menor.

Arthur obedeceu, mas quando ergueu a perna para apoiar no estribo choramingou:

— Acho que eu não quero ir…

— Claro que quer ir! Vamos! Apoie a ponta do pé aqui e impulsione, eu vou te segurar. Não vai acontecer nada.

— Tá… — Arthur obedeceu e, ao subir no animal, sua expressão ainda era de medo ao ver a altura que estava do chão. — Eva, acho que não vai dar.

Eva pousou a mão no ombro dele e olhou firme nos seus olhos.

— Olha pra mim, peão — Eva disse com firmeza, até mesmo Marcos olhou para ela. — Pra saber se a fruta é doce, você tem que provar. Desistir antes de tentar é covardia. E você é um menino muito corajoso que eu sei. Eu estou aqui com você, você pode confiar em mim. Vai ficar tudo bem. Tá certo? — Arthur assentiu, mas ainda mostrava que estava com medo. Marcos ficou pensativo sobre aquelas frases. Arthur se lembraria delas para o resto da vida. Eva se virou para Marcos e indagou com olhar desafiador: — E você, peão, vem na minha garupa?

Marcos achou que havia certa malícia naquela proposta e demorou um tempo no sorriso dela até conseguir recusar novamente.

— Eu sei montar muito bem, patroa.

Eva sentiu um arrepio subir pela coluna e se espalhar pela nuca ao ouvir "patroa" sair daqueles lábios, mas se manteve firme.

— Não tenho dúvida, doutor.

Marcos subiu em Cristiano Ronaldo com uns gemidos, mas não houve nenhum desconforto, pelo contrário: mostrou-se habilidoso. Eva apanhou a rédea do cavalo de Arthur e montou em Pelé.

— Vamos começar? — perguntou olhando a expressão de desconforto do novo cavaleiro. — O Messi é um cavalo hidramático, ele não dá tranco pra sair, anda macio, nem precisa trocar a marcha. É só curtir o passeio, ok?

— Ok...

Pelé deu alguns passos à frente enquanto Eva puxava Messi. Pegaram a estrada a passos lentos, mas Arthur ficou olhando para o pescoço do animal e se sentiu tonto. Eva o repreendeu:

— Olha pra frente, peão. Faz de conta que você está conduzindo. Você tem que olhar o caminho. É assim que se aprende. — Continuaram por mais alguns metros até que Arthur relaxou e se alinhou ao balanço do animal. Quando Eva se deu conta de que não estava ouvindo o terceiro cavalo, olhou para trás e viu que Cristiano Ronaldo estava indo para o estábulo. Olhou para Arthur e disse: — Olha pro seu pai. E ele me disse que sabia andar a cavalo.

Arthur olhou para trás rindo e gritou:

— Pai, a gente tá indo pra esse lado.

— Tá — respondeu com um grito também. — Eu já vou.

— Consegue ficar sozinho? Vou buscar o cavaleiro...

— Consigo...

Eva deixou Arthur sozinho por um momento e foi rapidamente ao encontro de Marcos. Explicou-lhe os comandos do animal. Os três seguiram viagem até a horta.

As hortaliças milimetricamente enfileiradas se perdiam de vista. Eva explicou como era feito o plantio, a colheita, os cuidados. Ela apresentou a eles todos os trabalhadores, que se encontravam um aqui e outro ali, de cócoras, espalhados pela plantação.

Depois os levou até o milharal, e na volta Arthur quis conduzir seu cavalo sozinho. Marcos sorriu, sentindo orgulho do filho.

Deixaram os cavalos comendo e caminharam por uma área na qual ficavam as aves e os caprinos. Era um espaço com cercados feitos de madeira e tela os dividindo por grupos. Eva caminhou pelos viveiros apresentando os animais pelos nomes. Havia um cercado com perus e galinhas. E outro com patos e gansos barulhentos. Um outro espaço com bodes e cabras.

Toda área era gramada, menos a parte das aves, na qual havia um lago artificial à sombra de uma árvore. Os únicos animais soltos eram galinhas de angola, que os seguiam por toda parte achando que Eva iria jogar um agrado.

Marcos se sentou num banco improvisado feito com três troncos de árvores, observando Eva e Arthur se aproximarem das cabras.

— Você quer passar a mão? — ela perguntou.

— Quero! — respondeu o garoto.

Eva abriu a cerca e entraram. Um bode com pelagem caramelo, um topete imponente e cavanhaque comprido se aproximou primeiro. Ela tirou um punhado de milho de dentro de uma bolsa presa na cerca e ofereceu para o animal, que comeu na sua mão. Olhou para Arthur, que sorriu. Colocou um punhado de milho na mão do menino e disse:

— Pode oferecer para ele, mas mantenha a mão aberta assim — disse, fazendo-lhe uma demonstração —, ou ele vai comer os seus dedos. — O ganso grasnou e com o susto Arthur soltou o milho no chão. Puxou a mão. Eva sorriu e apanhou outro punhado para encher a mão do menino novamente. — Eu estou brincando, eles são mansos. Tenta de novo, é só oferecer, ele já está acostumado.

Arthur estendeu a comida e ofereceu ao bode, que comeu e lambeu a palma de sua mão, fazendo o menino sorrir.

— Faz cócegas, a língua dele é áspera. — Arthur fez carinho no topete do animal e ficou olhando seus olhos. — Esse bode é bem estiloso. E ele tem olhos sinistros.

— Eu não diria sinistros, mas peculiares. Eu gosto dos olhos deles. Ele faz bastante sucesso com as cabras.

Arthur olhou para o pai e sorriu. Marcos pensou que a tática de Eva para prender a atenção de Arthur estava dando certo. Ele não falava mais em jogos nem em ir embora. Pelo contrário, estava sempre querendo ir com um ou com outro ver o que estavam fazendo, perguntando sobre tudo.

Marcos passou os olhos pelo lugar. Eva mantinha a fazenda em perfeita ordem. Tudo muito organizado, aparado e limpo. Os animais eram calmos, sinal de que estavam bem alimentados, saudáveis e confortáveis. Olhou para cima, aquela área havia sido colocada ali propositalmente, as inúmeras árvores deixavam os animais protegidos do excesso do sol, mantendo a temperatura fresca. O som dos pássaros transmitia tranquilidade, e estes estavam por toda parte.

O cenário natural aos poucos desacelerava o executivo, e as novidades que aprendia sobre plantas e animais o permitiam ocupar a mente com outros assuntos. Marcos soltou o ar dos pulmões, admitindo para si que o certo era estar ali. Sentia-se em paz, bastava se permitir. Voltou a olhar os dois e percebeu que a silhueta de Eva lhe chamava atenção tanto quanto a natureza à sua volta.

Não entendia por que seus olhos teimavam em desrespeitá-la, e seus pensamentos também. Sempre fora muito sério e maduro o suficiente para se manter fiel em seus relacionamentos, mas Eva tinha uma força eminente que o atraía mesmo que lutasse contra.

Pensou que talvez fosse por nunca haver conhecido uma mulher tão segura de si. Tão forte. Eva era uma líder como ele, mas ao lado dela se sentia um desvalido. E gostava dessa impotência diante dela, apesar de se manter sempre num fraterno combate.

Olhou rapidamente para o alto, vendo algo se agitar nos galhos da árvore cuja sombra ele aproveitava, mas eram duas galinhas.

— Se assustou? — perguntou Eva, preocupada.

— Não... — respondeu tranquilamente.

Voltaram a caminhar pela propriedade e pararam diante de um chafariz feito de pedra. Havia dezenas de anos que o musgo já tomara conta do tanque que comportava a água. A escultura envelhecida dava certo charme à entrada do casarão e comprovava a veracidade de que mais de um século já havia se passado desde a sua construção.

Eva e Marcos se sentaram na borda do tanque do chafariz e Arthur parou mais à frente, tocando em plantas dormideiras, que fechavam suas folhas imediatamente.

— O Arthur vai dar trabalho nos primeiros dias de aula — disse Marcos olhando o filho. — Até conseguir contar todas as novidades para os amigos... não vai parar de tagarelar. — Eva apenas sorriu, e Marcos continuou olhando para ela. — Estou achando você introspectiva hoje. Só fala quando o Arthur está por perto. Foi algo que eu disse ontem?

Eva levou os olhos até Arthur e respondeu prontamente:

— Não, estou um pouco pensativa mesmo. Mas não tem nada a ver com as nossas diferenças.

— Não somos diferentes, apenas vivemos em cenários distintos.

— Você tentou me explicar o que era um celular...

— Sou um grande imbecil, Eva! — disse jogando as mãos para o ar e fazendo Eva rir. — Eu nunca fui assim.

— Você não é um imbecil — afirmou ela, jogando o cabelo de lado. — Eu te perdoo por isso.

Houve um silêncio rápido, até que Marcos voltou a falar:

— Estou vendo o que está fazendo pelo Arthur. Ele já até me pediu para voltar aqui nas próximas férias.

— Sério? Mas acho que o doutor não vai voltar aqui nunca mais, não é?

— É... — concordou ele fazendo uma expressão de repulsa, porém a surpreendeu: — Mas acho que sou capaz de sobreviver dois meses por ano aqui. — Eva ergueu olhos surpresos para Marcos, o sol contra seu rosto fez seus olhos castanhos se acenderem. — Conseguiu me convencer de que aqui também pode ser um paraíso. Não sei como alguém pode chegar num lugar desses e não achá-lo inspirador.

— Você só estava um pouco perdido no começo...

— *Desorientado* seria a palavra certa. Mas agora me sinto relaxado, não acordo pensando que eu não deveria estar aqui. Na verdade, acordo pensando sobre o que será que vamos fazer. — Eva olhou para ele e lhe ofereceu um sorriso satisfeito. — Sabe, eu não costumo ver o Arthur sorrindo, falando, se movimentando. A imagem que tenho do meu filho é sentado no sofá e jogando no *tablet.* A Roberta, que é a babá dele, é uma pessoa incrível. Fica com ele no período da tarde e o leva pra fazer o curso de inglês, a natação... até viaja com ele nas férias...

— Você não viaja com ele nas férias? — perguntou, surpresa.

Marcos inspirou e respondeu como um lamento:

— Eu sou um trabalhador compulsivo, nunca quis admitir que estava doente, mas tive certeza disso quando cheguei aqui. Eu fazia minhas refeições nada saudáveis na minha mesa de escritório e sempre na frente do computador. Eu uso o celular estritamente para o trabalho e só consigo largá-lo na hora do banho. Eu não falo com o Arthur, não nos olhamos para conversar e quando saíamos é para almoçar no shopping, mas cada um dando atenção para o seu aparelho.

"No começo, ficar aqui estava sendo uma tortura para mim, por isso me tornei grosseiro: pela falta que estava me fazendo o celular e o trabalho. Quando a Bianca vai em casa, ficamos os três na frente da TV e cada um com seu aparelho. Como o Arthur vai aprender a gostar dela se ela nem ao menos fala com ele?

"Você está certa, somos escravos. Eu não sabia que o meu filho era tão inteligente, esperto e engraçado, nem que precisava de ajuda na escola. O Arthur não suportava o som do galo e do sino, porque vive dentro do apartamento e vai aos lugares dentro de carros, por isso ele não suporta barulho. Ele entrava em pânico quando o galo cantava. Aliás, o que aconteceu com o galo? Não o ouço em parte alguma."

— Morreu...

— Sério? Por que não podia cantar? — perguntou inocentemente.

— Não. Não — disse ela, sorrindo. — Algo lhe arrancou a cabeça. — Ambos ficaram em silêncio por um tempo, mas Eva retomou o assunto: — Só o fato de você perceber que está demais já é um começo, uma cura.

— Olhe! — gritou Arthur, apontando para o pavão que se aproximou dele se exibindo com seu leque de penas coloridas.

— Ele é lindo, né? — gritou Eva de volta! — O nome dele é Brad Pitt.

Ao revelar o nome, Eva ouviu Marcos rir. Um silêncio tranquilo os invadiu, passaram a observar Arthur analisando a ave.

— Eu achava que paternidade era dar de comer, um lar, pagar a melhor escola, cursos, os melhores brinquedos... acreditava que com isso eu estava fazendo a minha parte, mas eu sou a pessoa que precisa ensiná-lo a ser generoso, educado, organizado. Explicar o que é certo e errado. Instruí-lo para o mundo. Nunca falamos sobre religião. Não sei a opinião dele nem os seus gostos. Não estou ensinando meu filho a ser um homem de caráter, não é na escola que ele aprende tudo isso. Não sei se estou me fazendo entender.

— Estou entendendo, sim. Mas ele te ama. Te vê como um herói. Você é um espelho para ele, então todas as suas atitudes estão sendo copiadas e isso também é muito importante. Dar um bom exemplo.

Marcos baixou a cabeça por um momento, estava se sentindo aliviado por compartilhar aquilo com Eva.

— A mãe dele se separou de mim por causa do trabalho. Eu não tinha tempo para eles, então ela foi embora com o Arthur. Mas descobriu que estava com câncer e morreu seis meses depois. A mãe dela me ligou, dizendo que ela queria falar comigo antes de morrer. Mas demorei tanto pra arrumar tempo pra visitar a Deborah que ela não aguentou me esperar. — Eva olhou no rosto do executivo, que se fechou de tristeza. — Nunca vou saber o que ela queria me dizer e mereço carregar o fardo dessa dúvida. A mãe dela me disse apenas que era o desejo dela que o Arthur voltasse a morar comigo. E, até estar aqui, não tinha parado pra pensar que o meu filho não tem a mãe e também não tem o pai ao lado dele.

Apesar de Marcos não deixar transparecer, aquelas palavras diziam muito sobre o homem que ali estava, cheio de culpa e remorso.

— Você só precisa acertar os pontos, agora que já sabe o que está faltando.

— Estou começando a concordar com você, é uma contaminação. Mas como eu consigo ter o controle das coisas sem estar o tempo todo envolvido no meu trabalho? Não vejo como isso é possível.

Eva olhou para ele.

— Acho que se conseguir um dia da semana para se curtirem é o suficiente. Tirarem férias todo ano. Não é o tempo que vai passar com ele que importa, mas a qualidade desse tempo. Você pode estar com Arthur num parque uma tarde inteira, mas, se estiver no celular ou pensando no trabalho, não estão juntos de verdade.

Enquanto ouvia, Marcos foi assentindo com a cabeça, concordando com cada palavra. Eva continuou:

— Mas se ao menos conseguir assistir a um filme na TV sem olhar no celular, abraçados e comendo pipoca, será um momento que ele vai levar pra toda vida. São pequenas coisas feitas com o coração que fazem a diferença. É apenas uma questão de equilíbrio.

— Se eu tivesse acesso ao celular ou ao computador aqui, certamente não estaríamos tendo esta conversa agora.

— Que bom — disse, ousando tocar seu ombro. — Valeu a pena a guerra que travamos.

Marcos sorriu olhando nos olhos dela.

— Nunca encontrei uma mulher como você...

Trocaram olhares de admiração, e Marcos decidiu não terminar o que ia dizer, vendo Arthur correr até eles e mostrando duas joaninhas que haviam subido no seu braço.

Voltaram para o casarão. Eva almoçou com eles e saiu para a inspeção na fazenda. No fim da tarde, ela voltava a galope na companhia de Kevin Costner. Desmontou, agradeceu ao cavalo e o animal voltou para o estábulo. Subiu os degraus e no patamar viu a mãe na cadeira de balanço fazendo uma toalhinha de crochê.

Marcos estava com os cotovelos apoiados no guarda-corpo olhando para fora. Eva abriu um largo sorriso quando seus olhos se encontraram, e ele retribuiu com o mesmo sorriso extenso.

Dona Joana parou o movimento das mãos e olhou para um e depois para o outro, aquela troca de olhares e sorrisos não era de cumprimento, vinha do coração. Voltou sua atenção para as linhas, dizendo alto demais:

— Rudá nunca falha.

— O que, mãe? — disse Eva, curvando-se para beijá-la.

— Arruda... Estou precisando de arruda pra espantar o mau-olhado.

Ela achou estranho aquele comentário da mãe, mas não disse nada. Aproximou-se de Marcos e se recostou no guarda-corpo também.

— Que bom que está aqui fora... Cadê o Arthur?

Marcos apontou com a cabeça para a jabuticabeira ao lado da casa, Eva acompanhou seus olhos e viu Arthur, Jacira e Isalina à sombra da árvore, chupando as frutas possíveis de alcançar.

— O pé está supercarregado... — comentou Marcos, empolgado. Eva olhou para ele apenas para conferir na sua expressão o quanto estava à vontade e lindo. — As frutas estão maduras, e eu nem sabia que jabuticaba dava no tronco.

Eva simplesmente não ouviu o que ele disse, observando seu sorriso tão bonito.

— É... — Foi tudo o que pôde dizer.

— Filho, não vá subir na árvore, não. — Marcos alertou em tom alto: — Isalina, não deixe.

— Pode deixar, doutor! — gritou a moça.

— E aquelas alfaces que você me mostrou hoje parecem geneticamente alteradas. Nunca tinha visto tão robustas. Nunca mais vou ter coragem de pagar três reais numa alface com seis folhas.

— E ainda cheias de agrotóxico — acrescentou Eva.

— Será que é por isso que não crescem como as suas?

— Não, é porque não deram o tempo necessário...

— A pressa é inimiga da perfeição, doutor Marcos — ponderou dona Joana sem se desprender do crochê.

— A senhora tem toda razão — concordou ele olhando para trás.

Na estrada, apontou um homem a cavalo que vinha vagaroso, puxando uma vaca por uma corda. Eva ergueu o tronco e gritou alegremente:

— Isa... — Isalina olhou para Eva, que apontou para estrada.

A moça olhou para o lado e gritou de felicidade com as mãos no rosto:

— Leonardo!

E correu com as crianças até a estrada, acenando para ele, enquanto o homem acelerou a cavalgada, querendo muito chegar logo ao encontro de Isalina.

Marcos olhou para Eva para perguntar quem era, mas parou os olhos no seu rosto. Ela mantinha olhar fixo no casal e um sorriso contagiante. Se a pressa era inimiga da perfeição, *Eva então levou muito tempo para ser feita,* pensou. Desistiu de perguntar. Voltou a olhar o casal, que já estavam muito próximos.

O rapaz desmontou agilmente e abraçou Isalina. Nesse momento, Marcos espremeu os olhos e ficou ereto.

— Só pode ser brincadeira!

Eva apertou os dentes para não rir, sabendo o porquê do espanto de Marcos.

— Não quero ouvir nenhum comentário sobre isso, doutor — disse, muito séria.

Marcos despejou:

— Ela tinha que gostar do menor cara da fazenda? A Isalina tem quase a minha altura.

Eva sorriu, a diferença de altura dos dois era bem significativa, mas nem Leonardo, nem Isalina se importavam com aquilo.

— O senhor se preocupa muito com tamanho. Tem coisas que a gente faz deitado, doutor, e nesse momento a diferença de altura não faz a menor diferença.

Marcos se acendeu e levou olhos espremidos para o rosto da peoa; não hesitou em responder num tom malicioso:

— A patroa tem toda razão!

Ao ouvir "patroa", Eva sentiu o arrepio subir novamente pela sua coluna. Manteve-se indiferente e levou os olhos até Daniel se aproximando do alpendre montado no seu cavalo. Ele tirou o chapéu num gesto de cumprimento e perguntou para Marcos:

— Quer jogar bola, doutor?

— Não, não... Faz muitos anos que eu não jogo.

— Só pra brincar, tá faltando um no time.

Marcos olhou para Eva e depois para o peão e assentiu.

— Está bem! Vou colocar um short e já vou.

Daniel virou o cavalo e saiu galopando.

— Você tem certeza de que quer ir? — perguntou Eva, impedindo-o de entrar.

— Está achando que eu não sei jogar, patroa?

Ela deixou as sobrancelhas caírem e apenas sorriu.

Minutos depois, Marcos voltou para a varanda usando short de tactel, tênis e camiseta branca. Eva o analisou de cima a baixo e não reconheceu o homem à sua frente, parecia mais jovem e ainda mais lindo. Dona Joana olhou o sorriso da filha, que não conseguia mais disfarçar a admiração que sentia pelo doutor.

— Nem parece o mesmo!

Marcos passou a mão nos cabelos, sem jeito, e perguntou:

— Você pode me dar uma carona?

Dona Joana parou com o crochê novamente e ergueu os olhos para a filha, aguardando a resposta. Ela nunca havia levado ninguém na sua garupa. No entanto, Eva só pôde dizer quase que num sussurro:

— Claro!

Após seu assovio, Pelé reapareceu. Eva montou e esperou que Marcos subisse na sua garupa, o que fez com a habilidade de um homem do campo. Assim que Eva sentiu o peito rijo dele contra as suas costas, fechou os olhos, sentindo o corpo em chamas. Tudo piorou quando Marcos segurou em sua cintura e aproximou os lábios da sua orelha para perguntar:

— Posso?

— Sim — respondeu ela sentindo ainda os efeitos daquele sussurro quente. Ergueu o queixo e disse, indiferente: — Segura firme, eu vou bem rápido.

Marcos não desobedeceu, deslizou as mãos por sua cintura e a apertou ainda mais. Eva pensou que com certeza ele estava sentindo o calor do seu corpo e manteve a atenção no ato da carona.

— Eva! — gritou Isalina. — Aonde vocês vão?

— Vamos no campo! — Isalina fez um sinal de positivo. — Leva o Arthur pra jogar bola depois.

E a peoa fez muito esforço para conseguir dar a ordem ao cavalo e disparar pela estrada, pois todos os seus sentidos estavam naquele contato físico. Marcos instintivamente a apertou ainda mais ao galope do animal. Eva tocou sua mão e quis saber:

— Tudo bem?

— Tudo...

Marcos passou a dar atenção ao cheiro dos cabelos dela, que insistiam em tocar seu rosto, e ao calor que vinha do corpo de Eva. Movimentou os dedos, sentindo o tecido da camisa dela, sabia que um simples movimento com as mãos e poderia tocá-la intimamente. Olhou para o campo à sua volta e soprou o ar dos pulmões, tentando se livrar daqueles pensamentos antes que outra parte do seu corpo se manifestasse também.

Condenou seus pensamentos, por Bianca e por respeito à Eva, que de certa forma estava apenas lhe dando uma carona. Mas não entendia como uma mulher com qual não mantinha nenhuma intimidade podia despertar em si tanto desejo.

Chegando ao campo, todos, sem exceção, ficaram olhando surpresos ao ver o doutor na garupa da patroa. Heitor baixou os olhos, cuspiu no chão e caminhou pelo campo, indo para o mais longe que pôde do casal.

Marcos desmontou, atirando-se no chão antes que ela parasse. Ficou de pé, de costas pra ela e com as mãos na cintura, respirando fundo.

— O que foi, Marcos? Você caiu? — Ela desmontou rapidamente e foi até ele. O executivo estava com a tez vermelha. Eva, muito preocupada, tocou seus ombros e procurou seus olhos. — Você está bem?

Marcos soltou o ar e disse, ofegante:

— Pode me dar um minuto, por favor?

— Ah, claro! — disse ela, tirando as mãos e dando um passo atrás. — Desculpa. Você ficou enjoado?

— Sim — respondeu, sem ter o que mais dizer. — Muito enjoado.

— Acontece às vezes...

Três homens que estavam recostados na cerca esperando o jogo começar se viraram para o doutor e cochicharam:

— Que peão de sorte!

— É um frouxo, que tipo de homem ficaria enjoado na garupa da patroa?

— É... — avaliou o outro, coçando a barba, desconfiado. Examinou o doutor e opinou: — Mas eu acho que não é enjoo que ele tá sentindo, não.

Daniel se aproximou de Marcos e perguntou:

— Tudo bem, doutor?

— Tudo certo — disse, já recuperado, soprando o ar.

— Tem que tirar o tênis, tá? — Marcos olhou os demais, todos estavam descalços. — E você é do time dos sem camisa.

— Tudo bem — concordou já tirando o tênis.

Eva se recostou na cerca, apoiando os cotovelos na madeira. Levou os olhos sorrateiros para Marcos, que puxou a camiseta pela gola e a deixou no chão. A peoa examinou seu corpo com indiscrição. Marcos era magro, mas com os músculos bem marcados. Tinha um caminho de pelos lisos que começavam no peito, percorriam numa linha reta pelo abdome e se perdiam dentro dos shorts. As costas largas e os braços longos davam a sensação de que ser abraçada por ele siginificava estar protegida. E observar aqueles olhos felinos contra o sol era desconcertante.

Eva olhou para o lado oposto, dizendo para si:

— Se aqueta, peoa! Não é pro seu bico.

Marcos foi para o centro do campo, esperando que começassem a se organizar; olhou para Heitor, que o encarava, rebateu o olhar, mas se distraiu quando a bola começou a rolar no campo.

Eva acompanhava cada movimento de Marcos e vibrava quando ele chegava a quase fazer gol. Isalina se aproximou com Arthur e o ajudou a se sentar na cerca.

— Vai, pai! — vibrou o menino.

Um dos homens jogou a bola para Marcos, que estava próximo à trave. O executivo a apanhou com agilidade e correu em direção ao gol, porém Heitor se chocou contra ele. Marcos foi ao chão e Daniel parou o jogo quando ele se levantou rapidamente e passou a discutir com Heitor.

Eva ficou apreensiva, mas, como Daniel foi apartar, achou melhor não se meter, era normal essa rivalidade no momento do jogo. Daniel, então, decidiu reiniciar de onde estavam. No momento em que Marcos tocou na bola, Heitor foi para cima dele numa disputa, deixando nítido que aquilo ia além da brincadeira, havia algo pessoal entre os dois. Continuaram irredutíveis, feito briga de boi bravo para mostrar quem mandaria no pasto.

Marcos conseguiu a posse da bola e correu na direção do gol, Heitor ficou com raiva e lhe deu uma rasteira por trás, derrubando-o. Ao se chocar contra o chão, percebeu a visão escurecer e se sentiu tonto. Eva a princípio achou que ele havia apenas se desequilibrado, mas, quando o viu tentando se levantar se apoiando na cerca, a patroa pulou para dentro do campo e correu, tocando nas suas costas.

— Marcos... Marcos... O que foi?

— Estou bem... — disse com as mãos na cintura, ficando ereto.

— O que está acontecendo?

— Estou bem, Eva! — disse num tom ríspido, tirando as mãos dela do seu corpo.

Estava irritado, havia se sentido fraco e não estava conseguindo respirar. Eva deu um passo para trás, olhou para os peões com rostos curiosos e Heitor balançando a cabeça, reprovando sua atitude. Sentiu-se humilhada e saiu apressada.

— Eva! Eva... Desculpe!

Ela foi até o cavalo a passos pesados, montou agilmente e voltou para o casarão. Marcos saiu do campo ouvindo o filho:

— Pai, está tudo bem?

— Está, sim, vou falar com a Eva...

Apanhou seus tênis, a camiseta e foi correndo até o casarão, estava com os pulmões em brasa. Passou por dona Joana, que ainda estava no mesmo lugar e perguntou:

— Dona... Joana... A Eva... passou... por aqui?

— Acho que ela foi para o quarto... — respondeu dona Joana, apontando para dentro.

Ele tomou a direção do corredor do quarto dos empregados e bateu na porta azul em que Kevin Costner estava apoiado. Bateu várias vezes.

— Eva... Eva... Posso falar com você?

A porta do quarto ao lado foi aberta e Eva colocou apenas a cabeça para fora.

— Aí é o quarto da bisa e ela está dormindo.

Marcos imediatamente foi até ela, mas Eva se encolheu, fechando um pouco a porta. Marcos baixou a cabeça para encontrar seus olhos pela fresta que ela deixou disponível.

— Me desculpe, Eva...

— Não precisa se desculpar — disse, muito irritada. — Vou me limitar a lhe ajudar quando pedir a minha ajuda.

— Eva, por favor! Abra a porta.

— O Heitor me avisou para dar ajuda apenas a quem me pedir.

Ao ouvir o nome de Heitor, Marcos ficou irritado.

— Esse cara não sabe de nada!

— Quem não sabe de nada aqui é você — despejou, contrariada. — Estamos todos lhe servindo, não sei se percebeu. E tudo que sabe fazer é ser grosseiro, sarcástico e egoísta. Não temos esse tipo de gente aqui na fazenda.

— Não desista de mim, por favor. Acha que eu teria conseguido ficar aqui sem você? — Eva baixou os olhos, perdendo as forças necessárias para encará-lo. — Eu sei o que está fazendo. Está deixando suas responsabilidades de lado para me ajudar. Eu não estaria aqui ainda se não fosse por você.

Eva mudou o tom e, apesar de ainda estar brava, amenizou:

— O que você tem?

— Eu posso entrar?

Eva soltou o ar pela boca e olhou para dentro do quarto para se certificar de que tudo estava em ordem. Soltou a porta, dando-lhe passagem.

Marcos entrou passando os olhos pelo cômodo. Havia um guarda-roupas, dois criados-mudos e uma penteadeira, seguindo o mesmo estilo do que estava no seu quarto, mas algo lhe roubou a atenção: uma cama de dossel tamanho casal ficava no centro do cômodo, com estrutura de madeira talhada e véus de linho branco que permitiam observar somente a silhueta de quem dormisse sobre ela. Imaginou Eva dormindo ali e se deixou levar pelos seus pensamentos...

— Nunca viu uma dessas?

Marcos se voltou novamente para ela.

— É... sim... na verdade, não. Achei bonita.

— Os véus não abrem com comando de voz — disse, cruzando os braços sobre o peito. Marcos sorriu, ela ainda estava com raiva. — O que você tem? E por que foi obrigado a vir para cá?

Marcos passou a língua nos lábios e balançou a cabeça negativamente.

— Eu não queria falar sobre isso.

— Eu preciso saber — pediu amigavelmente; em seguida insistiu: — Por que foi obrigado a vir pra cá?

— Não estou mais aqui obrigado, Eva.

Ela sentiu o peso daquelas palavras e seu coração correspondeu a galope.

— É muito bom ouvir isso, peão. Mas não vai fugir do assunto.

— Eu tive... eu tive um mal-estar, fiquei internado e passei por uma cirurgia de cateterismo. Os médicos acharam que poderia ser um infarto. Acordei dias depois. O médico me passou uns remédios pra tomar toda manhã e falou que era culpa da má alimentação, do estresse, do sedentarismo e de tudo aquilo que você já sabe. E que eu tinha que mudar a minha rotina. Mas eu não via como doença algo que me dá prazer.

— Se é excessivo, mesmo dando prazer, é vício. E você é jovem, Marcos, não podia estar sofrendo de doença cardíaca.

— Eu compreendo isso agora. E, sinceramente, não sei se com tudo à minha disposição vou conseguir perceber que voltei a ser o que era.

Eva já havia se desarmado. Aproximou-se dele e apertou sua mão.

— Só precisa se lembrar de se desligar. Por isso que será sempre bem-vindo aqui pra recarregar as energias.

— Tenho outros motivos para voltar aqui, Eva.

Marcos colocou os cabelos dela atrás da orelha; ao toque, Eva fechou os olhos. Ele se inclinou para alcançar seus lábios, mas ouviram alguém bater na porta.

— Pode entrar! — autorizou Eva.

Dona Ana entrou usando um vestido longo, roxo, que havia vestido ao contrário, a abertura em "v" das costas se encontrava na parte da frente, deixando a pequena senhora com um decote generoso. No rosto, pó de arroz branco e nas bochechas dois borrões vermelhos feitos com blush. Batom rosa que não acompanhou a linha dos lábios e uma flor no cabelo.

— Eva, ouvi seu bisavô me chamar.

Eva olhou para Marcos e entortou os lábios, reprovando-o.

— Eu não ouvi nada, bisa.

— Vem, vamos até a sala... — Dona Ana tomou a mão de Eva e a puxou para fora. Quando chegaram lá, todos ficaram olhando para os três enquanto dona Ana continuou: — Coloque a música, Joana!

A mulher olhou para a filha, que fez um gesto para que a mãe obedecesse ao que a bisa estava pedindo. Isalina foi até a vitrola e pousou a agulha sobre o disco de vinil; depois de um chiado gostoso, a música começou.

Dona Ana agarrou a cintura da bisneta, passaram a se embalar de um lado para o outro. Eva sorriu vendo a bisa tão animada e se animou também, fazendo a senhora rodopiar e usar todo o espaço da sala para aquela dança.

Arthur se agitou no sofá, achando graça naquilo. Isalina então se aproximou do menino e confidenciou:

— Ela pensa que é uma festa. Vamos dançar.

Arthur se deixou ser conduzido por Isalina e se embalaram de um lado para o outro numa dança desajeitada. Dona Joana acompanhou a música alegremente, observando a avó, que se empolgava a cada minuto, batendo palmas, girando sozinha, cantando.

Quando a música terminou, iniciou uma mais lenta. Marcos se sentiu invadido por um sentimento de compaixão e, como era o único homem da tal festa, apertou os lábios, não acreditando que ia fazer aquilo. Aproximou-se de Eva e disse:

— Posso dançar com a dona Ana?

Eva abriu um largo sorriso, como se ele tivesse convidado a ela.

— Claro!

Dona Ana rapidamente se agarrou na mão de Marcos e se embalaram de um lado para o outro.

Dona Ana olhou à sua volta, a casa estava cheia, com convidados bem-vestidos. Muitos casais dançavam animados, outros conversavam pelos cantos. Alguns comiam ao redor da grande mesa. As crianças corriam pela casa. Havia muitas vozes falando ao mesmo tempo, risos. Todos compactuavam da mesma felicidade, do prazer de estarem juntos. Mas para dona Ana a felicidade tinha um sabor diferente. Ergueu os olhos para alcançar os de João, sabia que ele voltaria mesmo que todos dissessem o contrário, sempre soube que voltaria para ela. Havia valido tanta espera. Sorriu para ele com o coração cheio de amor, que batia forte dentro do peito tamanha era a saudade. Ele nunca a deixaria sem aquela dança. Não o seu João.

— Eu sabia que você ia voltar.

Ele não disse nada, apenas sorriu e continuaram dançando.

Quando a música acabou, dona Ana agradeceu seu par e olhou para todos com estranheza. Parecia despertar de um sonho.

— E o João?

Eva olhou para a mãe e se voltou para a senhora.

— Ele já vem, bisa.

— Vou me sentar — disse a senhora, atirando-se, exausta, na cadeira de rodas. — Fazia muito tempo que não dançava tanto.

Eva sentiu os olhos se inundarem vendo a bisa se ajeitar com um sorriso satisfeito e de minuto a minuto se entregar ao cansaço. Todos ficaram em silêncio, entreolhando-se, esperando que ela pegasse no sono como criança que custa a dormir.

Dona Joana se aproximou dela e empurrou a cadeira bem devagar rumo ao quarto. Marcos se sentou no sofá, e Eva murmurou:

— O que a bisa te disse?

— Que sabia que eu iria voltar. — Eva ficou com o olhar paralisado e piscou para impedir que uma lágrima caísse, mas esta escapou. Secou-a rapidamente. — Quem diria que a pessoa mais animada da casa seria a dona Ana. Quando chegamos, ela estava na cadeira de rodas, nem nos viu entrar.

— O doutor num imagina o que a gente já fez aqui — confidenciou Isalina com certo humor. — Teve um dia que ela enfiou na cabeça que era o aniversário dela. Dona Joana fez uma cobertura num bolo de fubá e cantamos parabéns. Né, não, Eva?

— Foi, sim! E outro dia ela disse que não morava aqui e que queria ir pra casa dela. Passei uma tarde inteira andando por aí com ela na charrete. Imagina, pra onde eu iria? Ela sempre morou aqui. E tem dia que ela acha que a Isalina é mãe dela.

Arthur se atirou no sofá rindo e Marcos o repreendeu amavelmente:

— Parece engraçado, filho, mas é sério. Ela está doente.

— Eu sei, pai. Mas é engraçado. — Arthur ficou curioso e olhou para Eva. — O que será que passa na cabeça dela?

— Não sei — respondeu prontamente —, mas cada vez que ela dorme, acorda pensando que está em outra época. Também não sei dizer.

— Mas ela não sofre, tem a melhor família do mundo. — Marcos se levantou e não viu os olhos admirados de Eva. — Bem, vou tomar um banho... Venha, Arthur, já chega por hoje.

Marcos ia sair, mas desistiu quando viu Heitor atravessar a porta com o chapéu contra o peito. Eva se levantou com um sorriso e foi até ele.

— Oi, peão!

— Está tudo bem? — sussurrou ele.

Marcos olhou para o recém-chegado e disse rispidamente:

— Está tudo bem, sim... O que acha que podia estar acontecendo?

— Estou falando com a Eva, não com você...

— Heitor! — repreendeu Eva.

— Depois da sua arrogância lá no campo, só me restou vir aqui saber se elas estavam bem.

— Acha que eu vou fazer o quê?

— Não faço ideia, mas coisa boa não é. Já o vi destratá-las mais de uma vez. E não vou permitir isso.

— Parem os dois! — esbravejou Eva, ficando entre eles, que a cada frase se aproximavam cada vez mais.

Isalina se levantou, puxando Arthur para sair, mas o menino não quis ir.

— Pai, para!

— Nunca mais fala daquele jeito com ela.

— Quem tem que reclamar comigo é ela, não você.

— Se tratar a Eva assim novamente, vai ter que se ver comigo.

— E vai fazer o quê?

— Chega! — disse Eva, furiosa. — Vocês estão desrespeitando o menino e a minha casa. Pra fora, Heitor. E, você, vá tomar seu banho. — Nenhum dos dois se moveu, trocando olhares furiosos. Ela continuou ainda mais ríspida: — Vocês estão na minha casa. Quero os dois fora daqui.

Dona Joana apontou na sala, ouvindo a gritaria, e os dois se sentiram acuados. Marcos cedeu primeiro, pegou a mão do filho e foi para o quarto; Eva apontou a porta para Heitor, que saiu trotando. A peoa fechou os olhos, desprendendo-se da adrenalina, e soprou o ar dos pulmões olhando para a mãe.

— O que há com esses dois hoje? — perguntou retoricamente.

— Ah, não sabe? Para bom entendedor, Eva, meia palavra basta.

E dona Joana saiu com uma expressão de preocupação.

Doze de Julho

NO DIA SEGUINTE, EVA FOI TRABALHAR e pediu para seu Tomás servir de guia para os hóspedes numa cavalgada. Porém, sem ela, nem Arthur, nem Marcos quiseram ir.

Eva almoçou com os trabalhadores na colônia e voltou ao trabalho. Apesar de interagir pouco com Heitor e se limitar a responder perguntas superficiais, havia ficado o tempo todo na lida e na companhia dos demais. O peão sabia que assim, aos poucos, a rotina voltaria ao normal.

No fim da tarde, os trabalhadores caminhavam para a colônia vindos de toda parte da fazenda. Eva montou em Pelé e, antes de disparar pela estrada para voltar ao casarão, ouviu Heitor:

— Patroa! — Eva desistiu de sair e olhou para ele. — Já vai?

— Vou — disse ela, sem muita vontade de falar com o amigo.

Heitor se aproximou olhando para cima a fim de encontrar seus olhos.

— Desculpa, Eva, por ontem. Mas esse doutor me tira do sério. — Eva olhou para o lado, com raiva. — Eu não aguento o jeito que ele te trata.

— Eu não preciso que compre minhas brigas, Heitor.

— Sei disso, mas parece que está enfeitiçada e não percebe.

Eva olhou para a frente; era exatamente como se sentia, enfeitiçada por Marcos.

— Não diz besteira, peão. Vou descansar...

Eva saiu em disparada e galopou até o morro da Piedade, uma parte da fazenda da qual era possível apreciar cada canto de Arumã. Era ali que ia quando precisava pensar.

Heitor estava certo; estava enfeitiçada por aqueles olhos, aquele cheiro, aquela voz. Havia perdido a autoridade sobre seu coração e seus desejos. Uma paixão inconsequente e sem perspectiva de futuro. Marcos era irresistivelmente bonito, inteligente e, para piorar, a cada troca de palavras deixava claro que nutria desejo por ela também.

Eva sabia que o sentimento estava aumentando a cada dia que se deparava com aquele sorriso inegavelmente lindo dizendo bom-dia. Mas as noites sem dormir eram o que a incomodava. Queria olhar naqueles olhos bem de perto, descobrir de onde vinha aquele cheiro que mais parecia uma corda capaz de prendê-la pelo pescoço e obrigá-la a se aproximar e obedecer ao laçador.

A cada contato com ele, sentia-se um cavalo selvagem cansado de lutar, domado. Mas não podia ceder, uma noite com ele tornaria a convivência artificial. Também nunca havia se relacionado com ninguém na fazenda, nunca mostrava para os demais seus sentimentos, suas fraquezas.

Alguns achavam que a deusa Jaci havia lhe tirado os sentimentos femininos para que amasse apenas Arumã. Eva gostava desse misticismo, pois o povo a via como alguém que pudesse protegê-los e que era tão dura quanto um homem. Mas não faziam ideia de que dentro dela havia uma mulher solitária que queria muito provar o gosto de uma paixão dessas que o povo contava, incondicional, irremediável. Essas paixões que cegam os amantes, levam o mais comum dos homens à loucura. Mas ela aquietava seu coração pesando suas atitudes e colocando Arumã acima de tudo.

O que sentia pelo novo hóspede era diferente de qualquer chamego que sentira por outro homem: fraco e reprimível. O que sentia por ele era violento e arrebatador. Era difícil de conter e até de disfarçar.

Mas o tempo passava rápido, e tinha de pesar quanto valia sua reputação em Arumã e o quanto valia o que sentia por Marcos. Disputa injusta.

Voltou galopando para o casarão, tão rápido que era possível deixar os pensamentos para trás. Chegando lá, abraçou seu amigo e agradeceu a Pelé pela sua companhia.

Entrou na casa sentindo o coração galopar antes mesmo de encontrar Marcos. Foi direto para o quarto, já que não havia ninguém na sala. Tomou um banho demorado, vestiu uma calça de malha justa e uma blusa de lã. Foi até a sala e viu Arthur. Sentou-se ao lado dele, passando o braço sobre seus ombros.

— E aí, peão?

— Oi... Você trabalhou o dia todo?

— Hoje eu precisei ir — justificou ela, fazendo covinhas de lamentação por estar mentindo. — Você me desculpa?

— Está tudo bem. Mas foi um pouco chato aqui sem você.

— Vocês não saíram com o seu Tomás?

— Eu não quis ir com ele. Nem o meu pai.

— Por quê?!

— Com você é mais legal. Sei lá...

Eva acariciou os cabelos do menino.

— Faltam duas semanas só. Vou sentir falta de vocês aqui.

— Eu também. Queria que a gente morasse perto.

— Eu também queria muito isso. Seu pai me prometeu voltar aqui nas férias. Falando nisso, cadê ele?

— Está no quarto, ele está meio bravo hoje.

— Infelizmente isso vai acontecer com ele. Uns dias vai estar feliz, outros tristes. É o resultado de estar enclausurado.

— Acho que ele ficou assim porque você ficou fora o dia todo.

— Ele disse isso? — Quis saber.

— Não, mas parecia que estava te esperando.

— Hum... Você já jantou? — desconversou ela.

— Já...

— Estou gostando de ver você andando por aí sem medo.

— Era bobeira minha.

Eva sorriu para ele.

— Quer ir ficar com a Isa? Vou tentar tirar seu pai do quarto.

— Quero, sim. Eu ensinei algumas palavras pra ela hoje.

— E ela achou isso legal?

— Achou. Ela troca o "l" pelo "r". É engraçado, mas eu não ri dela.

— Isso é muito importante. Ela fala assim porque os pais dela falavam assim também. Eles morreram quando ela tinha dezesseis anos, aí minha mãe a trouxe para cá. Ela é como uma irmã para mim.

Olharam para a porta quando ouviram passos. Isalina apareceu na sala e se aproximou deles.

— Querem *arguma* coisa? Quero dizer — corrigiu colocando a língua exageradamente para fora para falar o "l". — Querem alguma coisa?

Arthur sorriu, orgulhoso.

— Faz companhia pro Arthur. Vou ver se o doutor está bem.

— Xi, doutorzinho não tá bem hoje, não. Acho que é melhor levar ele para o mestre Ubiraci.

Eva fez uma expressão preocupada e esperou os dois atravessarem a porta, indo para a cozinha. Ficou em pé no meio da sala pensando se ia ou não falar com Marcos.

— Eva! — A moça se virou ao ouvir a voz da mãe. — O que foi, filha? — Eva encheu o pulmão de ar, pronta a despejar para a mãe tudo o que estava angustiando seu coração, mas apenas soltou o ar com uma expressão de que ia chorar. Dona Joana se aproximou da filha, tomou seu rosto entre as suas mãos e disse carinhosamente: — O tempo tá passando, minha Eva. Para de medir forças consigo e com ele. Rudá achou que a sua vez chegou, filha.

— Como ele pode ter planejado isso para mim? É impossível!

— Cada panela tem sua tampa, e Rudá achou que ele é a sua. Segue seu coração.

— Estou com medo, mãe.

— Tenha medo de perder a chance, Eva!

Eva abraçou a mãe. Tomou seu ar autoritário e confessou:

— Vou ver se o doutor está bem.

— Faz isso.

Eva caminhou até o quarto de hóspedes e bateu de leve na porta.

— Marcos... — Não houve resposta, então bateu novamente. — Marcos...

Abriu lentamente, colocou apenas a cabeça para dentro do quarto e ficou por um tempo tentando entender o que estava acontecendo. Marcos estava sentado na cama, sem camisa, com os cotovelos apoiados nos joelhos e a cabeça pendendo para frente. Eva correu até ele e se ajoelhou, tocando com as duas mãos na sua nuca, pois mestre Ubiraci sempre dizia que o toque confortava o enfermo.

— Olha pra mim, Marcos. Respira... — disse ela massageando seus cabelos e respirando fundo junto com ele.

Mas o que Marcos não conseguiu foi relaxar sentindo as pontas dos dedos de Eva entrelaçando seus cabelos com movimentos circulares. O cheiro da pele dela, fresca após o banho, e o efeito que aquela mulher lhe causava fez o calor que Marcos sentia ficar insuportável. Inocente, ela continuou:

— Respira. — Marcos, sentindo que iria explodir, ergueu a cabeça e a encarou com seus olhos felinos, incandescentes. — Está melhor?

A peoa rebateu seu olhar, sentindo o peito arfar, mas, dessa vez, permitiu que ele sentisse o quanto o desejava. Marcos cravou as mãos na nuca de Eva, prendendo-a para que não escapasse, roçou a barba no seu rosto enquanto ela correspondia ao estímulo, febril. Seus lábios alcançaram a orelha de Eva, e num sussurro quente revelou:

— Eu te quero, patroa.

Ao dizer "patroa", a faísca para uma explosão de sensações foi acesa. Eva se atirou em seus braços, colando seu corpo no dele. Cederam aos lábios, que imploravam um pelo outro, latentes. Movimentavam-se com sincronia, com uma necessidade insaciável. As mãos de Marcos se perderam pelo corpo de Eva sem timidez, indo além do tecido.

— Estou tão apaixonado por você que nem sei como administrar isso — disse ele entre seus lábios.

— Eu também, peão — murmurou Eva.

A porta foi aberta e os dois, num salto, desgrudaram-se imediatamente. Arthur entrou com Isalina e, quando a moça percebeu o que estava havendo ali, passou a puxar o garoto para fora novamente.

— Epa! Vamos caçar vaga-lumes, seu pai tá ocupado.

— Pode entrar, Isalina — autorizou Eva se levantando e indo até o guarda-roupas —, só estou ajudando o peão aqui, que tomou um tombo, mas já está melhor.

Eva apanhou uma camiseta e a jogou para Marcos, que a vestiu imediatamente. O menino se sentou ao lado do pai e pousou a mão no ombro dele, preocupado.

— Você caiu do cavalo, pai?

— Não, filho — disse ele, soltando o ar pelas narinas —, eu tive um mal-estar.

— Quer que eu chame o mestre Ubiraci? Ele é bom, né, Isalina?

Marcos juntou as sobrancelhas, encarando a moça, esperando por explicações.

— Ele comeu arroz com pequi na casa da Jacira, só que exagerou um bocadinho e a barriga dele começou a doer, aí eu levei ele pro mestre...

— Para quem não comia nada antes, agora está sem controle, né, Arthur?

— Ele disse pra mim que tava acostumado a tomar garrafada — concluiu Isalina. — A Jacira tá de prova. Aí levei ele pro mestre.

— Ele é bom, pai. Eu tomei uma colher do xarope e uns minutos depois eu estava sem dor. Você quer?

Marcos sorriu.

— Não, filho, eu já estou melhor.

— Não quero que fique doente de novo.

— Não vou ficar, por isso estamos aqui.

Eva se aproximou de Marcos, fazendo carinho em sua nuca.

— Já que está melhor, então eu vou me deitar. Quer que eu deixe o sino ao lado da cama caso precise de ajuda?

— Não, estou bem — respondeu com olhar suplicante para que ela não saísse. — Você disse que ia me ajudar...

— É, mas só quando me pedir, e você não me pediu nada.

Ela abriu um sorriso torto, indo em direção à porta. Marcos acompanhou suas curvas, mas agora sem nenhum sentimento de remorso e também não acreditando que ia passar mais uma noite só pensando nelas.

Treze de Julho

O SOL DESPONTAVA TÍMIDO NO CÉU quando Eva entrou no escritório para pegar suas anotações. Era um bloco com páginas enumeradas nas quais anotava, diariamente, os resultados dos testes diários das amostras de leite de cada vaca.

Sentou-se à mesa e abriu uma das gavetas, muito preocupada. Passou a folhear as páginas, mas suas suspeitas se revelavam erradas, não havia nenhuma alteração. Sentiu-se aliviada, mas, quando estava prestes a sair, parou abruptamente ao ver Arthur com olhos pequenos de quem havia acabado de acordar.

Ele observou tudo no cômodo e parou os olhos na TV. Eva achou que ele iria disparar para fora chamando por Marcos, porém o menino perguntou com certa tranquilidade nas palavras:

— Por que mentiu pra gente? — Eva baixou os olhos e espremeu os lábios, remoendo-se. Não pôde dizer nada. — Acho que sei o porquê.

— Desculpa! Vou entender se ficar com raiva de mim e se for contar para o seu pai.

— Por que você acha que eu ia contar?

— Porque mentimos pra vocês.

— Eu sei que não fizeram por mal. E estou gostando desses dias com vocês e com o meu pai. A gente nunca sai de férias, só vamos até o shopping pra almoçar. Ele está sempre no celular, e às vezes, quando temos um tempo, a Bianca aparece. Eu sinto falta da minha mãe. Mesmo não lembrando muito dela. Eu sei que tudo ia ser diferente se ela estivesse viva.

Eva se aproximou dele e tocou seus ombros.

— Seu pai me contou que sua mãe era a melhor mãe do mundo, mas Deus quis que ela ficasse pertinho dele. E você tem um pai que faria qualquer coisa por você e que te ama demais. Ele só cometeu alguns erros, todos nós cometemos erros. Mas ele está fazendo de tudo para ser melhor. E eu tenho certeza que daqui pra frente será diferente.

Arthur baixou os olhos, pensativo, e voltou a falar:

— Quando ele vir o telefone, vai querer ligar para o trabalho.

Eva se sentou na cadeira à frente dele.

— Eu sei. Mas uma hora ele vai ter que voltar a trabalhar. A vida não pode ser eternas férias. Agora lembra que seu pai te ama demais e nunca tenha dúvidas disso. E quando se sentir sozinho, chama ele pra conversar e conta que precisam ficar juntos. — Eva o abraçou e voltou a olhá-lo. — Agora que me fizeram me apaixonar por vocês, quero os dois sempre aqui. Eu mesma vou ligar para o seu pai exigindo que venha para Arumã. — Arthur sorriu. — Eu também queria muito que morassem perto de mim. Vamos tomar café?

Ele assentiu. Os dois foram para a sala de jantar e viram Marcos se sentando à mesa e dona Joana lhe servindo café. Ao vê-la se aproximar, Marcos paralisou seus olhos nos dela, mas Eva os baixou com um sorriso.

Arthur se sentou também, já se servindo com leite frio.

— Me deixou sozinho ontem, patroa — comentou Marcos e mordeu um pedaço de pão.

— Eu já disse que agora só vou ajudá-lo quando me pedir.

— Entendi... — ele concluiu sorrindo, olhando para ela, que passava manteiga no pão.

Dona Joana se sentou também e foi logo perguntando, preocupada:

— O senhor precisou de alguma coisa ontem?

— Não, mãe, o doutor Marcos está tentando me provocar. — Eva se incumbiu de responder. Dona Joana ergueu as sobrancelhas, entendendo que o assunto não era realmente sobre um mal-estar, e se calou. — Cadê a Isa, mãe?

— Foi procurar a vó. Ela não voltou com a mandioca hoje e não está no quarto.

Houve um silêncio entre eles, permitindo que ouvissem alguém falar alto do lado fora, com voz desesperada. Eva arrastou a cadeira para trás e saiu, apressada. Marcos fez o mesmo, e por fim todos seguiram para fora.

Eva desceu o alpendre correndo e viu Isalina perto do rio se agitando e gritando. Correu até lá com Marcos, mas, antes de se aproximarem da margem, pararam onde estavam. Dona Ana estava nua, os cabelos soltos, jogando água para cima como se estivesse se divertindo com mais alguém. Marcos olhou para Eva, que sustentava olhos úmidos, mas não disse nada.

— Por Iara, Eva! — berrou dona Joana do alpendre, cobrindo os olhos de Arthur. — Sua bisa tá desnuda, tira ela de lá. — Mas Eva não se moveu e continuou em silêncio, admirando a cena. — Eva! Se mexe, menina!

— Deixa ela, mãe! — Voltou-se para Marcos. — Deixa que viva esse momento, mesmo que esteja apenas na sua mente.

Algum tempo depois, Eva entrou no rio com uma toalha e cobriu a bisavó, que se encolheu de frio. A senhora passou por eles os cumprimentando sem nenhum constrangimento, inocente feito criança. Dona Joana lhe preparou um banho quente, pois a senhora tremia incontrolavelmente.

Eva planejara fazer um piquenique com os dois naquele dia. Havia enchido uma cesta com frutas, lanches e doces que dona Joana havia feito especialmente para aquela ocasião.

Aconchegaram-se à sombra de uma árvore e conversavam, descontraídos, à beira do rio. Ouvindo o som relaxante da água batendo nas pedras, com notas repetidas e harmônicas.

Heitor passava vagaroso por ali. Ordenou que o cavalo parasse e espremeu os olhos nos três. Arthur estava deitado sobre o gramado e o casal sentado lado a lado. Marcos disse algo que fez Eva rir e levar a mão ao rosto dele carinhosamente. Pensou que só não se beijavam porque o menino estava ali. Engoliu o ciúme, que passou ácido por sua garganta, e voltou veloz para o estábulo.

Naquela noite, Eva saiu do quarto com os cabelos úmidos, vestido de lã longo e botas. Fazia muito frio naquela noite, então apanhou um cobertor. Atravessou o corredor indo até o quarto dos hóspedes e bateu de leve na porta. Sem esperar a permissão, entrou.

— Tudo bem com vocês?

Pai e filho estavam deitados na cama com vários travesseiros amparando suas costas.

— Oi, Eva! — disse o menino.

— Entre… — chamou Marcos.

Eva passou para dentro do quarto, e Marcos não pôde deixar de notar o quanto estava linda. Ela se deitou na cama também, ficando Arthur entre eles.

— Sobre o que estão falando? — Quis saber ela.

— Minecraft, é o jogo que eu mais gosto. Você tem que garimpar, cortar madeira, pegar comida e construir sua casa.

— Eu não conhecia, mas já gostei.

— Como assim? — questionou Marcos, reprovando seu comentário, enterrando o rosto no travesseiro. Parecia cansado. — É um jogo sem objetivo nenhum. Qual a finalidade de ficar garimpando, cortando madeira, criando animais e construindo casa no meio do nada?

Eva ergueu o tronco e paralisou os olhos nos dele.

— Você acha mesmo que trabalho é só o que acontece dentro de escritórios e fábricas, né?

Marcos percebeu a besteira que havia falado e se endireitou na cama também para confrontá-la.

— Desculpe, mas achei que estávamos falando do jogo. — Eva soltou o ar dos pulmões, contrariada. — Sabe o que acontece? Você é muito melindrosa, Eva. Se faz de vítima o tempo todo, assim fica difícil de se comunicar.

— Eu não sou melindrosa, seu preconceito é que é irritante.

— Eu não sou preconceituoso, e deixe de ser tão…

— Ignorante? — sugeriu ela.

Marcos se levantou e saiu do quarto, batendo a porta.

Arthur tirou os olhos da porta fechada e disse olhando para Eva:

— Não entendi essa discussão.

— Nem eu… — respondeu ela ao mesmo tempo em que sorria — Não se preocupa, isso é coisa de dois bicudos. — Foi até o guarda-roupa e apanhou outro cobertor. — Vamos, hoje será um dia muito especial na roda. É dia de contar histórias.

Eva colocou o cobertor nos ombros de Arthur e outro nos seus. Andaram pela estrada de terra até chegar à fogueira. Era a noite mais fria daquele ano, por isso a roda estava mais próxima das chamas e os adultos bebiam vinho. Mas dessa vez não havia instrumento algum e o centro das atenções era mestre Ubiraci.

Eva e Arthur se sentaram juntos, ela passou os olhos especuladores ao redor, procurando por Marcos, mas ele não estava lá. Viu a mãe e Isalina ao lado do mestre e sorriu para elas.

— Estamos todos unidos? — perguntou retoricamente o mestre, observando o rosto das pessoas. — Então vamos começar. A lenda que vou contar hoje a maioria de vocês já deve conhecer, e, particularmente, é a que eu mais gosto. Fala sobre o nascimento do amor. Aquele sentimento que é uma ponte que une duas almas. Que quando nos conecta nos deixa inebriados. É um entorpecente natural. Aquele único sentimento que não se explica.

"Se eu perguntar para vocês o que é o amor, ninguém vai saber responder. Porque o amor não pode ser explicado, não com palavras. E se manifesta de acordo com aquele que o sente: às vezes mais emotivo, às vezes tímido e outras vezes mais atrapalhado, exagerado. Mas o amor pode ser percebido numa troca de olhares, sorrisos, abraços, gestos. Deixamos de ser egoístas para ser compadecidos, solidários. Está presente em pequenos gestos ou em grandes atitudes. Ah, o amor!"

Fez uma pausa e olhou para dona Joana, que retribuiu com um sorriso. Depois continuou:

— Feliz é aquele que o tem no coração. Então, hoje vou falar em como surgiu o amor. Mas eu vou dar início a essa história contando para vocês como Deus criou o mundo. Como muitos de vocês já sabem, Ele também criou a mãe terra e os deuses para ajudá-lo a cuidar de tudo. E deu a cada um deles uma função. Criou Tupã, o deus do trovão e o mais poderoso deles; Iara, deusa dos lagos, que nos abençoa com abundância de peixes. Caipora cuida dos animais. Anhangá os defende. Curupira protege as matas e assim por diante. Mas voltando ao início: Deus criou o universo, uma imensidão negra era a sua tela inicial, mas para iluminar enquanto dava início à sua obra Deus criou Guaraci.

O mestre olhou para o lado, foi quando Eva viu Marcos fora da roda, atento ao que o senhor explicava.

— Guaraci se chama Sol para os outros homens. Mas Guaraci, após um tempo brilhante, imponente e vigoroso, achou que tinha perdido o seu propósito, pois não havia ninguém para aquecer ou para admirar. E não encontrando motivos para estar ali, solitário, Guaraci se cansou e adormeceu. Então, para vigiar a noite enquanto ele dormia, Deus criou a deusa Jaci, ou, para alguns de vocês, a Lua.

Mestre Ubiraci disse as últimas palavras apontando para Eva. Continuou:

— Deus era caprichoso e fez Jaci tão linda e tão graciosa que, quando Guaraci abriu os olhos, despertando do seu sono de tristeza, viu a deusa e foi seduzido por tamanha beleza. E tudo o que ele queria era ficar olhando para ela eternamente. Percebeu nos seus olhos que ela desejava isso também. Mas minutos depois Jaci desapareceu. Guaraci ficou desesperado, e por muito tempo procurou pela deusa, mas não a encontrou.

"Então, embebido em tristeza, voltou a adormecer e após algum tempo acordou novamente e encontrou quem tanto desejava. Foi então que entenderam que quando um deles adormecia o outro despertava, e nessa transição conseguiam se admirar, mesmo que fosse nos minutos em que as trevas se alinham à luz. O tempo que tinham era tão curto que a única coisa que podiam fazer era se olhar com admiração e esperar até o próximo encontro. Assim surgiu o dia e a noite. E a admiração era tanta que se tornaram os astros mais lindos do céu.

"Assistindo ao sofrimento de ambos, Deus criou Rudá, que vive nas nuvens, um ser tão puro que é capaz de invadir as trevas e a luz, assim servindo de mensageiro entre os astros. E Deus lhe confiou uma missão: unir os amantes e despertar o amor entre eles."

O mestre olhou para Eva, e ela sorriu carinhosamente.

— Rudá age em todos nós e é capaz de fazer com que a mais dura rocha — falou olhando para Marcos — encontre o seu lugar.

Depois de outras lendas sobre os deuses, as pessoas foram embora. O frio estava impiedoso e a fogueira perdia suas forças. Mestre Ubiraci se despediu de Eva e passou por Marcos, que continuava distante.

— Gostou da história de Rudá, doutor?

Marcos encarou o índio um tanto desconfiado, mas lhe deu um sorriso.

— Gostei. Pena que é só uma lenda.

— Lenda pra quem não acredita, religião pra quem tem fé. Nada surgiu por acaso. Eles eram bons observadores. A diferença é que inventavam histórias para justificar o que viam. O doutor não encontrou Rudá ainda?

— Não, acho que ele não vai muito à cidade.

— Não zombe, doutor, deve ser por isso que sofre de tantos males.

Marcos cruzou os braços, cético e irônico.

— Ah, é... o amor cura as feridas.

— Quem cura feridas é o tempo, doutor. O amor te motiva, te faz sentir forte, preenchido, voraz, abençoado. Uma pessoa melhor. Sabe disso agora. — O mestre sorriu, satisfeito, quando viu a ruga cética de Marcos se desfazer. Deu-lhe tapinhas no ombro. — Boa noite, doutor!

Marcos fez um movimento positivo com a cabeça e o índio se afastou. Voltou a olhar para os demais. Isalina e dona Joana se aproximaram de Eva.

— Vai entrar, Eva? — perguntou a mãe.

— Vou ficar mais um pouco.

O menino se levantou com olhos pesados, despediu-se de Eva e deu um beijo no pai antes de ir embora. Heitor e Daniel continuaram sentados; o peão, percebendo que o doutor não iria embora, resolveu ficar também. Marcos, sem se importar com a presença dos dois, aproximou-se a passos despretensiosos e parou ao lado da patroa, ouvindo-a dizer:

— Chegou tarde, doutor. A festa acabou.

— Está com raiva de mim ainda?

— Não...

— Então eu te perdoo por me chatear no quarto. — Ela arqueou uma das sobrancelhas, sorrindo. — Pode me fazer companhia por um momento?

— Claro, já que me perdoou.

Eva lhe estendeu a mão, puxando Marcos para que se sentasse ao seu lado.

— Quer que a gente apague a fogueira, Pimenta?

— Não, pode ir, peão. Vou fazer companhia para o doutor.

Heitor se manteve imóvel por um tempo, sentindo o coração traiçoeiro no peito. Daniel, então, deu um tapinha nas costas do amigo, fazendo um sinal com a cabeça para irem; era óbvio que os dois queriam ficar sozinhos.

Contrariado, Heitor chutou terra na fogueira, deixando-a mais fraca. Saiu trotando feito cavalo bravo, mas Eva nem percebeu a reação do amigo.

O casal ficou em silêncio, contemplando a fogueira. Marcos se virou para ela e ficou por um tempo olhando seu rosto iluminado pela humilde labareda que ainda resistia.

— Que mistura é essa de religiões?

Eva jogou os cabelos de lado e os puxou para a frente do ombro esquerdo, Marcos acompanhou aquele movimento. Adorava vê-la fazer aquilo.

— Quando os indígenas foram catequizados pelos portugueses, as crenças se fundiram. Ao mesmo tempo em que eles acreditam em Deus, acreditam também nos deuses indígenas. Como não temos um líder religioso, o mestre faz esse papel aqui na fazenda. Ele também é nosso médico-curandeiro, nosso conselheiro. Ele é mentor, pajé, o que você preferir. As pessoas daqui da fazenda acreditam que a fé dele faz milagres. Veja bem, antes que deboche, eu disse que a fé dele faz milagre, não que ele é mágico.

— Eu entendi. — Ele olhou para a pequena labareda e se voltou para ela. — Quem é Anhangá, que vocês tanto temem?

— Anhangá é um deus vingativo. Ele protege os animais, não gosta que os maltratem. Muita gente diz que já o viu por aí, dizem que tem a forma de um cervo albino de olhos vermelhos, mas também tem uma forma humana.

— E você acredita nisso?

Eva inspirou.

— Eu já vi tanta coisa acontecer aqui na fazenda que se eu te contasse você não acreditaria. Então, eu seria injusta se dissesse que não acredito.

— Entendo... — compreendeu olhando para o céu. Jaci estava na forma quase completa e muito iluminada. — No meu paraíso a lua não se mostra tão bonita.

— Talvez no seu paraíso tenha outras coisas mais atraentes do que Jaci, e por isso não a tenha observado como ela merece.

Marcos baixou os olhos e pensou por um momento. Realmente, quando as persianas se erguiam nunca olhava para cima, olhava apenas quando estava chovendo. O sol, o azul do céu e a lua nunca haviam o atraído, mas não quis admitir para não a decepcionar.

— Não acredita em nada, né, doutor?

— Na verdade, Eva, a vida passou muito rápido para mim. Eu estudei demais, trabalhei demais e não tive tempo para refletir sobre muitas coisas.

— Fala como se estivesse no fim. A vida não passou ainda, está apenas começando.

— É nisso que penso agora. Na verdade, pensar é o que eu mais tenho feito aqui. Pensar sobre tudo. A vida que eu tive. A vida que quero levar daqui por diante — confessou, baixando os olhos por um momento e depois voltando seus olhos felinos para ela. — Você. — Marcos esticou a mão e acariciou seu rosto, fazendo certa pressão no toque. — Não sei o que está acontecendo comigo.

Eva encarou seus olhos buscando a verdade daquelas palavras. Inclinou-se, indo de encontro aos seus lábios, e antes que aquele momento ficasse sem volta Eva se levantou, segurando o cobertor e lhe estendendo a mão.

— Vem comigo.

Marcos segurou sua mão e se deixou levar. Avançaram um pouco para dentro da mata. Apesar do breu, Eva parecia saber exatamente para onde estava indo. Ela soltou sua mão e ficou em silêncio por um tempo. Marcos passou os olhos pelo local, vendo apenas escuridão.

— Eva, cadê você? Eu não estou vendo nada.

Segundos depois, sentiu as mãos dela tocar seu corpo. Eva se ergueu nas pontas dos pés para encontrar seus lábios, Marcos a abraçou, puxando-a para mais perto, e foi quando percebeu que estava nua. Ela sorriu ao ouvir a respiração dele se intensificar e perceber sua boca querendo devorar a sua.

— Eva... — soltou o nome dela num gemido.

Tirou a camiseta e, ao sentir a pele dela tocar a sua, inflamou-se. Eva se deitou sobre o cobertor, puxando Marcos para se encaixar sobre ela, beijando-a com voracidade. Ele afundou os lábios no seu pescoço, deslizando-os, febris, num caminho até os seios. A barba deixou um ardor prazeroso sobre a pele por onde passou, aquecendo o corpo que insistia em ir contra o ar gélido.

Mesmo não conseguindo ver nada, as mãos de Marcos minuciosamente percorriam seu corpo, explorando sua intimidade, tornando real o que já havia vasculhado com os olhos e tocado em pensamento.

Sob seus dedos, a carne macia, quente e úmida vibrava de desejo a cada investida, e Marcos desejou poder ver o rosto dela naquele momento.

Tomado pela ansiedade, penetrou-a com certa brutalidade, ao ritmo dos sussurros quentes de Eva na sua orelha.

Marcos se encontrava tão ardente, tão lascivo que não era capaz de pensar nas consequências daquele ato, queria apenas saciar o desejo que sentia por aquela mulher. Ela tinha o poder de lhe deixar despido de racionalidade, fazendo com que apenas seguisse seus instintos.

Eva sentiu os dedos de Marcos cravarem com forças nas suas coxas, penetrando-a cada vez mais e com mais intensidade. E depois de um tempo envolvidos em cheiros, suores e gemidos, Eva olhou pra Jaci entre os galhos das árvores, tão intensa que parecia abençoar aquela fusão. Revirou os olhos no mesmo instante em que sentiu Marcos afrouxar os dedos e soltar o corpo exausto sobre o seu.

Sorriu, jogando parte do cobertor sobre o corpo dele para protegê-lo do frio. O que havia sobrado eram apenas corações batendo um contra o outro e a respiração descompassada. Ficaram abraçados, esperando que todos os sentidos se estabilizassem.

— Parece que meu coração vai explodir, Eva.

— Você está bem? — perguntou, preocupada.

— Não — disse num sorriso nervoso. — Não estou passando mal de verdade. É que... — Desistiu de dizer e voltou a afundar o rosto entre os seios dela, pensando que estava deitado num chão de terra sob a luz da lua, de modo que o conforto não tinha nenhuma relevância. Eva era a única coisa que importava naquele momento. — Será muito infantil se eu perguntar no que está pensando?

Ela voltou a acariciar seus cabelos e revelou:

— Que precisamos aproveitar o pouco tempo que temos.

— É só o que quero neste momento, Eva. — Marcos se apoiou nos cotovelos e a beijou. — Você me enfeitiçou, patroa.

Ela sorriu.

— Então vou fazer o que eu quiser.

Voltaram para o casarão abraçados e com o cobertor sobre os ombros, sentiam o frio impiedoso agora. A casa estava escura e silenciosa, pararam no meio da sala e se abraçaram.

— Você acha que alguém nos viu?

— Talvez os grilos e os sapos — esclareceu ela.

Marcos acariciou seu rosto e confessou:

— Eu queria ir com você para o quarto. — Eva sorriu, ele continuou olhando seus olhos e finalizou: — Boa noite, patroa.

— Boa noite, doutor.

Marcos entrou no quarto. Isalina cochilava numa cadeira ao lado da cama em que Arthur dormia tranquilamente. Ele pousou a mão no ombro dela, fazendo movimentos leves para não assustá-la, e sorriu ao vê-la com olhos arregalados de medo.

— O que o doutor está fazendo no meu quarto?

— Você é que está no meu quarto, Isalina — sussurrou ele, rindo.

— Ui, é verdade! Eu li uma história pra ele, aí ele ficou contando sobre o jogo *mainecreche* e *pegamo* no sono. Eu já vou... — falou conforme apoiava as mãos na cadeira.

— Isalina — ela se virou e olhou pra ele. — Agradeço o que tem feito por nós.

— Não há de que, doutor — disse, bocejando. — Estamos aqui pra ajudar.

Marcos sorriu e assentiu, já tinha ouvido aquela frase inúmeras vezes. Isalina atravessou a sala e bateu de leve na porta do quarto de Eva.

— Oi, Isa — disse Eva, feliz em vê-la.

— Tava aquecendo os *pé* do doutor?

— Não só os pés — contou, sorrindo. — Estava muito óbvio?

— Depois de ver o doutor na sua garupa, ninguém mais teve dúvida.

Isalina entrou e se ajoelhou sobre a cama.

— Fiquei com ele. Tanta sintonia entre pessoas tão diferentes e que mal se conhecem. Eu estou sentindo o cheiro dele ainda.

— E que cheiro bom! — confessou Isalina, revirando os olhos.

Eva jogou o travesseiro nela.

— Mas mesmo indo dormir com o coração explodindo de felicidade, eu sei que ele vai embora.

— E você não acha que pode ir com ele? Não acha que tá na hora de pensar em cuidar de você mesma?

— Não posso, Isa — disse ela com convicção. — Não posso deixar tudo pra trás.

— Acha que não vale a pena? Acha que não tá na hora desse povo se virar sozinho, Eva?

— O Marcos gosta da Eva daqui, Isa. O que eu vou ser na cidade? Uma caipira. Fazendo ele passar vergonha. E eu vou honrar a tradição da minha família. Não vou desapontar o meu pai.

Quatorze de Julho

EVA ACORDOU ÀS OITO DA MANHÃ. Colocou um vestido florido, penteou os cabelos e calçou chinelos. Saiu do quarto para o desjejum e foi até a cozinha, beijou e abraçou a mãe e cumprimentou, parecendo muito feliz:

— Bom dia, moças graciosas de Arumã!

Isalina arregalou os olhos, espantada.

— Eita, que animação!

— Parece até que viu o passarinho verde! — sugeriu a mãe.

Eva lhe deu um sorriso acanhado, mas não revelou nada. Pegou uma fatia de bolo e o levou à boca. Ouviram "bom dia" num tom alto que mais parecia um "estou aqui" vindo da sala de jantar. Eva, ao reconhecer a voz de Marcos, foi até lá.

Ela adentrou o cômodo sorrindo e percebeu olhos famintos no seu vestido e o sorriso satisfeito nos lábios do executivo.

— Bom dia, patroa!

— Bom dia, doutor!

Eva olhou para Arthur e perguntou:

— Tudo bem? Parece tristinho.

— Eu tive um sonho esquisito esta noite. Outro dia a Jacira me contou a lenda da Iara e acho que sonhei com isso.

— Não se preocupa, foi só um sonho. — Eva se posicionou ao lado do menino e sugeriu: — Tem leite, suco de mangaba e café. O que você quer?

— Leite frio e chocolate.

Marcos ficou observando o carinho de Eva servindo o filho e se sentiu preenchido e, ao mesmo tempo, incomodado com aquela sensação.

— Hoje eu queria ir ajudar a pegar os ovos.

— A Isalina vai daqui a pouco... — Eva levantou o pano que cobria o bolo de fubá e os sequilhos. — Quer experimentar algum desses?

Arthur olhou e apontou para os pedacinhos brancos.

— O que é isso?

— Sequilhos, são à base de nata e uma delícia. Prova.

O menino apanhou um do cesto, mordeu e saboreou por um momento. Ergueu os óculos até próximo dos olhos e disse depois de engolir:

— Tem gosto de nuvem!

Eva e Marcos se entreolharam, sorrindo.

— Essa foi a melhor definição de um sabor que eu já ouvi — concluiu Eva.

Ouviram alguém tocar o sino com delicadeza. Eva levou os olhos até a porta de entrada e sorriu ao ver Jacira se aproximar usando um vestido de flanela e abraçada a um livro.

— Nossa, que visita ilustre. Vem tomar café com a gente.

— Obrigada, patroa. Eu já tomei café.

Marcos observou a menina puxar a cadeira e se sentar, ajeitando a saia do vestido.

— A menina do poema da lua...

— *Satélite* — corrigiu ela.

— Desculpe — pediu Marcos, sorrindo. — *Satélite.*

— A Jacira gosta muito de ler e sabe muitas histórias e poemas.

Ela sorriu em agradecimento.

— Eu trouxe esse livro de presente para ele — disse olhando para Arthur. — Eu escolhi a história que eu mais gosto: a lenda da vitória-régia.

Arthur pousou a caneca sobre a mesa, pegou o livro, analisou a capa: tinha a imagem de uma índia sentada na beira do rio.

— Como se diz, Arthur? — incentivou Marcos olhando para o filho.

— Obrigado. Mas eu não gosto muito de ler, prefiro ouvir.

— Eu posso ler pra você.

— Tá bom...

— Quer ir lá fora?

— Posso ir, pai?

— Claro.

Os dois foram para fora, e Marcos olhou para Eva, preocupado.

— É seguro deixá-los sozinhos por aí?

— Jacira conhece tudo. Ela não irá para longe.

— Ela é tão esperta e independente...

— Jacira é uma joia rara. Às vezes ela me deixa sem palavras.

— Como naquele dia na escola?

— Sim. — Pairou um silêncio constrangedor por um momento, mas Eva olhou para ele e confessou: — Dormi muito bem essa noite, doutor. E o senhor?

Marcos ficou por um tempo encarando seus olhos como se ainda estivesse sob efeito da noite anterior. Murmurou:

— Não pude dormir, Eva, pensando em você.

Ela inspirou e soltou as palavras junto do ar:

— Vamos? Quero te mostrar um lugar que eu adoro. — Eva se levantou para ir até a porta, mas Marcos num bote se levantou e a puxou, envolvendo-a em seus braços. Sentiu o cheiro dos seus cabelos e roubou um beijo. Eva pousou os braços no peito dele, afastando-se delicadamente. — Você tá doido, peão? E se Arthur nos pega?

— Acho que ele não vai se importar, não quer nem ir embora!

Marcos se inclinou para beijá-la novamente, mas ouviram alguém chamar lá de fora. Voltaram a se soltar e caminharam até a varanda, esperando Daniel se aproximar. Eva percebeu que o rapaz não estava bem. Ele parou o cavalo diante da varanda, colocando chapéu sobre o peito.

— Desculpe incomodar, patroa!

— O que aconteceu? — perguntou ela, preocupada.

— O Justin Bieber...

Eva juntou as sobrancelhas e saiu correndo até o estábulo. Entrou apressada, vendo mestre Ubiraci e Heitor em pé com as mãos na cintura, olhando para o chão. O peão olhou para as roupas dela, atípicas para um dia de trabalho. Ela se aproximou do baio do bezerro, vendo-o deitado na posição de descanso, a cabeça pousada sobre a pata traseira.

— Quem o colocou nessa posição?

— Ele morreu assim — respondeu mestre Ubiraci.

Eva se ajoelhou ao lado dele, tocou no corpo do animal e verificou a pulsação.

— Não acredito! — disse, triste e incrédula. — Ele estava bem e saudável.

Marcos entrou ofegante no recinto, sentindo o olhar de Heitor sobre ele, apesar de não dizer nada. Viu Eva abrindo os olhos do animal e depois a boca, observando a gengiva e a língua. Observou o corpo do animal e se levantou, olhando para o mestre.

— Viram as fezes dele?

— Tudo normal, Pimenta.

Marcos olhou para o lado, estupefato. Odiava ouvir Heitor chamá-la assim.

— Eu realmente não entendo, passei aqui ontem. Ele estava bem, saudável. Pela posição que está deitado sobre as patas, é como se estivesse descansando. Não sentiu dor nem sofreu.

— Isso é obra de Anhangá. — Todos olharam para trás e viram Toledo recostado na cerca, cuspindo um punhado de fumo que mastigava. — Pra gente que zomba do poder da criação, patroa.

Toledo chupou saliva entre os dentes e sorriu. Marcos olhou para Eva, achando que ela ia responder algo, mas a moça ficou em silêncio e baixou a cabeça, voltando-se para o bezerro.

— É uma perda lamentável! — concluiu o mestre. — Um belo animal. Mas se a mãe terra quis assim...

Após a cerimônia de enterro, Eva foi com Marcos até Pelé. Subiram nas costas do animal sob olhares curiosos dos presentes. Ela disparou a galope pelo pasto até sumirem pela estrada. Fizeram a ronda pela fazenda, Marcos fez questão de acompanhá-la, sabia que estava triste por causa do bezerro.

Às quatro horas, voltaram exaustos para o casarão, onde Arthur estava com Isalina e Leonardo pegando jabuticaba na árvore. Ao vê-los se aproximarem, Kevin Costner foi se encontrar com Eva na estrada. Pararam ao lado do menino. Eva abraçou o cão e dispensou seu cavalo.

— Onde estavam? — perguntou Arthur.

— Fui com a Eva ajudá-la. Desculpe, filho, surgiu um problema.

— Está tudo bem. Eu fui na escola e depois com o Leonardo ver a Beyoncé. — Arthur olhou para Eva e perguntou: — Você está triste?

— Estou um pouco triste, sim — disse ela, afagando seus cabelos. — Sabe o Justin Bieber? Ele morreu.

Viram a expressão de espanto do menino. Depois se transformou em olhos tristes.

— Por quê?

— Também não sei, peão. Mas o próximo bezerro que nascer vai se chamar Justin Bieber, eu te prometo. — Eva olhou para Marcos e comunicou: — Vou tomar um banho, nos vemos no jantar.

Marcos assentiu com olhar preocupado. Queria fazer companhia para ela, mas não havia ficado com o filho o dia inteiro.

— Vamos tomar um banho também, filho? Assim você me conta o que você e a Isalina aprontaram.

O menino sorriu e foram para dentro também.

De noite, mestre Ubiraci apareceu para o jantar. Marcos observou que o índio e dona Joana trocavam olhares tão cúmplices quanto os que trocava com Eva quando estavam na frente dos demais.

Após o jantar, todos foram para a sala. O ocorrido com o bezerro foi a conversa inicial, mas ninguém quis entrar em muitos detalhes por Arthur estar presente. Marcos ouviu histórias sobre outras mortes súbitas que o mestre havia presenciado, mas percebeu que Eva, apesar de ouvir e participar da conversa, de vez em quando se perdia, olhando para o lado, com pensamentos que não quis compartilhar.

Depois que todos foram para seus quartos, Marcos esperou por uma hora e se certificou de que Arthur dormia profundamente. Cobriu-o e colocou o lampião próximo da cama caso ele acordasse. Calçou os chinelos e saiu do quarto, fechando a porta lentamente.

Caminhou até a sala, silencioso, e constatou que não havia ninguém. Apanhou o lampião que ficava ali e atravessou a sala de jantar, mas, antes que pudesse chegar ao corredor do quarto dos empregados, viu dona Ana sair da cozinha de camisola e segurando um lampião também.

Ele parou abruptamente onde estava, achando que talvez ela estivesse num de seus momentos de devaneio e nem notasse sua presença, mas ela virou o lampião na direção de Marcos e perguntou:

— Quem está aí? É você, João? — Marcos espremeu os olhos, incomodado com a luz, e não disse nada, mas a senhora se mostrou plena e sã. — Ah, é o senhor? O quarto da Eva é do outro lado.

Marcos arregalou os olhos e foi se justificando:

— Não. Não. Eu vim beber um pouco de água.

— Sei... — disse ela com olhar desconfiado. — Boa noite, doutor!

Marcos ficou por um tempo na cozinha e depois saiu, mas dona Ana estava na sala, sentada perto da lareira. Não daria para ir até o quarto de Eva.

— Boa noite, dona Ana!

— Boa noite, doutor!

Marcos resolveu voltar para o seu quarto. Ficou olhando o filho e meia hora depois pensou numa nova investida. Saiu novamente, dona Ana não estava mais lá. Atravessou o cômodo rapidamente, mas dessa vez resolveu ir no escuro, tateando paredes e contando as portas. Bateu de leve na terceira, torcendo para que fosse a certa. Eva abriu a porta prontamente ao primeiro toque, parecia estar esperando por ele. Entregaram-se a um abraço.

— Que bom que está aqui!

— Eu precisava sentir você. Sei que está chateada por causa do bezerro.

Eva fechou a porta e o puxou pela mão até sua cama, aninhando-se ao lado dele.

— Isso é muito bom. Ter você aqui comigo.

— Eu ia vir antes, mas tive que despistar a dona Ana, ela está perambulando pela casa.

— Ela nem ia saber quem você é.

— O quê? Ela me chamou de doutor e ainda me disse qual era a porta do seu quarto.

— Sério?! — disse, incrédula.

Marcos a apertou ainda mais nos braços e perguntou:

— Percebi que no jantar você estava pensativa. O que acha que aconteceu ao bezerro?

Eva pousou o rosto sobre o peito dele e confessou:

— Já vi vários animais mortos, mas nunca vi um bezerro morrer na posição de descanso. Precisei tocar nele para ter certeza de que estava morto, porque parecia que estava dormindo. Eu não quis alarmar, mas pareceu que alguém o colocou naquela posição para me dar um aviso. O galo, Marcos, foi degolado. E não foi ataque de animal.

— E o que você acha que está acontecendo?

— Não sei ainda, mas estou com um mau pressentimento.

Nesse momento, ouviram bater na porta e ficaram sentados com olhos esbugalhados.

— Quem é? — perguntou Eva.

— Eva, está tudo bem?

— Está, sim, bisa, a senhora quer ajuda?

— Não. Vou me deitar. Boa noite, Eva! Boa noite, doutor!

Eva ficou boquiaberta, e Marcos respondeu:

— Boa noite, dona Ana! — Ficaram em silêncio, ouvindo a senhora se afastar. — Viu?! Me desculpe a sinceridade, mas estou começando a achar que a sua bisa está mais lúcida do que nós todos. — Eva sorriu e voltou a abraçá-lo, ouvindo-o dizer: — Estava louco para beijar seu corpo, sentir seu cheiro de novo. Nem consegui pegar no sono.

— Peão, isso não pode acontecer — repreendeu ela carinhosamente.

Marcos a tomou nos braços e sussurrou em sua orelha:

— Eu só queria ver o seu corpo, essa escuridão é desleal.

— Usa a sua imaginação...

— É o que eu mais tenho feito desde que coloquei meus olhos em você.

Ela sorriu e se ajoelhou.

— É? Você quer ver o meu corpo? — perguntou retoricamente. — Então fecha os olhos. — Marcos obedeceu, mesmo não sendo necessário, afinal estava um breu. Eva se livrou da camisola, tomou as mãos de Marcos e as pousou no seu rosto, deslizou lentamente pelo seu pescoço e ouviu a respiração dele se alterar quando chegou nos seios. Conduziu as mãos dele no contorno do corpo, quadril e entre as pernas. — Tá vendo agora?

Marcos, numa mistura de deslumbramento e admiração, puxou-a com certa brutalidade e sussurrou:

— Eu te amo, Eva!

Quinze de Julho

MARCOS HAVIA PERDIDO A HORA. Tinha passado parte da noite fazendo amor com Eva e a outra parte conversando. Quando abriu os olhos, ela não estava mais na cama, então foi apressado para seu quarto.

Já era possível ouvir dona Joana na cozinha preparando o café. Passou sorrateiro e se ajeitou ao lado do filho. Eram onze horas quando tomou café da manhã.

Dona Joana deu o recado de Eva, avisando que ela voltaria para o almoço, pois não quis acordá-lo. Marcos, acanhado, agradeceu, mas ambos foram muito discretos.

Pegou uma caneca de café e foi até o alpendre. Ainda se encontrava sonolento e empanturrado; havia exagerado no desjejum. Olhou para a estrada de terra. Arthur vinha com Isalina da horta carregando alfaces, estavam sempre conversando, ele sempre tinha algo interessante para contar a ela. Sorriu.

Desceu os degraus imaginando onde Eva estaria, pensou em pegar um cavalo e fazer uma surpresa, mas ela podia estar em qualquer lugar, não seguia uma rotina. Viu mestre Ubiraci na lateral da casa, como sempre, cortando lenha. Aproximou-se do homem e já foi cumprimentando:

— Bom dia, mestre!

— Bom dia, doutor! — disse o índio, parando o que estava fazendo.

— Vejo o senhor todo dia cortando lenha para elas.

— É minha obrigação da manhã. A dona Joana precisa pra fazer a comida.

— Sim, vejo que faz com muita dedicação — comentou olhando para a pilha. — E não tem mais ninguém que possa fazer isso?

O índio se apoiou no cabo do machado, agora com olhar desconfiado.

— Aonde o senhor tá querendo chegar?

Marcos olhou a lenha empilhada, que mais parecia uma barreira contra o exército inimigo.

— Eu andei fazendo umas contas e reparei que a dona Joana usa umas dez toras por semana, e, olhando esta pilha que já quase alcança o céu, eu diria que ela vai precisar de umas duas vidas pra consumir toda essa madeira e que o senhor vai desmatar toda a floresta.

— Ara! — rosnou o índio, bravo.

— Calma, mestre! Só observo... — O índio ficou nervoso e voltou a bater o machado contra o tronco. Marcos observou o movimento e continuou: — Vejo que o senhor espera pelo cafezinho da dona Joana, e ela fica ansiosa esperando pelo senhor também.

O mestre parou com o corte e olhou para o executivo. Não queria fazer nenhuma pergunta, mas sua ansiedade a fez:

— O senhor acha?

— Acho que está perdendo muito tempo.

— Me respeita, doutor — resmungou, voltando a dar fortes machadadas no tronco. — Eu tenho muita consideração e respeito por dona Joana.

— Eu sei, e ela também tem.

— O senhor acabou de chegar, não sabe o que está dizendo.

— Por isso acho que, sendo de fora, percebo situações que vocês com tantas considerações não percebam.

Mestre Ubiraci parou com o machado novamente e o ofereceu ao doutor. Marcos lhe estendeu a caneca de café e pegou o instrumento. Ergueu-o acima da cabeça e bateu com violência contra o tronco. O mestre fez uma expressão de dor juntamente com Marcos, que soltou o machado no chão, segurando o pulso.

— Merda!

— Não é com seu osso que você deve bater. Segura o machado, ergue e solta com seu peso.

Marcos fez de novo, com êxito dessa vez, e de novo e de novo. Até achou certo prazer vendo o tronco se partindo a cada machadada perfeita, dentro do mesmo corte.

— Por que veio até aqui me dizer essas coisas sobre a dona Joana?

— Porque desde que cheguei aqui, sem nada para fazer, o que mais tenho feito é observar. E a cena que mais se repete nesta fazenda é o senhor rodeando esta casa, trocando sorrisos com dona Joana, e ela para o senhor. Isso está me deixando muito frustrado.

— Eu conheço a dona Joana há muitos anos, e há muitos anos admiro muito a mulher que é, antes mesmo do meu amigo Tião falecer. Mas sempre tive muito respeito por ele e por ela também. Não sei o que o povo diria. E tenho medo de que ela me julgue mal. Prefiro sua amizade sincera.

Marcos parou de bater com o machado, olhou para o homem e sorriu. Gostou de ouvir aquilo.

— Mas pode ficar despreocupado, ela também gosta do senhor, mas acho que o problema são as considerações.

Nesse momento, dona Joana apareceu na janela da cozinha e acenou.

— Bom dia, mestre! Quer um cafezinho?

— Quero, sim, dona Joana. — Marcos olhou para o rosto do índio com um sorriso bobo, é difícil disfarçar os sentimentos quando estão aflorando. Mestre Ubiraci olhou para Marcos e desfez o sorriso. Perguntou, fechando a cara: — O que foi?

— Nada. Como eu te disse, só observo.

Eva e Marcos cavalgaram vagarosos por quase uma hora numa trilha estreita, pela mata, e em uma parte do trajeto não foi possível que Pelé continuasse. Subiram a trilha a pé, parando algumas vezes para Marcos respirar.

— Aonde vamos?

— Vem — disse ela, puxando sua mão para que ele se levantasse. — Vai valer a pena.

Minutos depois, subindo e subindo, chegaram a duas quedas-d'água. A primeira era baixa, com uma queda de um metro e meio, estreita, porém extensa, mais parecia uma cortina de voile despencando numa piscina natural. A segunda queda tinha aproximadamente cinco metros e desaguava no rio, que retornava numa infinita linha reta até a fazenda. Marcos passou os olhos por todo o lugar e exclamou:

— Parece cenário de filme. Olhe a transparência dessa água... — disse a si mesmo.

— Lindo, né? Eu disse que valeria a pena.

Ele espiou a queda maior e quis saber:

— Dá para pular?

— Não, é raso lá embaixo e o fundo é cheio de pedras. Vem — chamou, já tirando a blusa e a calça. Marcos olhou à sua volta, hesitante, mas certamente não haveria ninguém por ali. Despiu-se também e, antes que pudesse entrar, Eva o impediu: — Espera! — disse ela, ficando na frente dele. — Diz a lenda que o casal que se banha junto nessas águas é abençoado por Iara e se casam.

Marcos a abraçou e se atirou com ela na água. Voltaram a emergir e se beijaram, porém Eva se desprendeu de Marcos e nadou até a cachoeira. Deixou a queda massagear suas costas, depois sumiu atrás dela.

Marcos foi até lá e enfiou a cabeça para dentro da queda, descobrindo que o véu escondia uma gruta na qual Eva, a sua Eva, esperava-o para ser amada.

Algum tempo depois, estavam deitados sobre um cobertor em alguma parte da floresta. Marcos aconchegou Eva no seu peito e revelou:

— A cada dia que passo aqui com você, me sinto mais integrado com tudo isso. Eu gosto desta calma, gosto deste vento. Gosto do colorido e do som dos pássaros. Eu ainda não acredito que estava tão cego com meus vícios que não havia reparado em nada disso.

Eva se apoiou no cotovelo e olhou nos olhos de Marcos, acariciando sua barba cheia.

— Espero que, se um dia eu ficar como a minha bisa, que eu me perca nesse tempo e só me recorde desses dias.

Ele sorriu, mas ficaram alertas, ouvindo passos sobre as folhas secas.

— O que você acha que é? — sussurrou Marcos.

Antes que pudesse responder, um indígena surgiu por entre as moitas. O rapaz nu, forte e com o rosto pintado de vermelho segurava uma lança, apontando para eles. Eva se levantou lentamente, e Marcos fez o mesmo. O índio deu passos para se aproximar, e Eva foi dizendo, apontando para si:

— Eva... Eva de Arumã — apontou para o lado da fazenda e continuou: — Ubiraci... Ubiraci...

O rapaz olhou para Marcos e depois voltou os olhos para Eva. Apontou para o lado da fazenda.

Eva assentiu com a cabeça e foi até o seu cavalo. Montou e, assim que Marcos subiu, dispararam no caminho de volta. Depois de atingirem certa distância, Marcos quis saber:

— Mas o que foi aquilo? Tem índios por aqui?

— Nossa, eu não percebi que tínhamos ido tão longe, que estávamos perto da aldeia.

— Eu não acredito! — continuou Marcos, incrédulo. — Ele nem fala a nossa língua.

— Se lembra quando te contei sobre a família Quintanilha?

— Me lembro, sim, mas não consigo acreditar.

— Esse foi um dos motivos pelo qual dona Martha não me deixou fazer nada na fazenda. Temos o dever de protegê-los.

— Isso explica muita coisa. Ela não quis fazer uma obra porque era um território indígena. Agora entendo o porquê.

— Estão aqui intactos desde sempre. Mantendo suas tradições há séculos. Quando dona Martha tomou posse da fazenda e soube da existência da tribo, ela desistiu de fazer daqui um resort para que ninguém tivesse acesso a eles.

— E eles são hostis?

— Eles não gostam que rondem as terras deles. É como se víssemos pessoas estranhas espiando pela janela de nossa casa. E como não falam nossa língua, fica difícil se explicar.

— Eles não vão na fazenda?

— Não. Há um acordo: não invadimos o território deles e eles não invadem o nosso. Mas isso não quer dizer que não nos comunicamos; o mestre Ubiraci fala com eles.

— Por isso falou o nome dele?

— Sim. Estamos ensinando uma das crianças a falar a língua deles.

— A Jacira... — arriscou Marcos.

— Sim.

— Ela tem algo especial. — Eva sorriu, ciente de que Marcos aos poucos deixava seu ceticismo de lado. — Como podem resistir ao progresso ou não falar a nossa língua? Ainda é difícil de acreditar nisso.

Eva parou de galopar e olhou para ele por cima do ombro a fim de explicar melhor:

— O mestre não fala muito sobre o que conversa com eles para manter a individualidade, mas uma vez ele me contou que os índios sabem sobre o fim dos tempos e que vão ajudar na reconstrução do planeta, junto de mulheres com dons especiais, nascidas com olhos da cor de mel. Eu não sei bem.

— Cada vez que você me mostra algo novo, acredito realmente que isso é um sonho.

Eva levou a mão para trás e acariciou sua nuca.

— Bem-vindo às terras sagradas de Arumã.

E assim se passaram as tardes naquela semana. Eva e Marcos esperavam Arthur ir dormir depois do almoço e saíam todas as tardes. Eva, além de guia turística, estava fazendo das férias do executivo as mais inesquecíveis, faziam amor em todos os lugares bonitos que havia na fazenda.

A jovem fez muitas surpresas para Marcos. Noites de amor inesquecíveis à mercê das luzes de velas, flores, deitados no mato e olhando as estrelas, enfeitiçados por tudo aquilo que Marcos achava enjoativo e que agora o fazia cada vez mais apaixonado.

Eva havia se despido de corpo e alma para Marcos, permitindo-se ser explorada na mais poética função da palavra. Entre eles, havia entrega, cumplicidade, desejo. Entenderam, com isso, que o paraíso não era um lugar, mas a dimensão na qual se encontravam.

Apesar de se manterem discretos, era notado por todos que havia um envolvimento entre eles. Os passeios secretos, a forma carinhosa com que se tratavam, os sorrisos exagerados, os toques e as trocas cúmplices de olhares. E a patroa não andava mais pela fazenda sem Marcos na garupa. Era impossível disfarçar.

Estavam abraçados sobre a cama de Eva. Marcos afagava os cabelos dela enquanto ela ouvia seu coração. Ele inspirou, pensando naquele momento. Queria continuar em contato com a sua pele, continuar a sentir seu cheiro. Queria aquela escuridão todas as noites e o som desordenado dos grilos e sapos que viviam lá fora. Queria estar ali. Queria ficar ali, mas havia um preço para ir e havia um preço para ficar.

— Se há algumas semanas alguém me dissesse que eu estaria neste lugar, fazendo amor com uma Eva sob as estrelas, eu certamente debocharia. — Eva sorriu. — Nunca gostei de passeios românticos, jantares, motéis.

E agora nado pelado e faço amor no meio do mato. Amo tudo o que você faz para mim. Estou me sentindo ridiculamente feliz e com vergonha de mim mesmo. — Eva aumentou o sorriso, envaidecida. — Na verdade, acho que nunca olhei para as outras mulheres com sentimento, mas como uma pessoa que se encaixava na minha rotina. Isso é muito estranho. E você?

— Nunca me viram com ninguém. Não me relaciono com pessoas da fazenda.

— Isso me dá certo alívio — confessou Marcos, dando um sorriso nervoso por saber que Eva não tinha ficado com Heitor. — Mas você já ficou com alguém...

— Namorei um cara na faculdade, mas como nunca o trouxe aqui e me limitava a sair com ele só na cidade, ele achou que eu não queria nada sério e desistiu de mim. Eu não queria que ninguém daqui me visse apaixonada, parecia que abalaria a minha reputação. Na verdade, Marcos, somos exatamente iguais: colocamos a paixão pelo que fazemos à frente de qualquer outra coisa.

— Eu já tinha pensado nisso — concordou ele. Fez-se um silêncio, Eva sentia as mãos dele afagarem seu cabelo. — Por que coloca nomes estrangeiros nos animais?

— Você conhece a cantora sertaneja Cris Beltrão?

— Não é da minha época, mas já ouvi falar.

— Então, ela veio aqui e uma das cabras tinha o nome dela. — Marcos riu. — Ela não se importou, até achou legal, mas meu pai ficou muito constrangido. E a partir daquele dia só colocamos nomes estrangeiros.

Marcos riu novamente, imaginando a cena. Resolveu perguntar:

— Naquele dia em que fomos à escola, eu percebi que ficou emocionada com o poema que a menina leu. Por quê?

— As pessoas daqui acham que eu tenho algum tipo de poder místico, porque eu nasci muito doente e o mestre me entregou para Jaci. E de tanto ouvir isso, eu cresci achando que tinha o dever de protegê-los. Uma vez a professora Carmem pediu para que eu lesse esse poema quando me dava aula, e eu chorei. Porque eu não sou nada disso do que eles pensam, e o poema fala sobre isso: uma lua que não tem nenhum significado, é um simples satélite.

— Quer saber o que eu penso?

— Sim...

— Os rótulos são inscrições que as pessoas nos colocam para denominar o que elas veem. Agora o que se passa aqui — disse apontando para o peito dela — somente nós sabemos. Jaci ou satélite, não importa. A bondade que tem no seu coração e a força que tem sua personalidade são o que realmente importa para eles.

Eva sorriu, mas pararam de falar ao ouvir o ranger da porta; alguém pequeno segurando um lampião entrou.

— Eva, não acho meu pai.

Eva, num salto, saiu da cama, indo até ele para dar tempo de Marcos vestir o short debaixo do cobertor. Tocou os ombros do menino e perguntou:

— Você está bem?

Arthur viu um vulto e virou o lampião para a cama, reconhecendo o pai deitado.

— Pai, o que está fazendo na cama da Eva?

— Filho! — Marcos passou as mãos nos cabelos e jogou as mãos no ar. — Eu... Nós...

Apesar de curioso, o menino agiu naturalmente, colocou o lampião sobre o criado-mudo e se deitou ao lado do pai.

— Vocês estão namorando?

Eva se deitou do outro lado, deixando Arthur entre eles.

— Sim — respondeu Marcos, muito desconfortável. Afinal, ainda era namorado de Bianca e não era esse o exemplo que queria dar ao filho. — A Eva e eu nos apaixonamos e...

— E a Bianca?

— Então... a Bianca... Nós vamos terminar nosso relacionamento quando voltarmos. Você me entende?

— Então a Eva vai com a gente pra São Paulo?

Marcos sorriu com olhos baixos e acariciou os cabelos do filho.

— Não, ela não pode ir com a gente.

— Então vamos ficar?

— Também não podemos ficar.

Arthur ficou em silêncio por um momento e voltou a olhar o pai.

— Então como vai ser?

Marcos não sabia bem o que dizer, não tinham conversado sobre isso ainda, mas pensou em só dizer a verdade.

— Vamos vir pra cá em todas as férias de julho e dezembro. E quando sentirmos saudade dela, pegamos um jatinho e voamos para cá. Acho que no começo será assim — disse olhando para Eva, que assentiu. — Eu, na verdade, também não sei muito bem como vamos administrar isso.

— Então você não vai mais se casar com a Bianca?

Marcos encarou Eva, depois se voltou para o filho.

— Eu não ia me casar com a Bianca, filho, mesmo antes de conhecer a Eva.

— Yes! — disse ele, comemorando. — Essa foi a melhor notícia da minha vida.

Marcos sorriu e ficou curioso.

— Mas com a Eva eu posso me casar?

— Com a Eva pode — falou o menino com convicção.

Os três acabaram dormindo juntos, ouvindo Arthur falar, mas agora os jogos eletrônicos e os animais da fazenda se misturavam nas suas conversas. Eva demorou um pouco mais de tempo para pegar no sono, admirando Arthur dormindo sobre o peito de Marcos. Sentiu-se completa e acariciou o rosto do menino.

Entendeu por que o mestre Ubiraci havia escolhido a história de Rudá para contar na roda. Eram como Jaci e Guaraci; no fim, nunca ficariam juntos realmente.

Vinte e um de Julho

EVA E MARCOS ESTAVAM NA VARANDA vendo Arthur pulando corda com outras crianças. O menino estava com dois borrões vermelhos nas bochechas, suado e sujo. Depois da sua vez de pular, acenou para o pai, ofegante. Marcos acenou de volta e comentou com Eva:

— Tão sedentário quanto o pai.

— Faltava incentivo...

— Já está escurecendo, não vai na roda? — Eva olhou para o lado, pensativa, e não respondeu. Na verdade, nem havia escutado. Marcos percebeu e tocou sua mão. — O que foi, peoa?

Eva olhou para ele e inspirou, puxando-o pela mão.

— Vem comigo, eu preciso te mostrar uma coisa.

Marcos se deixou levar, preocupado. Parecia algo sério.

Atravessaram o corredor dos quartos de hóspedes e pararam na única porta trancada. Eva tirou a chave do bolso, abriu a porta e apontou para que ele entrasse primeiro. Ele obedeceu, deu três passos para dentro do cômodo, vendo sobre a mesa a TV, um telefone e uma chave de automóvel. Virou-se para ela.

— Quer dizer que vocês e a dona Martha estão me repreendendo como se eu fosse uma criança mimada que merece um castigo?

— Não é isso. Temos ordens de esconder as coisas quando temos hóspedes aqui, mas com você a ordem foi bem mais rigorosa. Ela nunca havia pedido para esconder o telefone e o meu carro.

Marcos olhou para o lado oposto ao que ela estava, decepcionado.

— Não posso acreditar que fizeram isso.

— Eu não tive escolha, Marcos — disse ela, tocando no seu braço. — Se não fosse assim, eu não ia conseguir te manter aqui.

Marcos baixou a cabeça, encontrando os olhos dela. Pensou que, se tivesse tido acesso àquelas coisas, certamente não estaria ali ainda.

— Você deixou que eu arriscasse a vida do meu filho tendo um carro aqui.

— Eu juro que achei que você não iria tão longe. Fiquei com ódio de mim mesma por ter medido forças com você. No dia seguinte, liguei pra dona Martha, contei a ela o seu desespero e pedi que mandasse o jatinho vir te buscar. Eu não queria que mais nada de mal acontecesse. Espero que possa me perdoar. Estou te mostrando porque não achei que fosse justo continuar mentindo.

Marcos, muito desapontado, despejou:

— Está me testando, Eva? Para saber se gosto mais de você ou dessas coisas?

— Não — respondeu, recuando —, eu nunca faria isso. Estou apenas sendo sincera com você.

Marcos se aproximou do telefone e levou o gancho até a orelha, constatando que havia linha. Eva engoliu em seco, achou que havia se precipitado e jogado no ralo tudo o que tinha conseguido. Marcos voltou a desligar, mas seus olhos se dirigiram até a porta. Arthur entrou e ficou parado, olhando para o pai. Não parecia surpreso com a descoberta. Astutamente, Marcos perguntou:

— Você também sabia disso? — perguntou apontando para a TV.

— Sabia, mas elas não fizeram por mal, pai...

— Eva, pode nos dar licença? — Eva deixou os ombros caírem e tentou se aproximar para explicar, mas Marcos fez um gesto para que ela não dissesse nada. — Por favor, Eva.

Ela jogou as mãos no ar, lamentando-se. Era o filho dele, não tinha direito de intervir quanto à sua autoridade. Eva passou por Arthur com um sorriso apático, balbuciou "desculpa" e saiu.

Arthur abaixou a cabeça, pronto para ouvir a bronca do pai. Marcos apertou o canto interno dos olhos e perguntou:

— Por que compactuou com isso, Arthur? Achei que fôssemos amigos.

O menino ergueu os olhos e disse um tanto desapontado consigo mesmo:

— Eu percebi que aqui a gente fez um monte de coisas juntos, pai. E eu não queria ir embora.

— Você me enganou, Arthur.

— Eu sei, pai. Desculpe. Eu não queria que você se separasse de mim também.

O menino abaixou a cabeça com o rosto todo vermelho, chorando em silêncio. Marcos umedeceu os lábios, tentando não chorar também. Limpou a garganta para dizer:

— Eu reprovo veemente a sua atitude. Não ficou ao meu lado, compactuou com mentiras, mas... aceito os seus argumentos. Venha até aqui, filho. — Arthur se aproximou. Marcos se sentou na cadeira, abraçou-o e beijou sua cabeça. — Eu nunca irei me separar de você, filho. Eu te amo! — disse, apertando-o nos braços.

— Eu também te amo, pai.

Marcos voltou a olhar para o filho, passando os dedos no seu rosto para secar as lágrimas.

— Olhe, sempre que você achar que eu estou distante de você, eu quero que me chame para conversar e para dizer o que pensa. Nós temos um ao outro. E quando eu estiver trabalhando demais, quero que cuide de mim e me diga que está demais. — Arthur sorriu. — Está bem?

— Está bem, pai

Marcos mudou o ânimo e disse, animado:

— Quer ver televisão?

— Não, vou na roda com a Isalina.

O pai passou a mão nos cabelos do filho e sorriu.

— Pode ir...

Arthur foi até a porta, mas não saiu.

— Não está bravo com a Eva, né?

— Não.

O menino saiu. Marcos ficou por um tempo encarando a porta. Esfregou as mãos no rosto, deixando-o todo vermelho. Olhou para o telefone. Se ligasse para Vânia, mesmo que para ficar a par do que estava acontecendo na empresa, não ficaria mais sossegado em Arumã. Seus últimos dias com Eva estariam condenados. Mas a vontade de ligar ainda era muito forte, e com a ligação viria uma avalanche de preocupações que lhe rondariam todos os dias até acabar voltando para São Paulo antes do tempo.

De uma coisa Marcos tinha certeza: sem Eva, sem Rudá e sem Arumã, não conseguiria mais viver.

Resolveu sair de uma vez. Atravessou a sala e ganhou a varanda. Antes que pudesse ir até a roda, viu Eva sentada preguiçosamente na cadeira de balanço, com a cabeça tombada para o lado e olhando para o céu. Marcos se recostou no guarda-corpo à frente dela e cruzou os braços sobre o peito.

— Não pode fazer meu filho mentir para mim, Eva.

— Desculpa, Marcos — disse, levando seus olhos até os dele. — Não foi essa a minha intenção. Não analisei que, mesmo por um bom motivo, eu estava fazendo o Arthur mentir para você. Ele me disse que não ia te contar porque estava gostando de ter você perto dele. O argumento dele era o meu também. Eu queria que você ficasse o máximo de tempo possível. Desculpa pelo meu jeito egoísta — Marcos continuou a encarando, mas não disse nada. — Brigou com ele?

— Não...

— Está tudo bem na empresa?

— Não liguei pra ninguém. Quero ligar, Eva, mas não posso fazer isso.

— Você vai embora?

— Acha mesmo que estou aqui porque não tenho como ir embora? Acha que o que estou vivendo aqui com você é uma distração de férias? — Eva se levantou e se aproximou dele, tocando no seu braço. — Nunca estive tão confuso e dividido, e estou muito preocupado com o que vai acontecer depois.

— Você vai conseguir, peão. Você e o Arthur sabem o que fazer daqui pra frente.

— Estou falando sobre nós — disse, descruzando os braços e a abraçando. — Não conversamos sobre o futuro.

Marcos passou as mãos debaixo das coxas dela para que se agarrasse a ele. Sentou-a sobre o guarda-corpo e a beijou com paixão, sentindo seu corpo corresponder ao toque dela.

— Pode parar — alertou Eva, afastando o rosto. — Agora não são só os grilos e os sapos que estão acordados.

Marcos deitou a cabeça para observar a fogueira. Todos estavam lá, ouvindo mestre Ubiraci contar histórias. Sorriu maliciosamente, voltando-se para ela.

— Será que não dá tempo de fazer amor? As lendas indígenas são bem longas.

Eva sorriu.

— Tá doido, peão?! E se o Arthur pegar a gente?

— Não entendo por que os quartos não têm chaves.

— Porque já se perderam há décadas.

— Ah... — Marcos se exaltou. — Um ponto negativo nas suas fechaduras.

Eva riu vendo Marcos com olhos especuladores. Parecia que ainda procurava um jeito de fazer amor em alguma parte da casa. Mas subitamente Marcos ficou sério e ergueu os olhos para o céu. Jaci lhe roubou a atenção. Estava ao lado do rosto de Eva, tão linda quanto ela. E a lua o fez voltar a se lembrar da distância que havia entre eles.

— Posso observar esse céu todos os dias e nunca iria me cansar de admirá-lo.

— Jaci está mais linda do que nunca — comentou ela, orgulhosa.

— Você é linda! — afirmou ele, voltando para seus olhos com admiração. — Jaci deve morrer de inveja de você, Eva.

— Não deboche... — Marcos baixou os olhos, e Eva lhe acariciou a barba. — O que foi?

Ele demorou um pouco, mas respondeu:

— Sei que eu não devo te pedir isso, mas venha comigo, Eva. Venha comigo para São Paulo.

— Eu não posso sair daqui, Marcos...

— Só com você vindo comigo para a gente dar certo. A distância entre nós vai fazer com que eu me entregue ao trabalho para não pensar em você. Venha comigo.

— Não me peça isso, peão — disse, acariciando seu rosto. — Em vinte e seis anos, você foi a melhor coisa que já me aconteceu. Demorou, mas Rudá não podia ter escolhido pessoa melhor. Só que eu não posso deixar minha gente. Eu já tentei fazer isso uma vez e não consegui. E sabe o que eu acho? — perguntou retoricamente. — Que está comigo porque está no meu mundo. Lá eu serei só uma caipira fazendo você passar vergonha.

— Isso não é verdade — negou, tocando seu rosto. — Nunca achei que seria possível amar de verdade. Eu venero tudo o que diz, tudo o que faz. Só de estar perto de mim, ouvir sua voz, meu coração acelera. Quando me toca, meu corpo inteiro corresponde. Eu te amo e te desejo com a mesma intensidade.

Eva sentiu os olhos úmidos e disse em meio a um sorriso triste:

— Eu vou estar sempre aqui — explicou, beijando seus lábios. — Se for de verdade, você vai voltar, e eu estarei te esperando.

Vinte e dois de Julho

EVA E MARCOS FORAM ATÉ A VARANDA segurando canecas com cafés fumegantes. Não iam passear naquela tarde, era o dia mais frio desde que Marcos chegara a Arumã. Usavam pesados casacos, apesar de o sol estar presente no céu.

— O céu daqui é bonito em qualquer dia.

— Isso é uma benção de Deus. Mas as chuvas também são águas que passam levando o que há de ruim. E fazem tudo na terra nascer.

— E o ar é respirável. — Marcos abraçou Eva por trás, deu um beijo em sua nuca e se curvou para se encaixar nela. — Quanto você tem de altura? Um metro e meio?

— Um metro e cinquenta e cinco — repreendeu ela.

Marcos sorriu, percebendo que para ela os cinco centímetros eram motivo de orgulho. Sentiu a mão dela acariciar a sua. Bebericou o café e soltou o ar dos pulmões, parecendo exausto.

— O tempo está passando rápido.

Eva sorriu.

— Pra quem queria ir embora no dia em que chegou, é uma grande mudança. — Eva passou os olhos pela varanda, achando estranho a ausência do cão. — Estou sentindo falta de alguém por aqui. — Ambos olharam por toda parte e nada de Kevin Costner. — Kevin... Kevin Costner... Que estranho! Enquanto estou na casa ele está sempre por aqui.

— Vai ver ficou com ciúme e arrumou uma namorada também.

Eva soltou o ar das narinas sorrindo, mas voltou à sua busca. Marcos parou de olhar pela varanda e estendeu o olhar para a fazenda, algo estava errado. O animal estava sempre deitado na entrada, até parecia que fazia parte da decoração. Sentiu uma sensação ruim. Olhou para o céu e uma nuvem grande e densa atravessou o sol, deixando o dia parecendo fim de tarde. Estendeu o olhar até o rio e sentiu um frio subir pela coluna.

Marcos desceu do patamar vendo Eva ir para o lado oposto ao rio, ainda chamando pelo amigo. Caminhou o mais rápido que pôde até a margem e, antes que pudesse se aproximar, foi possível ver o animal deitado nas pedras, a cabeça para dentro da água. Marcos parou onde estava, passou a mão no rosto pensando em como iria dizer para Eva que tal atrocidade havia acontecido com aquele animal que para ela era um membro da família.

Deu meia-volta para encontrar com Eva, mas para sua surpresa ela estava parada logo atrás, olhando petrificada para o corpo do amigo.

— Eva — murmurou ele.

— Não pode ser...

Eva correu até ele e Marcos foi atrás, agarrando-a pela cintura, impedindo-a de tocar em Kevin Costner. Abraçou-a apertadamente, ela chorou de forma convulsiva no seu peito.

Aquela tarde havia sido a mais triste desde que chegara ali. Na cerimônia de enterro, mestre Ubiraci falou com os deuses e agradeceu o tempo que tiveram ao lado de Kevin Costner. Mas o discurso naquele dia foi um pouco diferente:

— Que Anhangá não nos puna por mais essa morte. Vamos torcer para que tenha sido um acidente, porque o que queremos aqui em Arumã é a harmonia entre o homem e a natureza. E se houver um culpado, que seja revelado e punido pela lei dos deuses e dos homens.

Mestre Ubiraci apanhou o corpo do animal envolvido no pano com muito carinho e o colocou dentro da cova. Marcos olhou para Eva, que estava séria. Não chorou na frente das pessoas, mas era possível perceber como estava triste. Por impulso, passou o braço sobre os ombros dela e a trouxe para mais junto do seu corpo, dando-lhe um beijo na cabeça. Ela olhou para ele e sorriu em agradecimento.

Todos desviaram a atenção da cerimônia, com olhares curiosos até o casal. Heitor abaixou a cabeça, apertando as unhas contra as palmas das mãos. Antes de voltarem para casa, Heitor se aproximou:

— Não vou sossegar, Pimenta, enquanto eu não encontrar o culpado.

Marcos se irritou, mas achou melhor evitar uma discussão.

— Obrigada.

Voltaram para a fazenda. Isalina havia ficado com Arthur na casa e Eva estava indo na direção do quarto, porém Marcos soltou sua mão.

— Vou falar com o mestre, já vou lá ficar com você.

— Tá bom.

Mestre Ubiraci estava sentado diante da lareira e ao lado de dona Joana. Na outra poltrona, Isalina e Arthur davam atenção à dona Ana. Marcos se sentou próximo ao casal.

— O que foi, doutor? — perguntou o mestre.

— Mestre, acho que não há mais dúvida de que alguém está matando os animais.

— Creio que sim. Mas ninguém passa pela minha cabeça. Somos os mesmos habitantes há anos.

— Estou ficando preocupado...

— Se você me perguntasse há uma semana, eu diria que foi você.

— Eu? — Assustou-se, indignado com a sinceridade do homem.

— Sim, quando você apareceu por essas bandas, uma sensação ruim pairou por nossas terras. O fato é que, se alguém fez isso, queria atacar a Eva. Nada mais do que isso. Sabia que ela amava o animal e que isso iria feri-la.

— Eu acho que tem ligação com a morte dos outros animais. A Eva me disse que o bezerro estava numa posição incomum.

— Sim, eu também reparei nisso.

— Estou preocupado, mestre, isso é muito sério. Se a pessoa está querendo ferir a Eva, então é sinal de que não vai parar por aí. Pior, ela está se aproximando até chegar nela. E o próximo será o cavalo.

Mestre arregalou os olhos, surpreso, e olhou para dona Joana.

— Você tem razão, doutor.

— Espero que encontre um corpo-seco e o coma vivo mesmo — disse dona Joana.

— Vou deixar alguém de vigia à noite.

— O senhor não acha que devemos chamar a polícia?

— Aqui é por nossa conta, doutor.

Marcos foi para o quarto. Eva estava deitada de bruços na cama, abraçada ao travesseiro. Marcos se deitou ao lado dela e fungou na sua orelha. Ganhou um sorriso por isso.

— Não fique assim.

— Faz cinco anos que chego do trabalho e ganho um abraço do Kevin Costner todos os dias. Não sei como vai ser sem ele.

— Eu vi como ele ficou feliz quando você chegou de viagem. — Marcos segurou o queixo dela para olhar em seus olhos. — Sei que é difícil, mas não quero te ver triste.

— Eu estou muito preocupada. As mortes do Zezé, do Justin Bieber e do Kevin Costner não foram um acaso. Alguém os matou. Isso nunca aconteceu aqui. Algo está errado, e essa pessoa não pode continuar andando entre o meu povo. Vou ter que resolver isso, Marcos. De um jeito ou de outro.

Vinte e três de Julho

ISALINA RECOLHIA AS ROUPAS DO VARAL quando ouviu um som incomum vindo do céu. Pousou a mão sobre a testa, fazendo uma barreira contra o sol para poder olhar entre as nuvens e verificar se o avião estava de passagem ou se seu destino era Arumã. Ao constatar que estava pousando, desembestou a correr até a cozinha, onde dona Joana olhava pela janela, curiosa também.

— Quem é?

Dona Joana olhou com espanto para Isalina.

— Não sei, ninguém ligou. Minha nossa senhora, e se vieram buscar o doutor? Coitadinha da minha Eva, Isalina. Corre lá no estábulo, manda alguém ir de charrete buscar os visitantes.

Isalina desceu os degraus correndo e foi desajeitada até o estábulo. Minutos depois, uma charrete partiu, indo ao ponto onde estava a aeronave.

Dona Joana caminhou até o alpendre e sentiu o coração aos pulos ao ver a charrete se aproximando e dela saltar uma moça muito elegante que contrastava com o cenário da fazenda. Usava saltos e uma roupa de pano fino e claro. Ao lado dela, dona Martha. Apesar dos esforços para se manter natural, dona Joana tremia, sabendo quem era a tal moça.

As visitantes subiram até o patamar. Dona Joana passou os olhos pela propriedade em busca de Eva, mas ela não estava nas proximidades.

— Como vai, Joana? — saudou Martha, abraçando a mulher com intimidade.

— Vou bem, dona Martha, e a senhora?

— Também vou muito bem! — Virou-se para sua sobrinha e disse: — Essa é a minha sobrinha Bianca. Lembra dela?

Dona Joana estendeu a mão e se esforçou para dar um sorriso.

— Claro! Mas faz bastante tempo... Está ainda mais linda!

— Obrigada! — agradeceu Bianca.

— Bonitona mesmo! — reafirmou Isalina enquanto cumprimentava a moça.

— Vamos entrar...

Todas passaram para o interior da casa. Bianca tirou os óculos de sol e rodopiou, olhando a casa.

— Tia, isso aqui ficou lindo! Nossa, tem muitos anos que eu não venho aqui.

— É... — concordou a senhora, olhando em volta também. — Acho que ficou bom. Mas a reforma nem era necessária. O carinho com que a dona Joana, a Eva e o seu falecido marido vêm cuidando da propriedade dispensa reformas.

— Muito obrigada, dona Martha. Fico muito grata pelo elogio.

— E então? — perguntou dona Martha, passando os olhos pelas salas. — Onde estão aqueles dois?

Isalina olhou para dona Joana e a palidez tomou conta de sua tez. A língua pareceu não querer desenrolar.

— Eles... estão... é... foram... com a Eva... passeando.

— Nem dá pra acreditar que o Marcos conseguiu ficar todo esse tempo aqui sem internet e celular — disse Bianca, olhando no seu próprio aparelho. — Não tem nenhum sinal. Nadinha.

Dona Martha fez covinhas de reprovação para sua sobrinha.

— E logo vou mandar você pra cá.

— Deus me livre! — disse ela, revirando os olhos. Deixou as sobrancelhas caírem olhando dona Joana. — Me desculpe! É que a senhora entende, né?

— Entendo, sim...

Logo ouviram vozes e pessoas se aproximando da varanda, reconheceram a voz de Marcos, muito animado. Todas se entreolharam.

— Ganhei! — Ele berrou. — Nunca vão ganhar de mim com essas perninhas curtas.

Marcos entrou na sala sorrindo com os cabelos desgrenhados e a pele bronzeada, usando bermuda e arrastando os chinelos. Ao ver as visitas, não pôde evitar a expressão de surpresa. Eva subiu o patamar, gritando também:

— Covarde, você saiu correndo na frente!

Eva e Arthur entraram e o sorriso de ambos desmoronou.

— Amor! — saudou Bianca, aproximando-se do namorado e entrelaçando os braços no seu pescoço. — Você parece outro homem!

— Oi... Bianca... — disse, recebendo o beijo leve nos lábios, sem saber o que fazer.

Dona Martha viu quando Eva baixou os olhos para não ver o beijo e se aproximou da peoa.

— Como vai, Eva?

— Vou bem, dona Martha! — respondeu com o olhar baixo.

— E você, Arthurzinho? — perguntou Bianca. — Está bronzeado também, parece que estão se divertindo aqui.

— Estou gostando mais daqui...

— Isalina — pediu dona Joana num tom de ordem —, leva o Arthur pra lavar as mãos, vai.

Isalina, entendendo que dona Joana queria evitar que Arthur dissesse algo que deixasse aquela situação ainda mais desagradável, tratou de se apressar, indo para o banheiro com o menino.

Marcos olhou para Eva, confuso. Não sabia como agir, nunca iria imaginar que Bianca apareceria ali. A peoa ergueu os olhos até ele e lhe ofereceu um sorriso apático. Não estava com raiva, não tinha esse direito, Marcos não havia omitido a existência da namorada. Mas sentia o gosto do ciúme descer amargo pela garganta, uma culpa avassaladora por estar traindo Bianca, que, para piorar a situação, parecia ser uma boa pessoa.

— Eva... — Ela se desprendeu dos olhos dele e olhou para dona Martha. — Você se lembra da minha sobrinha Bianca?

— Claro — confirmou Eva, que com grande esforço deu um sorriso na direção da moça e estendeu a mão em cumprimento.

Dona Martha percebeu o constrangimento entre todos. Somente Bianca não estava percebendo. Montou seu sorriso congelado e comentou olhando para Eva:

— Você pode ir até o meu escritório? Quero saber como anda a fazenda.

Tudo o que não queria naquele momento era conversar. Queria chamar Pelé e cavalgar até que o cavalo não aguentasse mais. Como a filha não se moveu, dona Joana, sentindo a dor de seu coração, reforçou:

— Eva, a dona Martha está falando com você.

— Ah, claro! Vamos.

As duas saíram do cômodo, e de certa forma Eva se sentiu aliviada. Dona Martha entrou, fechou a porta, sentou-se atrás da mesa do escritório e apontou a cadeira para Eva, que mantinha os olhos baixos e um rubor nas bochechas.

— Está tudo bem, Eva?

— Está, sim, senhora.

— E como vão as coisas aqui na fazenda?

Eva se aproximou ainda com olhos baixos. Sentia tanta culpa que não estava conseguindo pensar com clareza.

— Tudo está... em ordem.

— E o Arthur e o doutor Marcos?

— Já se acostumaram com a fazenda.

Dona Martha umedeceu os lábios e pousou as mãos sobre a mesa. Olhando nos olhos baixos de Eva, despejou:

— Acho que você exagerou nos cuidados com o doutor Marcos, não é? — Eva ergueu olhos surpresos até os dela e em seguida voltou a abaixá-los. Não pôde responder. — Ele contou que tinha uma... namorada?

— Sim — respondeu com obediência.

— E mesmo sabendo da namorada, aceitou se envolver com ele?

— Dona Martha...

— Sim ou não, Eva?

Eva, sem olhá-la e muito envergonhada, respondeu:

— Sim.

— Ele disse que vai ficar aqui com você?

— Não, senhora.

— Então você vai pra São Paulo com ele?

Eva ergueu os olhos com a ponta do nariz vermelho, mas sem derrubar nenhuma lágrima. Tinha uma postura decidida.

— Nada vai mudar, dona Martha.

— Então qual o motivo disso? Por que trair a Bianca, se não vão ficar juntos?

— Tudo aconteceu naturalmente. Decidimos aproveitar esse momento. Não sabemos como vai ser ainda.

— Mas sua expressão não é a de quem está apenas aproveitando o momento. Está visivelmente chateada com toda essa situação.

— Nem eu imaginei que me sentiria tão mal, dona Martha.

A senhora pensou por um momento e voltou a perguntar:

— O Arthur sabe do envolvimento de vocês?

— Sim.

— E pelo que presenciei na sala, ele aprova, estou certa?

— Sim...

— Só quero o bem de todos, Eva.

— Eu sinto muito, dona Martha.

— E os índios?

— Está tudo em ordem.

— Gostei de ver o doutor Marcos bem e aproveitando as férias. Bianca e eu íamos ficar uns dias, mas, mediante as circunstâncias, acho melhor irmos embora. Vamos tomar um café com sua mãe e depois vou partir. O Marcos decide se vai conosco ou fica. Está certo? — Eva apenas balançou a cabeça positivamente. — Ótimo! Pode ir, Eva. — Ela se levantou e foi até a porta, mas se virou quando dona Martha a chamou novamente. — Eu conheço muito bem o doutor Marcos. Envolveu-se com você por... por motivos muito fortes. Ele não é homem de duas mulheres.

Eva a encarou por um momento, repassando o que acabara de ouvir, e saiu sem dizer nada. Voltou para a sala e viu que Marcos e Bianca estavam sentados na mesa de jantar enquanto sua mãe os servia. Sentiu os olhos de Marcos a observando, contudo foi rapidamente até a porta, colocou o chapéu, prestes a sair, mas ouviu os passos de dona Martha sobre o assoalho.

— Eva... — A moça se virou. — É muito urgente o que vai fazer? Gostaria que tomasse café conosco.

Eva lentamente voltou o chapéu para o suporte e caminhou até a mesa. Sentou-se na cadeira à frente do casal e ao lado da mãe, sem tirar os olhos da mesa. Bianca estava feliz e muito falante.

— Estou impressionada com a sua resistência aqui, Marcos. Eu disse pra tia Martha que você não aguentaria nem uma semana, quanto mais um mês...

— Acho que ele deve ter dado um pouco de trabalho a todos daqui, não é mesmo, Eva?

Eva olhou para dona Martha e depois levou os olhos pesados para Bianca. Tentou sorrir.

— No... começo eles não gostaram muito, mas já se acostumaram.

— Meu pai gosta mais daqui, Bianca — Arthur comentou num tom provocativo.

Dona Martha tratou de desviar a atenção do menino. Olhou para Arthur e entrelaçou os dedos sobre a mesa, muito curiosa.

— E você? Está gostando?

— Sim.

— E o que você mais gosta de fazer aqui?

— De tudo, tirar o leite da vaca — disse, enumerando nos dedos —, alimentar as galinhas, pegar os ovos, andar a cavalo. E vou na roda à noite e nado no rio. Ah, e eu tenho uma amiga, a Jacira.

— Jacira é uma menina muito especial — concluiu dona Martha, mostrando que sabia sobre quem ele falava. — E não sente falta das suas coisas?

— No começo, sim. Agora não.

— Parece que a Eva tomou medidas muito eficientes, não é mesmo? — concluiu dona Martha, que mantinha certo sarcasmo no olhar. Eva voltou a baixar os olhos, sentindo que Marcos estava com olhos pesados e insistentes sobre ela. — Fico muito feliz em ouvir isso, Arthur. Tudo o que você me disse é o principal motivo de manter esta fazenda. — A mulher olhou para a sobrinha, que cutucava o celular na tentativa de obter algum sinal. — Se ficar aqui, Bianca, vai ver que é um lugar maravilhoso.

— Eu passo a vez, gosto da cidade. Aliás, Marcos, perdeu a festa da Malu, meu vestido foi assunto em todas as redes sociais e na TV.

— Eu sabia que você ia conseguir reverter o que elas disseram a seu respeito — disse ele gentilmente.

— Também fiz aniversário, mas não fizemos nenhuma festa, apenas jantamos em família, não é mesmo, tia?

— Sim.

— Eu recebi o anel que comprou para mim — disse ela, mostrando a joia em seu dedo. — Você foi um cavalheiro deixando tudo pronto.

Marcos recebeu outro beijo de leve nos lábios e em seguida desceu os olhos até a joia no dedo da namorada. Como sempre, Vânia fora eficiente.

Eva ergueu os olhos para eles. Bianca segurava os talheres como ele, apoiava os pulsos na mesa como ele, era linda, delicada, alta. Como ele.

— Todos perguntaram por você. Eu disse que você estava em uma viagem de trabalho.

Marcos lhe deu um sorriso cúmplice. Dona Joana olhou para Martha e anunciou:

— Que bom que a senhora veio descansar. A Beyoncé ganhou outro prêmio e a Isalina vai se casar.

— Falando nisso, onde ela está?

— Foi na casa nova. Já esfregou tanto aquela casa que eu disse que, quando forem morar lá, ela vai parecer usada.

Dona Martha não hesitou em rir.

— E ela está feliz?

— Muito feliz, dona Martha!

— Que ótimas notícias. Mas, infelizmente, eu acabei de fazer uma ligação no escritório e soube que vou ter que voltar agora mesmo para São Paulo.

Eva olhou para Bianca, que fez uma expressão de alívio ao saber que ia embora. Marcos ficou sério e se reportou à sua superiora:

— Algum problema na empresa, dona Martha?

A senhora tomou o café da caneca de ferro e disse, olhando para seu pupilo:

— Não se preocupe, doutor Marcos, não é nada que não possa ser resolvido. — Marcos ergueu o queixo e sorriu, lembrando-se de sua frase favorita. — E você, doutor Marcos Monterrey? Vai ficar em Arumã ou vem conosco?

Marcos percebeu que todos os olhares eram para ele. Virou-se para dona Martha e disse sem pensar:

— Se a senhora não estiver precisando de mim, vou continuar dando trabalho pra dona Joana.

— O que é isso, doutor? O senhor é muito querido aqui — dona Joana já foi se justificando.

A senhora secou os lábios no guardanapo e completou:

— Ótima escolha!

Dona Martha, antes de partir, quis falar com a professora Carmem e com mestre Ubiraci. Em seguida, Daniel conduziu a charrete até o avião sem tirar os olhos de Bianca. Deu a mão para ajudá-la a descer, mas Bianca nem notou, olhando para seu celular.

— Meu Deus, tia, aqui não tem sinal nem de telefone.

— Boa viagem para as senhoras — disse Daniel, olhando para Bianca antes de fechar a porta do avião.

— Obrigada, Daniel — respondeu a senhora, já que Bianca nem lhe dera atenção.

Marcos e dona Joana ficaram em silêncio na varanda, observando o avião decolar. Ele virou o rosto na direção da senhora.

— Me desculpe por isso, dona Joana, nunca imaginei que a Bianca fosse aparecer aqui.

Dona Joana, com os olhos úmidos, respondeu:

— Gosto ainda mais do senhor agora, por ter escolhido ficar. — Ele sorriu. — Não foi culpa de ninguém.

— Pensei que a qualquer momento o Arthur fosse falar alguma coisa.

— Eu tomei a liberdade de pedir pra ele não tocar nesse assunto. Falei que vocês tinham que resolver isso quando voltassem para São Paulo.

— Obrigado, dona Joana! Vou falar com a Eva. — Nesse momento, Eva passou feito um cavalo bravo por ele, indo para fora. — Eva... Eva... espere. — Marcos acelerou o passo e a puxou pelo braço. — Espere, Eva. Desculpe.

— Não foi certo. Nunca me senti tão envergonhada em toda a minha vida. Mal por estar enganando a Bianca, mal por vê-la te beijando.

Eva se soltou dele e montou no seu cavalo, mas Marcos foi mais ágil e não a deixou sair.

— Meu Deus! Será que sou a pior espécie de homem que já existiu? Porque tudo o que ouvi a vida inteira foi cobrança. Eu nunca levantei o dedo para a Deborah, nunca a traí, nunca sequer gritei com ela. Minha vida era minha casa e meu trabalho, e só porque eu não viajava com ela nas férias, para os outros, eu era o pior homem do mundo. Será que se eu fosse um vagabundo, mas que viaja nas férias com a família, eu seria melhor visto por todos?

— Você é uma pessoa maravilhosa. Mas não está certo o que fizemos. Não paramos pra pensar nas consequências, Marcos.

— O que eu sinto por você é muito forte. Não existe consequência, Eva, só preciso fazer as coisas certas. — Eva saiu galopando pela mata. — Eva... Eva...

Marcos ficou parado, olhando-a sumir, sem saber o que fazer. Virou-se para o lado, mestre Ubiraci estava perto da porta da cozinha, apoiado no cabo do machado, olhando para ele. Marcos jogou os braços no ar e perguntou, estupefato:

— O que é?

Mestre Ubiraci riu e respondeu em voz alta:

— Não é nada, eu só observo.

Marcos correu até Messi, montou e saiu em disparada atrás de Eva.

— Ai! — disse dona Joana para o mestre. — Que os deuses protejam ele. O doutor não sabe andar sozinho por aí.

Marcos galopou alguns minutos mata adentro, sabia onde Eva estava: no morro da Piedade. Era possível ver o pôr do sol por completo de lá.

Ao chegar, viu Eva sobre Pelé, olhando o horizonte. Parou onde estava, contemplando aquela imagem. Inspirou profundamente, queria guardá-la para sempre na memória.

Conduziu seu cavalo até o lado dela e se manteve em silêncio, observando o sol, que bagunçava as cores do céu com seus raios. Uma explosão em tons de vermelho, laranja e amarelo. Estava tão lindo que parecia mesmo que o deus se exibia.

Marcos se virou para olhar o rosto dela e viu seus olhos marejados.

— Guaraci está indo embora para dar vez à Jaci.

— Olha — murmurou ela com a voz rouca e apontando para o alto.

Marcos voltou a olhar para cima, foram absorvidos pela sensibilidade do momento. Jaci estava no céu, tímida, antes mesmo que Guaraci fosse engolido pela escuridão. Era impossível não imaginar que os astros naquele momento se olhavam, apaixonados.

Marcos esticou o braço e pegou a mão dela, beijando seus dedos, mas sem desgrudar os olhos daquele espetáculo. Depois de um tempo, ambos ali, inebriados, Guaraci sumiu completamente e Jaci sorriu, ainda mais linda.

— Desculpe, Eva.

Eva baixou os olhos, voltando-se para sua realidade.

— Ela é linda, Marcos — disse calmamente. — A Bianca parece ser uma boa pessoa. É perfeita pra você.

— Ela é tudo isso, sim. E está comigo pelo mesmo motivo que eu estou com ela: comodismo. Você percebeu a emoção ao nos encontrarmos? A paixão, o desejo, a saudade? Você por acaso viu Bianca insistir para que eu fosse embora com ela? Ela estava mais preocupada com o celular do que comigo. Bianca está tão perdida quanto eu. Eu nem sei sobre aquele anel, foi a minha secretária que comprou para ela. Estávamos fazendo mal um para o outro. — Marcos desmontou e se aproximou, tocando na sua coxa. — Você pode descer para conversarmos?

Eva desmontou, mas Marcos não lhe deu espaço para se afastar, tomou seu rosto entre as mãos.

— Eu não tenho direito de ficar com raiva. Você nunca mentiu sobre a Bianca.

— É você que eu quero!

Eva ficou na ponta dos pés e passou os braços em torno do pescoço dele.

— Não sabe como foi difícil vê-la com você.

— Vou resolver isso quando eu voltar. A pior coisa que eu fiz na vida foi vir pra este lugar. Eu tinha um futuro certo, minha vida sob controle, e agora passo o dia inteiro pensando em como vou fazer para ficar com você. — Marcos a beijou. — Alguma coisa me trouxe até você, peoa, e é aqui que eu quero ficar.

Vinte e quatro de Julho

EVA E MARCOS VOLTAVAM TRANQUILAMENTE de mais um dos passeios. Ele na sua garupa, e ela mostrando tudo e contando histórias. No caminho, viram Toledo sentado sob a sombra de uma árvore com uma faca na mão descascando uma laranja. Eva o observou de longe e notou que o cavalo dele estava agindo de forma estranha, então se aproximou e ficou furiosa.

— Ei, peão, por que esse animal está com a cabeça amarrada na árvore?

O homem continuou descascando a laranja, e sem olhá-la disse:

— Boa tarde, patroa! Passeando?

Eva fez um movimento para que Marcos desmontasse e em seguida desceu também.

— Por que amarrou o cavalo? — insistiu, ainda mais irritada.

— Ele me deu um coice, agora vai ficar sem comer pra aprender.

— Anhangá vai rondar nossas terras. Sabe que ele não gosta que maltratem animais.

Ele sorriu, mostrando seus dentes amarelos.

— Não me venha com essas histórias de castigo dos deuses, patroa. Anhangá não existe, filha de Jaci — debochou. — A patroa pode enganar toda essa gente burra aí da fazenda, mas eu não sou burro.

Eva foi na direção do animal, mas o homem se levantou bruscamente, ficando na frente dela com a faca apontada em sua direção. Marcos fez menção de ir para cima do homem, mas Eva interveio:

— Deixa, Marcos, ele não vale a pena.

O homem baixou a guarda e voltou a se sentar, espetando a ponta da faca na laranja para levar um pedaço à boca. Eva instintivamente foi até o animal, acariciou-o e o desamarrou. Imediatamente, o cavalo começou a pastar; estava com fome. Eva observou que o cavalo estava ferido. Viu pelas botas que Toledo desobedecia a ordem de não usar esporas.

— Com a patroa eu não preciso usar de violência, já que sei seus segredos e sei quem é o pai das novilhas. — Eva, sem dizer nada, voltou para o seu cavalo. Marcos montou também. — Agora tá toda prosa andando com o doutor na garupa. Ele tá conseguindo te satisfazer? Tá acostumada com braço de peão.

Marcos agilmente desceu do cavalo e foi para cima do homem, dando-lhe um soco. Estava com tanta raiva que mataria aquele covarde. Eva saltou do cavalo e abraçou Marcos fortemente.

— Para. Se acalma, peão! Se acalma. Vamos embora agora.

Toledo se recuperou e se aproximou deles, apontando a faca novamente.

— Vem, doutor — chamou o homem com os olhos em brasa. — Quero ver se é valente agora.

— Me solta, Eva! — berrou Marcos, queria muito bater nele até sua raiva passar.

Nesse momento, Eva viu Heitor passando a galope. Ela assoviou e ele imediatamente veio ao seu encontro.

— O que tá acontecendo aqui, peão Toledo?

— Esse doutorzinho de bosta querendo dar uma de valente só porque tá com a patroa — explicou Toledo.

Heitor fez o cavalo andar até os homens e ficou entre eles.

— Pode parar com isso agora, peão. Eva, leva o doutor daqui, deixa que eu resolvo.

— Vem — disse Eva, puxando Marcos pelo braço, mas ele não se moveu, então ela berrou, puxando com mais forca: — Vem, Marcos!

— Isso não vai ficar assim, patroa — ameaçou Toledo.

Marcos resolveu ceder, percebendo que por algum motivo Eva havia baixado a guarda para o homem. Não era a primeira vez que presenciava sua obediência diante dele. Algo estava errado.

Voltaram para o cavalo e partiram. Quando chegaram ao casarão, Eva se encontrava muito nervosa e Marcos, enlouquecido de raiva. Antes que ganhasse a varanda, ele a agarrou pelo braço, exigindo explicações:

— Quem é aquele homem? Por que o deixou falar assim com você?

— Não é ninguém.

— Como ninguém?

— Solta o meu braço, Marcos.

— Quem é esse cara, Eva? — falou, ensandecido. — Não é a primeira vez que não responde a suas provocações.

— Me solta, Marcos! — Eva berrou. Ele obedeceu, mas continuou com o olhar duro, esperando que ela se explicasse. — Não se meta com a minha vida, Marcos. Não preciso de homem resolvendo as minhas brigas. Vai ver se tem sinal de internet em algum lugar, já que é a única coisa que sabe fazer.

— Não seja tão...

— Ignorante? — disse, os olhos faiscantes de raiva o enfrentando à altura.

Ele não disse nada. Eva lhe deu as costas e entrou.

Vinte e cinco de Julho

MARCOS E EVA NÃO SE FALARAM À NOITE. No dia seguinte, ela foi trabalhar e passou o dia inteiro fora. Naquela noite, Tupã estava com raiva: jogava uma chuva forte com pingos pesados sobre Arumã, que batiam contra o telhado e as janelas, tornando difícil a comunicação. O deus esbravejava, feroz, depois dos relâmpagos, e o som era tão forte que parecia que os raios tocavam o chão e o partiam na colisão, fazendo a terra tremer.

Eva saiu do quarto para jantar, sentou-se sem olhar para ninguém, mesmo Marcos mantendo seus olhos o tempo todo sobre ela. Ninguém falava nada, e até Arthur pareceu perceber que algo estava errado; manteve-se quieto.

De repente, um som se sobressaiu ao de Tupã e fez Eva empertigar, olhos vivos e ouvidos atentos.

— Por Tupã! Vocês estão ouvindo o berrante? — esbravejou Isalina.

Todos sabiam que, desde que seu João havia sumido com a boiada, aquele som era proibido, exceto em caso extremo de perigo, no qual era necessária a presença de toda a colônia.

Eva arrastou a cadeira para trás e saiu correndo porta afora, debaixo da tempestade.

Dona Ana arregalou os olhos e começou a chorar.

— O João voltou! O João voltou!

Marcos foi atrás de Eva, mesmo sem saber o que estava acontecendo. Correram até o estábulo.

Com o berrante, Heitor fazia a trilha sonora do caos. Pessoas corriam de um lado para o outro debaixo da tempestade, carregando baldes de água, tentando apagar o incêndio da Casa Branca.

Os animais, soltos, corriam para todos os lados, desorientados. A professora Carmem levava as crianças para a escola. Eva deu um passo involuntário, sentindo as pernas falharem ao ler na porta do celeiro, escrito com tinta: "Pai das novilhas".

Marcos acompanhou seus olhos. Leu, lembrando-se de que era a frase dita por Toledo. Eva foi para debaixo de uma árvore e assoviou duas vezes, mas dessa vez Pelé não apareceu. Heitor berrou:

— Ele não vai vir, ele e os outros animais foram para a estrada.

Eva olhou à sua volta e pela primeira vez sentiu medo. Lembrou-se de que mestre Ubiraci havia dito que o doutor trouxera algo ruim até as terras de Arumã, e que agora todos os deuses se voltavam contra eles. Anhangá com certeza estava se vingando.

Assoviou de novo... e de novo... e de novo. Marcos tentou se aproximar dela para acalantar seu desespero, mas ela o empurrou e não desistiu. Passou a berrar, desesperada:

— Pelé! Pelé!

Voltou a assoviar muitas vezes, até que o animal apareceu, encharcado, e mesmo assim com galope imponente, vindo ao encontro de sua outra metade. Eva sentiu um fio de esperança ao ver seu fiel companheiro. Montou no animal e saiu veloz mata adentro. Heitor correu atrás do animal a fim de impedi-la, mas foi inútil.

Marcos parou ao lado de Heitor e perguntou para o peão:

— O que ela vai fazer?

— Vai se matar, doutor. Ela não vai conseguir sozinha e não vai desistir também. — Olhou para Marcos com olhos amistosos. — Vamos, precisamos de toda a ajuda. Precisamos encontrar outro cavalo.

Minutos depois, Eva apareceu a galope, puxando uma corda com outro cavalo. Ela entregou o animal para Heitor, que rapidamente montou. Antes de partir, ouviu Marcos:

— Deixe eu ir na sua garupa, por favor, Eva.

Ela virou o cavalo e saiu em disparada junto a Heitor.

Por toda a noite, Marcos e os moradores correram de um lado para o outro, prendendo os animais que encontraram e arrumando as cercas que estavam destruídas. Por conta da chuva, a Casa Branca, por fora, ficou intacta, mas por dentro tudo o que havia virou cinza.

Eles não tinham como apagar o incêndio, só havia por perto uma torneira que saía um fio de água, sem pressão alguma. Marcos via Eva voltar com um animal, mas em seguida se perdia na floresta novamente.

Quando a chuva deu uma trégua, tudo o que podiam fazer havia sido feito. Marcos ficou observando as pessoas voltarem para suas casas, encharcadas, exaustas e emocionalmente abaladas. Voltou para o casarão também, sentou-se na cadeira da varanda, encharcado e com frio. Manteve o olhar fixo na escuridão.

Jaci não estava em parte alguma, só havia o sopro do vento e uma sensação de derrota. Meia hora depois, imóvel ali, ouviu o galope de um animal. Levantou-se e desceu os degraus da varanda, indo até Eva, que, ao vê-lo, deixou-se ajoelhar no chão, derrotada. Marcos se atirou de joelhos e a abraçou. Ela estava gelada e trêmula.

— O que eu fiz de errado, Marcos?

— Não fez nada, amor!

— Será que os deuses estão me punindo por abandonar Arumã?

— Não é nada disso — disse ele se levantando e a puxando pela mão. — Venha, vamos entrar.

Eva se deixou levar. Marcos apanhou o lampião da entrada e a conduziu até o banheiro. Ele fechou a porta e encheu a banheira com água quente. Virou-se para Eva e a ajudou a se livrar das roupas. Ela entrou na banheira mecanicamente, mas se sentiu melhor ao deixar a água quente cobrir seu corpo.

Marcos se despiu e entrou também. Deslizou a mão em seu rosto, muito preocupado, e lhe deu um beijo de leve nos lábios.

— Não fique assim — disse, massageando sua nuca, como ela havia feito com ele quando estava passado mal.

Ela olhou para ele com o semblante desmoronado.

— Não achamos todos os cavalos, nem sei se todos animais foram encontrados.

— Aquele cara fez isso, não é? — Ela assentiu com olhos baixos. — Quem é ele, Eva?

A mulher se manteve relutante por um tempo, mas confessou:

— Depois que dona Marta abortou todas as minhas estratégias de melhoria, começaram a nascer mais bezerros do que novilhas.

— A reza do Ubiraci não estava dando certo?

— Ele é médico, cura as pessoas com afeto, fé e ervas. Não dá pra mudar o sexo de animais. Inventei isso para justificar o nascimento das novilhas na sequência. O mestre sabe de tudo.

— E o que você fez?

— Comprei material reprodutivo com meu próprio dinheiro e inseminei nas vacas. Tudo estava bem até o Toledo me pegar.

— Por isso ele fala que você é o pai das novilhas?

— É, ele me chama assim desde que me pegou.

— E só por isso ele te odeia?

— Não. Ele era o braço direito do meu pai, como se fosse gerente, sabe? Quando meu pai morreu, tirei ele do posto, porque ele judia de animal. Eu não podia confiar num peão desse ao meu lado. Aí eu nomeei o Heitor para isso. Ele veio de fora e trabalhava com a gente há dois anos. O Heitor é como eu — disse ela, sorrindo, quando se lembrou do amigo —, ele gosta de bicho como gosta de gente, gosta de planta, respeita tudo isso aqui.

Marcos se incomodou com o seu sorriso, fazendo covinhas de reprovação. Recostou-se na outra ponta da banheira, afastando-se dela.

— Pode parar, já entendi que o Heitor é maravilhoso.

— Não fica com ciúme.

— Continue a história... — falou, rodando o dedo no ar.

— O Toledo ficou com muita raiva, mas não podia fazer nada. No entanto, depois que me viu inseminando, vive me desafiando na frente das pessoas. — Eva baixou os olhos. — Eu traí essa gente, Marcos.

— Você não traiu ninguém — disse, apanhando o pé dela e o posando no seu peito. — Tudo que fez foi pensando no bem de Arumã. Você é como uma mãe para eles... Quando você tiver filhos, vai entender que os pais erram na tentativa inútil de serem perfeitos.

— Você tem razão, mas não sei se eles vão ver dessa forma. Até a fé que eles têm no mestre Ubiraci está correndo risco. A verdade é que eu sou uma farsa, Marcos. Quando fiz faculdade no intuito de ajudar ainda mais o meu pai, na verdade eu estava me contaminando com a mania do progresso. Eu não sou nem da terra, nem da cidade.

— Eu já te disse, você não tem que se prender a rótulos. Você é o que é. Tem que se livrar das tradições e ser você mesma. — Ela sorriu de modo amargo, com o olhar triste. — Você demonstra ser tão forte que esses olhos tristes nem combinam com você.

— *Decepcionados* seria a palavra certa. Se eu tivesse sido sincera com essas pessoas, não estaria passando por isso.

— Olhe essa gente toda trabalhando em conjunto, se ajudando. As grandes empresas gastam milhões pra tentar unir funcionários, para que executem trabalhos em equipe, se ajudando. O capitalismo incentivou tanto a competitividade que hoje é preciso um retrocesso para que vistam a camisa da empresa e lutem por ela em vez de entre si.

"E você consegue fazer isso sozinha, com a sua gentileza, com sua garra, colocando a mão na massa junto com eles, mostrando que eles fazem parte disso e que o trabalho deles é tão importante quanto o seu. Eles não fazem porque te respeitam, Eva, mas porque te admiram.

"Passei anos viajando pra outros países, fazendo cursos, pesquisando, estudando, para aqui em Arumã entender o que é ser um líder. A sua equipe, Eva, tem uma erva daninha, e ela não pode ter força para derrubar uma líder como você."

— Você está certo! — concordou ela, passando a mão no rosto. — Eu preciso enfrentar isso.

— Se precisar que eu fique um tempo a mais aqui com você, eu levo o Arthur para ficar com a minha mãe e volto pra te ajudar.

Eva juntou as sobrancelhas, com vontade de chorar.

— Faria isso por mim, doutor?

— Estamos aqui para ajudar, patroa.

Vinte e seis de Julho

DE MANHÃ BEM CEDO, Eva montou em Pelé e foi até a comunidade, onde todos a aguardavam. O trabalho a partir daquele dia seria duro. Tudo estava em desordem e a líder precisaria de todos para reconstruir o que fosse necessário.

Eva se aproximou do grupo montada em Pelé. Olhou um a um, viu olhos tristes e assustados. Precisava devolver a segurança e confiança depositada nela àquelas pessoas.

— Ontem foi o pior dia da minha vida e tenho certeza que o de vocês também. O que aconteceu foi uma tragédia. Profanaram nosso lar, destruíram nosso trabalho, desrespeitaram os nossos animais. Mas essas pessoas não vão conseguir acabar com nossa dignidade, respeito e capacidade de se superar. Precisamos retomar o equilíbrio e a harmonia em Arumã. Respeitamos a terra e não vamos aceitar que profanos e descrentes invadam aquilo que é sagrado para nós.

— Os deuses estão contra nós, patroa.

— Isso não foi obra dos deuses, meu amigo, foi obra do homem. Um homem desonrado e profano. Nós, de Arumã, não somos predadores, somos parte da natureza.

— Com você do nosso lado, patroa, não vamos temer nada.

Eva ficou em silêncio e engoliu a raiva que estava sentindo de si mesma. Agora entendia o quão aquelas pessoas eram dependentes dela. Antes achava que fazia o certo, cuidando delas com todo amor do seu coração, mas era como uma mãe egoísta e excessivamente protetora. Não havia percebido o quanto estava fazendo mal a eles ao não deixar que voassem com suas próprias asas. E mais do que nunca sabia que não poderia partir.

Eva encheu o peito e olhou um a um, era o que faria por eles, seu povo, que a amava tanto quanto ela os amava. Nem que isso lhe custasse o sacrifício de ver Marcos partir.

— Nesse momento, preciso mais do que nunca de cada um de vocês. Preciso de voluntários para reformar a Casa Branca, refazer as cercas, contar os animais. O que puderem fazer será bem-vindo. Temos que nos organizar em grupos para dividir a rotina. Por favor, os voluntários levantem as mãos.

Marcos sorriu ao ver todos, sem exceção, levantarem as mãos. Incluindo a professora Carmem, seu Guma, ainda debilitado, dona Ana e as crianças, que não aguentariam nem levantar uma enxada.

Eva ergueu o queixo sentindo uma imensa vontade de chorar, mas eles precisavam da sua força, da sua coragem, da Eva mística para se sentirem confiantes novamente. Marcos percebeu o esforço dela para se manter firme e se encheu de admiração e orgulho. Eva finalmente disse, tentando disfarçar a voz embargada:

— Agradeço do fundo do coração, crianças, mas vão brincar. O tempo de vocês ajudarem vai chegar. Aos demais, nem sei como agradecer.

— Patroa — disse um dos membros do grupo. — E quanto à ordenha?

— Vamos ver o que é possível recuperar. Mas para os próximos dias teremos que fazer um mutirão e ordenhar na mão, como sempre fizemos. Depois vamos reconstruir tudo. O doutor Marcos vai fazer um projeto e a Casa Branca vai ficar melhor e mais eficiente do que era.

— Mesmo a gente refazendo tudo, patroa, alguém está trazendo a desgraça pra Arumã. Mataram o Zezé, mataram Kevin Costner, Justin Bieber e agora isso. Morei aqui a vida toda. Nunca vi nada disso acontecer.

— É, e tudo começou quando o doutor pisou aqui — adicionou outro.

Um burburinho se espalhou, concordando com o homem.

— Já temos um suspeito, mas como não temos provas ainda não podemos denunciá-lo. E isso nada tem a ver com o doutor Marcos. Ele está aqui de passagem. Só preciso que confiem em mim e tudo vai voltar a ser como antes. Eu prometo.

Todos voltaram ao trabalho. Eva desmontou e se aproximou de Marcos.

— Você foi muito bem.

— Obrigada, mas nem sei se passei a segurança necessária, eu não sei se posso protegê-los.

— Estão associando a minha presença aqui com as coisas que estão acontecendo.

— Não se preocupa, só estão assustados.

Eva viu Jacira se aproximar correndo e lhe chamando.

— Patroa, o mestre está te chamando na casa dele.

Eva e Marcos foram apressados até a casa do mestre, que os aguardava na porta. Entraram na casa e viram Toledo sentado numa cadeira com as mãos amarradas. Ela se aproximou dele, pousou a mão no encosto da cadeira, olhando nos seus olhos.

— Por que tanto ódio, Toledo?

— Não fui eu.

— Como não foi você? E a frase que deixou na porteira?

— Não fui eu, patroa.

Eva se aproximou ainda mais dele. Com olhar ameaçador, despejou:

— Quero que suma dessas terras e nunca mais volte aqui.

— Ou o quê?

— Ou vou fazer uma denúncia e chamar a polícia.

Ele sorriu.

— A polícia nesse fim de mundo? Tá ficando muito tempo junto do doutor, patroa.

— Pois bem. Então vou deixar a ordem para cada peão dessa fazenda, ou melhor, cada peão de todas as fazendas vizinhas. Eles vão saber que Toledo desafiou Anhangá, matou animais e trouxe desgraça para as terras de Arumã. Vou contar o que está acontecendo aqui e vou dizer que é melhor te transformar num corpo-seco do que ficar por aí solto, enfurecendo os deuses. Você não vai atravessar a cerca vivo.

Toledo parou de sorrir, e Eva se sentiu satisfeita por ver medo nos seus olhos. Deu-lhe as costas, contudo o homem se levantou, indo até ela, mas Heitor o segurou pelo pescoço.

— Aonde pensa que vai? — Quis saber o peão enfurecido.

Ela se virou para Toledo, encontrando uma expressão dura e olhos firmes.

— Não fui eu, Eva — disse mais uma vez.

Eva parou os olhos nos dele. Por um momento, sentiu certa verdade naquelas palavras, mas não havia dúvidas, só ele sabia sobre a inseminação. Ela saiu sem lhe dizer nada. Marcos foi atrás dela, preocupado.

— Acha que isso vai adiantar? Não acha que ele pode voltar aqui e fazer mal a alguém? Acho melhor avisar a polícia, Eva.

— Você sabe que não vai acontecer nada a ele. Colocar medo é o melhor a fazer.

— Ele disse que não acreditava nas crendices.

— Quem nasce aqui, Marcos, acredita. Ele não é má pessoa, só não gosta de receber ordens. Ele não vai mais nos incomodar. Não sei por que, mas algo no fundo do meu coração me diz que não foi ele que fez tudo isso.

Vinte e sete de Julho

EVA ESTAVA VOLTANDO DE SUA FISCALIZAÇÃO do fim do dia quando viu um viajante com duas mochilas nas costas e um pedaço de pau na mão. Galopou até ele e mesmo antes de se aproximar reconheceu o peão.

— Heitor... Aonde vai? — Ele não respondeu e continuou andando. Eva desmontou e parou à sua frente, fazendo que parasse de andar. — Ei, peão, aonde vai?

— Me deixa em paz, Eva — respondeu, ríspido.

— Ficou louco? Aonde vai?

— Não deu pra perceber, patroa? Estou indo embora.

— Como assim?

Ele a encarou e juntou as sobrancelhas, visivelmente irritado.

— Posso aguentar muita coisa nessa vida, Eva, só não posso aguentar ver você nos braços daquele doutor.

— O que você está dizendo?! — disse, incrédula. — Peão, sou eu, a Eva.

Ele agarrou Eva pela cintura e a puxou para junto do seu corpo, tentou beijá-la, mas ela colocou a mão em seu peito.

— Não faz isso, Heitor! — ordenou ferozmente.

— Eu te quero, Eva, quero você pra mim. E parece que já arrumou outro pra ser o seu capacho. Eu não tenho mais serventia aqui.

Ele a soltou e continuou caminhando. Eva jogou os cabelos para trás, olhando o peão se afastando, soprou o ar dos pulmões e voltou para seu cavalo.

Chegando em casa, Isalina estava aflita, esperando-a na varanda.

— O que foi, Isa?

— O doutor.

Eva entrou correndo e foi direto até o quarto, viu Marcos sentado sobre a cama como da primeira vez. Ajoelhou-se diante dele e tomou seu rosto entre suas mãos, tentando achar seus olhos.

— Marcos, fala pra mim o que foi...

— Estou bem... — disse, sem conseguir respirar.

— Marcos, por favor...

— Só me toca — pediu, ofegante, colocando a mão de Eva no seu rosto. — Já vai passar. Fica aqui comigo.

Eva olhou para Isalina na porta e acenou com a cabeça, dizendo que estava tudo bem.

— Não deixa o Arthur entrar aqui, tá?

— Tá.

Isalina, ainda com olhos arregalados, saiu. Eva beijou seus lábios frios. Seu corpo estava molhado de suor. Sentou-se na cama, abraçou-o e o aconchegou em seu peito.

— Por que isso acontece?

— Já vai passar...

— Preciso fazer alguma coisa — disse enquanto beijava seus cabelos.

Depois de um tempo, a crise cessou. Eva se levantou, decidida, pegou um cobertor e colocou sobre os ombros dele.

— O que está fazendo? — Marcos perguntou.

Eva passou o braço por sua cintura.

— Vem comigo, Marcos.

Ela o conduziu para fora, indo até a caminhonete.

— Aonde vamos? — Eva não respondeu, então ele tentou impedi--la. — Estou bem.

— Por favor...

Eva abriu a porta do carona e o ajudou a se sentar. Contornou a caminhonete, dirigiu até a colônia e parou diante da casa do mestre. Desceu e bateu na porta, desesperada, com os olhos inundados.

— Mestre... Mestre, me ajuda!

— O que foi, Eva?

— O doutor está doente, preciso levá-lo à tribo.

Mestre Ubiraci vestiu um casaco, saiu apressado e entrou na caminhonete. Eva dirigiu em silêncio pela estrada escura por trinta minutos. Em seguida, parou. Precisariam caminhar.

Ela tirou da carroceria da caminhonete um facão e uma tocha, que mestre Ubiraci acendeu prontamente. Eva ajeitou um cobertor sobre os ombros de Marcos e passou o braço por sua cintura novamente.

— Aonde vamos? Eu estou bem, Eva.

— Só vem comigo, por favor — sussurrou.

Marcos obedeceu, apesar de estar um pouco assustado. A mata estava completamente escura e não seguiam uma trilha. Era aterrorizante. Caminhavam entre a vegetação, nem era possível ver adiante.

Mestre Ubiraci ia na frente, fazendo o próprio caminho usando o facão. Pouco tempo depois, chegaram numa área de terra batida, cercada pela floresta, na qual havia cinco ocas: umas feitas de bambu e outras de palha. Ao centro, uma fogueira iluminava o lugar e aquecia alguns índios. O ar tinha cheiro de pão.

Ao virem os visitantes, os índios, completamente nus, levantaram-se, atentos e ao mesmo tempo curiosos. Marcos examinou o lugar e ficou boquiaberto:

— Por que estamos aqui? — Sua voz saiu num sussurro.

O mais forte deles, que Marcos reconheceu ser o mesmo que haviam encontrado na floresta, disse algo num tom alto. Os demais saíram de dentro das ocas, mulheres, crianças e idosos. O forte guerreiro se aproximou dos intrusos, e mestre Ubiraci foi avisando:

— Desculpa por invadir a sua casa, mas estamos precisando de ajuda.

Antes que pudesse dar explicações, o pajé, fumando um cachimbo, aproximou-se olhando um a um nos olhos. Perguntou para mestre Ubiraci:

— Por que estão aqui?

Eva olhou para baixo humildemente.

— Eu suplico sua ajuda, Ubatã.

Enquanto mestre Ubiraci fazia a tradução, Marcos olhou para Eva.

— Vocês são corajosos — observou o índio velho. — Não se enfrenta a floresta à noite. O que vocês querem?

— Mestre, diz pra ele que faço qualquer coisa pela tribo, o que ele pedir, pra que ele tire o mal que o Marcos tem. — Ergueu os olhos inundados e o queixo trêmulo para o pajé. — Eu faço qualquer coisa.

Marcos olhou para Eva com o coração batendo forte dentro do peito. O pajé olhou para o executivo por um tempo e apontou para a oca menor.

Eles caminharam para o meio da tribo, passando entre o grupo de indígenas. Marcos olhou para todos aqueles rostos de olhos curiosos. Eram lindos, e, por mais que seu ceticismo fosse predominante, era impossível não acreditar que existia algo místico neles.

Duas meninas que não passavam dos quatro anos sorriram para ele, e Marcos correspondeu.

Dentro da pequena cabana havia uma esteira de palha sobre o chão de terra, alguns cestos e utensílios. Somente a luz de fora iluminava o lugar.

Ubatã apanhou duas cuias, ajoelhou-se ao lado da esteira e falou com o mestre.

— Eva — disse o mestre. — Ele quer que o Marcos tire a camisa e se deite na esteira.

— Eva... — sussurrou Marcos com certa resistência.

Ela tomou seu rosto entre suas mãos e beijou seus lábios delicadamente para que não dissesse nada. Encarou seus olhos e sussurrou:

— Faz por mim, peão, eu acredito.

Marcos acariciou seu rosto, tirou a camisa e se sentou sobre a esteira, sem força emocional para relutar. O pajé lhe ofereceu a cuia. Marcos a apanhou, olhou o líquido e tomou num único gole, fazendo uma careta por conta do gosto amargo. Imediatamente, sentiu-se tonto, precisou da ajuda de Eva para se deitar.

— Fecha os olhos, Marcos — Eva sussurrou.

Antes de se entregar ao entorpecente, Marcos disse olhando no seu rosto, que já começava a perder a nitidez:

— Eu te amo, Eva!

Ela sorriu, vendo-o adormecer profundamente. Ubatã tomou algo também e se sentou no chão, cruzando as pernas. Colocou mais fumo no cachimbo e o tragou com os olhos fechados.

Eva e o mestre se ajoelharam ao lado de Marcos. O pajé entrou num transe e depois de um tempo passou a cantar e baforar a fumaça sobre eles.

Marcos abriu os olhos e viu que estava no meio do oceano. Olhou assustado à sua volta, só havia água por todos os lados. E o frio que parecia cortar seu corpo.

— Marcos... — Ele ouviu um sussurro de alguém lhe chamando.

— Tem alguém aí?

Olhou para os lados e escolheu um deles para nadar e seguir adiante. Nadou desesperadamente até sentir os braços queimarem. Parou, mas parecia que não havia saído do lugar.

— Marcos... — Ele ouviu mais uma vez. Dessa vez, estava atento ao chamado e se concentrou nele. — Marcos...

Percebeu que a voz vinha do lado esquerdo e passou a nadar naquele sentido. Então investiu suas forças. Nadou. Nadou. Queria muito vencer o oceano, precisava achar terra. Continuou com as braçadas, sentia cada músculo do seu corpo se fatigando, mas a mente estava sã e mandava estímulos para o seu corpo para que não parasse.

— Marcos...

Passou a nadar mais rápido. Como quando era adolescente, com a leveza de uma pluma. E as braçadas não paravam. Precisava encontrá-la.

Então sentiu uma onda se chocar contra sua cabeça. Parou de nadar e olhou para a frente: uma praia. Marcos continuou ainda mais rápido, até que tocou a areia. Ajoelhou-se, sentindo falta de ar, as pequenas ondas batendo contra suas costas. Vomitou água do mar por algum tempo e depois sentiu um frio arrebatador.

— Marcos...

Ele continuou, precisava prosseguir. Passou a engatinhar até chegar à areia seca e se atirou sobre ela, sussurrando:

— Eu... preciso... continuar.

— Marcos.

Tentou ficar em pé, mas não conseguiu e começou a chorar.

— Me perdoe... Me perdoe por não chegar a tempo. — Marcos se ajoelhou e berrou, seu grito se perdendo no nada: — Me perdoe! Me perdoe!

Ele curvou o tronco para a frente, recostando a testa sobre a areia, chorando compulsivamente. O desespero tomou conta do seu ser e ele se encolheu feito criança com medo do escuro.

Sentiu as mãos tocarem sua nuca em uma massagem. Ele parou de chorar e deixou sua atenção presa naquele toque, até se livrar da angústia.

Ergueu-se novamente para ver quem o tinha livrado do mal que o atormentava, e ao vê-la sentiu seu queixo tremer.

— Deborah! — Ela sorriu, o sorriso que ele conhecia bem, fino e com olhos apaixonados. — Como pode estar aqui?

Ela o abraçou. Marcos pôde sentir seu corpo e o quanto aquilo era reconfortante. Abriu os olhos e na faixa de areia, ao longe, viu um indígena os observando. Apertou os olhos para ter certeza de que não era uma miragem, mas o homem continuou ali.

Deborah se desprendeu dos braços de Marcos e o olhou nos olhos.

— Você está aqui...

— Quero que fique em paz, Marcos. Eu estou bem.

— Eu não fui... Eu não cheguei...

— Shh! — disse ela com o dedo na frente dos lábios. — Está tudo bem, meu amor. Cuide do Arthur, do fruto do nosso amor — disse num sussurro. — Cuide dele, Marcos. Eu confio em você.

— Você me perdoa?

Deborah tocou sua barba e sorriu.

— Não há o que ser perdoado, amor.

Marcos se curvou para a frente e sentiu enjoo. Eva o amparou, esperando que o mal-estar passasse. Depois, voltou a deitá-lo, ainda sonolento.

Ubatã voltou em si e abriu os olhos, passando-os por toda parte para se certificar do local exato no qual se encontrava. Olhou para Eva e disse:

— Nunca mais lhe faltará o ar. Era doença da alma. Culpa. — Mestre Ubiraci traduziu para Eva. — Mas a doença que existe nele é vontade de Deus.

— Por favor, mestre... — disse, piscando várias vezes, impedindo as lágrimas de escorrerem.

O mestre falou com o pajé novamente e se voltou desapontado para Eva:

— Ele disse que a cura dele o afastará de você. Há coisas que não podemos mudar, Eva.

Vinte e oito de Julho

EVA SAIU NA MADRUGADA para ajudar na ordenha manual. Depois ajudou na contagem dos animais e a separar o que não havia sido destruído pelo fogo. Ficou olhando Daniel esfregando a porteira de madeira para apagar a frase "Pai das novilhas". Mesmo estando ao lado deles e dando incentivo, dentro dela uma chama havia sido apagada com aquela tragédia, a partida de Heitor e o mal que existia em Marcos.

Naquele dia, o executivo havia passado o dia todo no computador desenhando um novo projeto para a Casa Branca. Fazia tempo que não se sentia tão útil.

Eva percebeu que parecia bem-disposto desde que voltaram da aldeia na noite anterior. Disse que não se lembrava de muita coisa, apenas de um sonho com a ex-esposa.

No jantar, os ânimos também se mostravam abalados com tudo o que tinha acontecido, até dona Ana voltara para seu estado de quase morte.

Eva quis ir dormir cedo, e Marcos cochichou nos seus ouvidos, dizendo que mais tarde iria no seu quarto.

Pouco tempo depois, sonolenta, Eva sentiu mãos acariciando seu corpo. Sorriu e esticou o braço para tocar Marcos, mas ele a deteve e continuou com as carícias. Eva se sentou, tentando tocá-lo, porém ele segurou suas mãos para trás e encontrou seus lábios. Ela cedeu ao beijo, mas percebeu que algo estava errado. Soltou uma das mãos para tocar seus cabelos, contudo ele a impediu de novo. Eva recuou imediatamente.

— Quem está aí?

Sentiu seu nariz ser coberto por um pano umedecido em clorofórmio e segundos depois desmaiou.

Marcos atravessou o corredor escuro, tateando as portas. Chegou até a porta do quarto de Eva e entrou, sentindo o ambiente muito frio. Olhou para a janela, que estava aberta, e chamou:

— Amor. — Ela não respondeu, então ele foi até a cama e se deitou. — Eva... — Esticou os braços e não a encontrou na cama. Tateou por todo o colchão. — Eva?!

Foi até a sala para pegar o lampião e voltou para o quarto para se certificar de que ela não estava lá. Olhou para fora da janela, mas viu apenas escuridão. Voltou para o corredor, nervoso, e bateu no quarto de dona Joana.

— Dona Joana... Dona Joana...

A mulher abriu a porta espremendo os olhos.

— Posso ajudar, Marcos?

— A Eva não está no quarto.

— Já olhou na cozinha? Ela anda pela casa no escuro.

— A janela do quarto dela está aberta...

Dona Joana foi até a cozinha e acendeu as luzes da casa. Isalina também se levantou, assustada.

— O que vocês estão fazendo? Dona Ana acordou?

— Não encontramos a Eva em lugar nenhum.

Todos passaram a andar pela casa chamando por ela. Marcos se irritou.

— Ela não está aqui. Foi aquele cara. — Marcos correu até o quarto para ter certeza de que o filho estava bem. Arthur dormia profundamente. — Isalina, se certifique de que todas as portas e janelas estão trancadas, cuide do Arthur e não abra a porta para ninguém ou saia daqui.

— Pode deixar comigo, doutor.

— Vou falar com o mestre.

Marcos e dona Joana dispararam pela fazenda. Foram até a casa do mestre Ubiraci e lhe contaram o que estava acontecendo. O mestre imediatamente apanhou o berrante e saiu pela fazenda tocando o instrumento.

Em poucos minutos, todos os habitantes da colônia correram para o local de encontro, assustados. Dois deles acendiam tochas para iluminar o local. Quando todos estavam presentes, o mestre parou de tocar e explicou:

— Se alguém sabe onde está a Eva, por favor, levante a mão. — Marcos, mestre Ubiraci e dona Joana passaram os olhos pelos moradores; ninguém se manifestou. — Então tudo que posso dizer é que a Eva foi raptada. — Houve um burburinho de indignação. O mestre se virou para Marcos e confidenciou: — Achei que você tinha trazido desgraça pra nossas terras, mas na verdade sua presença aqui só fez o mal se manifestar.

— Eu não estou entendendo...

— Anhangá está aqui porque havia um mal entre nós e você o despertou.

— Toledo está com a Eva?

— Sim.

— Vamos chamar a polícia, então!

— Já disse, doutor, aqui é por nossa conta — alertou mestre Ubiraci. — A vila mais próxima tem uma viatura com dois policiais. Vão levar uma hora e meia para chegar aqui. Eles mal têm armamentos e noção de busca. Não vão nos servir de nada.

— Mas podemos ligar para municípios maiores...

— Até chegarem aqui, Eva vai estar longe. Sabe-se lá o que ele pretende.

— Então vamos nos organizar. Você conhece esta região muito bem. Não podemos perder mais tempo.

Marcos subiu na cerca e olhou no rosto de todas aquelas pessoas. Apesar de notar olhares hostis sobre ele, ainda se sentia parte deles, parte de Arumã.

— Preciso da ajuda de todos neste momento. O Toledo sequestrou a Eva.

— Não foi ele. O Heitor antes de partir disse que você faria mal à patroa e colocaria a culpa no Toledo.

— Não — reafirmou o mestre Ubiraci —, foi o Toledo.

— Ele disse que o mestre, como a patroa, estava enfeitiçado pelo doutor.

— Eu nunca faria mal a ela, eu a amo — declarou Marcos. — Rudá nos escolheu. — Mestre Ubiraci sorriu, sentindo sinceridade naquelas palavras. — E se vocês não puderem me ajudar, vou sozinho. Não sei se terei êxito. Vocês fazem parte disso aqui, conhecem cada pedacinho deste chão. Não façam isso por mim, façam por ela. Eu preciso encontrá-la — disse num tom de súplica.

De repente, Ubatã saiu de dentro da floresta segurando uma tocha e um colar. Os habitantes da colônia se viraram para o índio, maravilhados. Sabiam que os indígenas moravam em Arumã, mas poucos os tinham visto. O velho, nu e com a pele pintada de preto e vermelho, aproximou-se do mestre Ubiraci.

— Anhangá está rondando as terras de Arumã e quer um de vocês. Alguém está semeando o caos.

— Sabemos disso, animais foram mortos. E um dos nossos sequestrou a Eva. Vamos sair em buscas.

— Eu sei, vi isso nas estrelas. Por isso estou aqui. Leve... — pediu o pajé, estendendo o colar. — Isso é uma proteção para seu líder. Respeitem a floresta ao entrarem. Os deuses não gostam que andem por ela à noite. Boa sorte.

— Obrigado, Ubatã!

— O que ele disse, mestre? — perguntou Marcos, aproximando-se.

— Disse que viu num sonho que a Eva seria sequestrada e que está aqui para entregar essa proteção ao líder. Eu acho que você deveria usar.

Marcos deu os passos que faltavam entre ele e o índio e se inclinou para que colocasse o colar ao redor do seu pescoço.

— Muito obrigado — agradeceu o executivo olhando para Ubatã e se voltou para os moradores da colônia. Com aquele gesto do índio, percebeu que os moradores estavam mais amigáveis. — Não podemos perder mais tempo.

— Temos três saídas da fazenda — avaliou Daniel —, podemos fazer grupos e disparar por esses caminhos. Se ele está a cavalo, tem que ter ido por um deles.

Marcos assentiu.

— Vamos, então.

Dona Joana se aproximou de Marcos e juntou as mãos olhando nos seus olhos.

— Que os deuses te acompanhem. Por favor, traga minha Eva de volta.

— Vou trazê-la, dona Joana — prometeu com convicção.

Rapidamente, todos se organizaram em três grupos de cinco homens. Cada líder levou um berrante para avisar se a encontrasse. Se armaram com facões, tochas e cordas e seguiram viagem. Os demais faziam uma varredura a pé pelas redondezas.

Eva abriu os olhos, mas não pôde ver nada, o lugar estava completamente escuro. Tossiu várias vezes, sentindo algo grudar na sua garganta. Respirou fundo por mais algumas vezes, tomando consciência. Sentiu muito frio. Tentou se mexer, entretanto percebeu que estava com os pulsos e tornozelos amarrados. Também tentou se soltar, porém foi inútil.

Parou de se mexer e ficou em silêncio. O lugar era úmido e o pijama que usava estava molhado. Sabia onde estava, o barulho da queda-d'água lá fora era familiar. Estava na gruta atrás da cachoeira.

Ouviu alguém se atirar na água e segundos depois viu um vulto.

— Pimenta, está acordada?

— Heitor, me ajuda, estou aqui. Amarrada. — Heitor acendeu um isqueiro, levou-o para perto dela e tocou seu rosto. — Me ajuda, Heitor.

— Não posso soltá-la.

Eva parou para pensar por um momento, e uma avalanche de evidências vieram à tona: Heitor era o traidor.

— Você fez isso? Não pode me obrigar a ficar com você.

— Você é minha agora. — Heitor se agachou ao lado dela e se aproximou dos seus lábios.

Eva sentiu o cheiro forte de álcool. Os dedos dele tocarem sua nuca, mas ela manteve a calma.

— Não podemos ficar aqui pra sempre.

— Vamos para o Paraná. Só estou esperando as buscas por aqui acabarem.

— Matou os animais?

— Eu estava com raiva.

— Você colocou fogo na Casa Branca?

Heitor apertou os cabelos dela entre os dedos, mas ela não demonstrou que estava doendo.

— Vi vocês de chamego no mato.

— E vai fazer o que comigo, peão?

— Vou cuidar de você, Pimenta. Uma mulher como você, Eva, tem que ser no laço. Aquele doutor de merda não ia dar conta, não. Você ia se apaixonar por mim, mas aquele bosta apareceu.

Eva se inclinou para ficar ainda mais perto dos lábios dele.

— Achei que não nutria nenhum sentimento por mim, peão. Nunca me disse nada.

Heitor limpou o nariz com o dorso da mão, pareceu confuso, deslizou a mãos pelo rosto dela.

— Eu te amo, Eva! Sempre te amei. Desde o dia que botei meus olhos em você.

— Mas manteve esse sentimento por todo esse tempo guardado e nunca me disse nada? Como eu ia saber? — Ele olhou para ela de lado, desconfiado. — Não precisava ter tido todo esse trabalho, peão. Se tivesse me contado...

Eva se inclinou para mais perto, ficando muito próximo dos seus lábios. Heitor olhou seus lábios e a puxou com violência, beijando-a vorazmente. Eva sentiu repulsa, nojo, raiva, mas precisava manter a calma. Ele estava bêbado e, por isso, vulnerável.

— Me desamarre...

— Não posso, Pimenta. — Eva sabia que tinha que ganhar a confiança de Heitor, então se sentou e passou os punhos amarrados atrás do pescoço dele, beijando-o novamente, mostrando que se incendiava a cada beijo. — Ah, Pimenta, eu te quero.

— Como eu não iria gostar de um homem como você, Heitor? — beijou-o novamente. — Me desamarre, peão — pediu entre seus lábios.

Heitor, sem se desprender do beijo, tateou o chão à procura do facão. Deslizou a lâmina pelas cordas dos seus pulsos. Eva sorriu e voltou a beijá-lo, passando a mão pelo seu rosto. Sentiu Heitor deslizar as mãos por seu corpo e teve vontade de empurrá-lo.

A jovem se afastou, e Heitor ascendeu o isqueiro novamente para ver o que ela estava fazendo. Eva ficou em pé e tirou a camiseta, ainda se mostrando cheia de desejo, vendo o homem ficar em êxtase. Abaixou a calça, ficando apenas de calcinha. Tentou se livrar da peça, mas as cordas nos seus tornozelos a impediram. Heitor se desprendeu do torpor de ver o corpo dela e num único golpe com o facão rasgou as cordas.

Eva se livrou da calça, jogando-a contra o rosto dele. Então se atirou no rio. Heitor se levantou, enfurecido, e se jogou também. Eva nadou até a queda mais alta e subiu na ponta de uma pedra.

— Eva! Não!

— Prefiro estar morta do que ser tocada por você novamente.

A peoa fechou os olhos e se atirou sem medo algum.

Marcos saiu com um grupo, mestre Ubiraci com outro. O grupo de Marcos seria o que atravessaria o rio. Um dos homens às vezes descia do cavalo e examinava árvores, galhos e o chão. Entendeu que ele devia seguir rastros. Quando chegaram no rio, ele disse:

— O rastro chega até aqui. Eles cruzaram o rio, doutor. Eu tenho certeza.

— Foram pra estrada da fazenda dos Noronha — disse outro homem.

Seguiram mais confiantes e atravessaram o rio, que tinha aproximadamente um metro de profundidade; em alguns trechos era mais raso, em outros mais fundo.

Marcos desmontou e puxou Pelé, já tinha visto Eva atravessar assim com o animal. Mas Pelé estava relutante e passou a medir forças com ele, dando passos para trás.

— Ah, não! Não faça isso comigo agora. — Marcos puxava o cabresto, no entanto Pelé passou a empinar as patas dianteiras, irredutível. — Vamos, Pelé, por favor!

Marcos olhou para o outro lado do rio e viu que os últimos homens haviam sido engolidos pela escuridão. Cansado de medir forças com o garanhão, parou, decidido a atravessar sozinho. Olhou à sua volta e só havia silêncio e escuridão. Era apavorante.

Os homens tinham levado as tochas, mas graças a Jaci, que brilhava intensamente no céu, era capaz de ver o que estava mais próximo dos olhos. Voltou a olhar ao redor, pensou que se tivesse algo errado o cavalo perceberia, mas Pelé naquele momento bebia água tranquilamente.

Até ouvir os estalar de galhos. Marcos olhou para trás em alerta. Pelé também. Aproximou-se do cavalo pronto para montar, porém ouviu o som ainda mais perto. Então permaneceu imóvel, sentindo o coração disparar. Pensou que se fosse Toledo ele certamente estaria com algum tipo de arma.

De repente, o som estava bem à sua frente, e dentre as moitas surgiu um cervo albino que tinha o tamanho de uma vaca, chifres imensos e olhos vermelhos.

— Não é possível! — sussurrou.

Marcos ficou o encarando, mas o medo lhe percorreu a espinha. O animal belíssimo devia pesar uns mil quilos e, se avançasse sobre ele, Marcos não teria nenhuma condição de defesa.

Deu dois passos para trás, porém a escuridão o impediu de ver a raiz de uma árvore que sobressaía da terra, o que o fez cair sentado. Continuou imóvel no chão, com medo que o animal se aproximasse, e foi exatamente o que ele fez.

Apesar de colossal, o cervo deu passos suaves na sua direção e baixou a cabeça num movimento elegante, levando o focinho até o rosto de Marcos, que parou imediatamente de respirar.

Pensou que com apenas uma pata o animal o esmagaria, ou que o ergueria facilmente com seus chifres. Ficaram nesse reconhecimento por alguns segundos. O cervo cheirou seu rosto e fungou no colar. Em seguida, disparou pela floresta.

Pelé começou a dar passos na direção em que o cervo havia sumido. Marcos se levantou rapidamente e o chamou:

— Pelé... Pelé... aqui...

Sorrateiro, Marcos se aproximou do cavalo, montou-o e deixou que ele escolhesse o caminho. Cada galopada de Pelé fazia Marcos ter certeza de que, se não achasse Eva, nunca conseguiria voltar sozinho.

Pelé continuou veloz, parecia saber para onde estava indo. Marcos não podia deixar de achar que o cervo era sinal de algo.

Naquele ponto, reconheceu o caminho: estavam perto da cachoeira. Marcos ordenou que o cavalo corresse ainda mais, uma mistura de medo e ansiedade em seu estômago.

Chegando à parte íngreme, viu um cavalo preso numa árvore. Não havia dúvidas de que Eva e Toledo estavam ali.

Desmontou, amarrou Pelé também, distante do outro animal, e seguiu subindo o morro, sentindo os braços sangrarem, pois era com eles que afastava a vegetação, abrindo caminho. Alguns minutos depois, avistou o véu cristalino sob o qual havia feito amor com Eva. Tinha certeza de que ela estava ali e se culpou por não ter pego uma arma para se defender.

Ficou em silêncio, analisando todo o perímetro para garantir que não seria pego de surpresa. A audição era sua única defesa.

— Eva! Eva!

Marcos decidiu entrar no rio. A água estava muito fria. Mergulhou até a queda d'água, apoiou as mãos e colocou a cabeça para dentro, em direção à gruta, mas algo o atingiu no rosto violentamente, fazendo-o cair novamente na água. Tentou se levantar, mas foi puxado para trás.

Foi quando viu Heitor, que lhe deu outro golpe no rosto. Marcos caiu novamente na água e sentiu as mãos do rival lhe segurarem os ombros para que ele não conseguisse emergir. Sentiu que seria seu fim. Debatia-se violentamente, tentando se desprender. Alguns segundos depois naquela agonia, Marcos parou de se mexer.

Heitor, satisfeito, soltou seus ombros. Então Marcos se levantou e o golpeou com uma pedra no rosto duas vezes. Quando acertou seu queixo em cheio, o homem caiu, desacordado.

Marcos colocou as mãos nos joelhos, tentando respirar e se manter em pé, vendo seu próprio sangue escorrer do seu rosto e pingar na água. Voltou a atravessar a queda-d'água e tateou a gruta.

— Eva! Eva, você está aí? — Achou uma mochila e o pijama de Eva. Voltou para o rio e sentiu o medo novamente lhe invadir, imaginando o que Heitor poderia ter feito com ela. Berrou o mais alto que pôde: — Eva!

O som se espalhou pela floresta, em seguida apenas o silêncio absoluto. Passou as mãos pelos cabelos, desesperado. Até ouvir alguém lhe chamar:

— Marcos! — Ele se virou, assustado, e se deparou com uma jovem indígena de cabelos longos que iam quase até os tornozelos. Estavam úmidos. Ele baixou os olhos imediatamente, pois a moça estava nua, mas ela o chamou novamente, a voz doce: — Marcos, eu encontrei a Eva.

Marcos sorriu, mas demorou um pouco para ter uma reação, seduzido por sua beleza. A jovem se atirou na água, pulando da queda mais alta. Marcos, sem perceber o perigo que corria, fez o mesmo, chocando-se contra as pedras no fundo. Sentiu uma dor aguda no ombro e emergiu. A jovem nadou ao redor dele e perguntou:

— Está ferido? — Marcos balançou a cabeça negativamente. — Vem...

Ambos desceram rio abaixo. Marcos nadou como há muito não fazia, tão ágil e preciso nos seus movimentos que nem a água fria era capaz de fazê-lo parar.

Emergiu novamente para se certificar de onde estavam. Olhou ao seu redor, um breu para todo lado, mas viu a indígena acenar para que continuasse. Ele obedeceu e os dois voltaram a nadar no sentido da correnteza.

Marcos se chocou contra algo e voltou para a superfície. Procurou pela moça. Viu Eva seminua, com parte do corpo dentro da água e abraçada a uma pedra. Nadou com certa dificuldade até chegar à margem, a correnteza ali era mais forte. Ele a abraçou por trás. Eva estava gelada, quase desacordada, notou que sua cabeça sangrava.

— Eva... Eva... — Suas pálpebras tremeram um pouco, até que conseguiu abrir os olhos lentamente. Marcos voltou a abraçá-la e beijou sua cabeça repetidas vezes, notando os lábios roxos. — Graças a Deus está bem. Venha... precisamos sair daqui.

Ambos saíram de dentro da água e se abraçaram.

— Você me achou.

Marcos se lembrou da jovem que o ajudou e afrouxou os braços, caminhando até a margem e observando o leito do rio. Eva achou aquela reação estranha e, um pouco vacilante, aproximou-se, tocando no seu braço, desconfiada.

— O que foi?

— Eva, pode ficar aqui um instante? Eu preciso achar a indígena que te encontrou. Ela mergulhou comigo e me ajudou, e não a vejo em parte alguma.

Eva arregalou os olhos e segurou sua mão.

— Não.

— Por favor... eu preciso encontrá-la, eu sei onde ela está.

— Marcos, não, Marcos. Não era uma indígena.

— Era, sim, ela estava nua, tem um cabelo muito comprido e me disse onde você estava...

— Os indígenas não falam a nossa língua, lembra? — Marcos juntou as sobrancelhas e ficou confuso por um momento, lembrando-se da voz dela. Eva passou os braços ao redor do seu pescoço e o beijou. — Vamos embora! — pediu, passando os olhos pelo rio.

Marcos a acompanhou, mas olhou diversas vezes para trás. Eva achou melhor saírem de perto do rio, mas ele ainda ouvia a tal indígena chamá-lo.

Voltaram para a cachoeira e viram Heitor no mesmo lugar, desacordado. A peoa o olhou com repulsa e em seguida desceram o morro até Pelé. Marcos tirou sua camiseta, torceu e a vestiu em Eva. Subiram no cavalo e partiram.

Minutos depois, Heitor se levantou com dificuldade, estava meio tonto e sentia dores no rosto. Passou a mão pelo queixo e observou seus dedos manchados de sangue. Olhou à sua volta, somente escuridão.

Entrou na gruta e pegou sua mochila. Precisava fugir. Lavou o rosto, vendo seu sangue se misturar na água. Ir contra o curso do rio era o único jeito de não encontrar ninguém da fazenda. Olhou para o caminho, que pareceu escurecer de repente, ergueu a cabeça para contemplar o céu e uma nuvem espessa cobriu a lua naquele instante.

— Merda!

Voltou a olhar para a frente, o caminho estava totalmente escuro e tudo que conseguia ouvir era o som da água. Percebeu que a cada passo tudo ao redor sumia de vista. Sentiu-se tonto e parou, apoiando as mãos nos joelhos.

Não fazia ideia para que lado seguir e achou melhor esperar amanhecer para continuar. Sentou-se onde estava, mas ouviu passos lentos quebrando gravetos atrás dele. Heitor agilmente voltou a ficar de pé e olhou à sua volta, mas tudo que pôde ver foi escuridão. Voltou a caminhar mais rápido, no entanto percebeu que aquele que o perseguia caminhava mais rápido também. Assustado, virou-se para trás.

— Quem está aí? Sou eu, Heitor, peão de Arumã.

Silêncio.

Heitor espremeu os olhos numa tentativa de conseguir enxergar, e entre as árvores surgiu um cervo albino. O animal o encarou com uma postura imponente, mas o peão não se deixou intimidar e deu passos lentos para trás. Como o animal não se moveu, o homem disparou a correr.

Seu coração traiçoeiro parecia querer explodir dentro do peito. Corria sem saber exatamente para onde estava indo, então se chocou contra uma árvore. O impacto o jogou para trás, passou a mão na testa, que sangrava, sentindo-se ainda mais transtornado. Balançou a cabeça de um lado para o outro, colocando os pensamentos em ordem, e olhou para a frente. Viu que não era uma árvore, mas alguém. Ergueu a cabeça para encontrar seu rosto e sussurrou:

— Não é possível!

Seu grito pavoroso se espalhou pela floresta. Pássaros voaram e animais se agitaram por toda parte. Pelé parou de galopar e empinou as duas patas dianteiras, fazendo os dois caírem. Eva se levantou rapidamente para acalmar o cavalo, passando a mão em seu pescoço.

— Calma, amigo. Está tudo bem.

— O que foi isso? — perguntou Marcos se levantando.

— Anhangá já teve sua vingança. Vamos embora, temos que sair da floresta.

Voltaram a montar no cavalo e retornaram para o casarão.

Vinte e nove de Julho

NO DIA SEGUINTE, houve um café da manhã especial para comemorar a volta da patroa. Eva abraçou todas as pessoas em forma de agradecimento, era nítida a felicidade no rosto deles.

Ela contou que Toledo não tivera participação no que havia acontecido e que Heitor era o traidor e culpado por tudo. Disse também que ele havia ganhado a punição que merecia.

No discurso, Eva assegurou a todos de que a partir dali nada de ruim iria acontecer, afirmando que estavam em paz com os deuses novamente.

Voltaram ao trabalho, dando início à reconstrução da Casa Branca. Dividiram-se em grupos para trabalharem na rotina. Outro grupo cuidou da recuperação e da construção do que havia se perdido naquela fatídica noite.

Eva nomeou Daniel como seu braço direito e o peão se mostrou muito empenhado em deixá-la orgulhosa.

Naquela noite, a roda teve um toque de festa, com música, cachaça e dança. Abraços e sorrisos. E serviu como um ponto de partida para dias melhores.

Trinta de Julho

NA FRENTE DO CASARÃO, nos primeiros raios do sol, já havia uma grande movimentação de pessoas. Todos trabalhavam duro para decorar o espaço.

Marcos estava muito à vontade naquela manhã, usava short e chinelo e estava junto de mais três homens, trabalhando na execução do projeto. Havia feito para Eva o esboço de uma pérgola feita de bambu para abrigar os noivos no momento da cerimônia. Eva achou a ideia genial, e desde cedo o executivo se empenhava no projeto.

No fim da manhã, abriu o caderno de Eva com a mãos sujas, olhou o rabisco que havia feito e olhou para a estrutura pronta. Ficou ainda melhor depois que as mulheres cobriram as laterais com tules brancos e os girassóis que pendiam do alto, presos por fitas.

Dona Joana e Isalina enfileiravam mesas e cadeiras de plástico pelo espaço no qual acomodariam os convidados, e sobre elas uma toalha azul feita pelas duas.

Leonardo, com um grupo de homens, cravava tochas no caminho pelo qual a noiva passaria, intercalando com caixas de madeiras cheias de girassóis e flores mosquitinhos. Algumas mulheres penduravam numa árvore fotos do casal em molduras de papel colorido em formato de coração.

A maior parte das pessoas estava no recinto preparando a comida, o bolo e os doces. Daniel se preocupava com os instrumentos e o repertório que iria apresentar.

Marcos passou os olhos ao seu redor. Todas aquelas pessoas trabalhavam em prol da felicidade do casal. De tão organizados, não eram necessários projetos mirabolantes nem plano de trabalho, incentivo ou liderança; apenas boa vontade, solidariedade e amor ao próximo.

Eva estava com a professora Carmem. Sentaram-se no chão com Arthur e as crianças da aldeia, amarraram fitas em volta de garrafas de cachaça que serviriam como vasos e depois as encheram com girassóis para decorar as mesas dos convidados, que nada mais eram do que aquelas mesmas pessoas que trabalhavam voluntariamente.

Marcos olhou seu filho sentado no chão de terra, descalço e em contato com a natureza, compenetrado numa atividade e aprendendo a trabalhar em comunhão e sem benefício próprio, apenas pelo prazer de ajudar e pela amizade. Nem parecia o mesmo menino que só reclamava e não tirava os olhos do celular.

O executivo olhou para dona Ana, que estava vestida a caráter desde que acordara, muito bem maquiada e segurando uma mandioca. Ora e outra brigava com um e com outro, falava coisas sem sentido, cochilava.

Sorriu um sorriso vindo da alma. Dona Ana estava certa, sempre esteve. Arumã escondia um mistério, e os bons nunca iam embora. Os deuses os atraíam com seus encantos e beleza. Nunca se esqueceria daquela noite com o cervo e a indígena, mesmo que Eva insistisse em dizer que em Arumã não existia ninguém com aquelas características.

Mestre Ubiraci dizia que a floresta à noite pertencia aos deuses, por isso era insano profaná-la na madrugada; outros diziam que a floresta era capaz de fazer as pessoas verem coisas. Agia como um entorpecente natural.

O fato era que, deuses ou não, algo místico havia o ajudado a encontrar Eva naquela noite. Arumã não era um paraíso, era um sonho, e na sua simplicidade havia conhecido a verdadeira riqueza da vida.

Olhou para Eva novamente. Ela tinha permitido que ele abrisse as portas para descobrir uma infinidade de sentimentos até então desconhecidos por ele. Encontrava-se na dúvida sobre a qual lugar pertencia, mas estava certo de que tinha que ser onde Eva estivesse. Lembrou-se do índio na frente da empresa: "Esse não é o seu lugar".

A professora Carmem cutucou Eva e apontou com a cabeça para Marcos, que a observava com admiração. Eva sorriu para ele e ganhou uma piscadela.

No fim da tarde, o casarão estava agitado; Eva, dona Joana e Isalina numa correria com o vestido da noiva. Marcos, como ia substituir Heitor como padrinho e par de Eva, encontrava-se sentado há horas, vestindo jeans, camisa xadrez e cinto com fivela de cavalo, vendo as duas mulheres entrarem de um quarto no outro.

— Eu disse que teria uma festa! — disse dona Ana a Marcos.

— A senhora sempre tem razão, dona Ana — confirmou Marcos, tocando sua mão.

A senhora ergueu o rosto, satisfeita por ouvir aquilo. Voltaram a olhar o corre-corre das mulheres.

— Casamento é sempre assim, pai?

— É...

— Por que elas se arrumam tanto? Não é só tomar banho e colocar a roupa?

— Isso seria o básico, mas não para as mulheres. Vá se acostumando com isso.

Eva saiu do quarto usando um vestido rodado até os joelhos, estampado com flores azuis, e usando botas. Os cabelos estavam presos num coque por uma flor natural. Saiu do quarto com Isalina pronta.

Marcos se levantou do sofá, mas não pôde reparar na noiva. Eva estava linda. Enfeitada com uma flor e maquiada com um simples sorriso.

— O que acharam? A Isa não está linda?

Os dois cavalheiros presentes olharam para a noiva.

— Você está linda, Isalina! — disse Marcos gentilmente.

— Nem parece a mesma — comentou Arthur. — Você está muito bonita mesmo.

— Obrigada — respondeu ela, já deixando o queixo tremer.

— Espero que você não se atrase — disse Daniel, entrando de mãos dadas com a irmã de Leonardo, que usava um vestido igual ao de Eva. — O noivo não vai aguentar. O homem tá nervoso que é o diabo!

— Tadinho... — comentou Isalina com os olhos cheio de lágrimas.

— Não começa a chorar, não, vai borrar toda a maquiagem, criatura! — repreendeu dona Joana, limpando os cantos dos olhos da moça com um lenço.

Eva lhe entregou o buquê de girassóis e lhe deu um beijo nas mãos.

— Quero que seja a mulher mais feliz do mundo. Que Rudá cuide do amor de vocês para sempre e que Deus abençoe essa união.

— Obrigada... — agradeceu Isalina, abraçando Eva. — Não sei o que seria de mim sem vocês duas.

Dona Joana abraçou a moça também.

— Vamos — finalizou Daniel.

— Acho que não falta mais nada! — disse Eva, virando-se para Marcos. — Ficou bem-vestido de peão, doutor.

Ele olhou para as próprias roupas e comentou:

— Estou me sentindo bem à vontade assim. Agora a Isalina vai ter que me perdoar — disse, encostando os lábios na orelha de Eva —, mas você é sem dúvida a moça mais bonita da festa.

— Obrigada — respondeu, devolvendo o sussurro ao pé do ouvido.

Marcos ofereceu o braço e Eva se segurou nele. A música começou a tocar e os padrinhos passaram pelo corredor de tochas e girassóis ouvindo os aplausos dos convidados. Posicionaram-se cada um de um lado do altar.

Mestre Ubiraci usava uma roupa especial, parecia um poncho, cocar e colares. Tocava a música *Química*, do João Bosco e Vinícius.

Leonardo entrou vestindo uma camisa azul imitando jeans, botas e chapéu sobre o peito. Posicionou-se no altar e todos passaram a olhar para o casarão. Isalina desceu do alpendre chorando, como todos já esperavam. Caminhou até o altar olhando para o noivo, que também estava muito emocionado. Ela se curvou e lhe beijou. Leonardo tocou sua mão, e se viraram para mestre Ubiraci.

— Enfim o grande dia chegou! E é com muita alegria no coração que venho apresentar a Deus, nosso pai supremo, o amor desse casal tão querido por todos, Isalina e Leonardo. Duas pessoas em cujos destinos Rudá interveio, e que a partir de agora serão um só. Um só coração. Serão companheiros para toda a vida, sorrirão juntos, chorarão juntos. Darão frutos. Porque união é isso, deixarem de ser dois e passarem a ser um, caminhando na mesma direção, unidos pelo amor...

Mestre Ubiraci continuou com a cerimônia. Marcos olhou para Eva e lhe deu um beijo na cabeça. Passou os olhos pelo lugar, havia ficado tudo muito simples e bonito. Observou o rosto dos convidados, todos estavam bem-arrumados, felizes pelo casal.

Dona Ana, por ser a anciã da colônia, aproximou-se do altar segurando duas metades de um coco e ofereceu cada uma a um dos noivos. Eles ficaram de frente um para o outro, segurando suas cuias, enquanto o mestre continuou:

— Deus, diante dos presentes, dos padrinhos, abençoe esse casal, Isalina e Leonardo.

Os dois beberam ao mesmo tempo o líquido que havia nas cuias com olhar fixo um no outro. Mestre Ubiraci juntou as duas metades do coco, conduziu a mão de Isalina sobre a mão de Leonardo e pousou o fruto na palma de suas mãos.

— Que sejam felizes nessa nova caminhada.

Isalina se curvou um pouco conforme Leonardo tomava o rosto de amada entre suas mãos para beijá-la.

— Prometo fazer você a mulher mais feliz desse mundo!

Ela sorriu e o beijou novamente. Viraram-se para os convidados e gritaram com as mãos para cima. Todos gritaram juntos e se aproximaram do casal. Marcos e Eva foram os primeiros a cumprimentá-los. Ao passar por mestre Ubiraci, o executivo lhe jogou uma questão:

— No dia do seu casamento, mestre, quem vai realizar a cerimônia?

— Ara! — resmungou o índio. — Mas o senhor é muito atrevido.

Marcos sorriu, apanhou a mão de Eva e a conduziu até um canto enquanto todos se ocupavam com a festa.

— O que achou da cerimônia, doutor?

— Sempre que você me faz uma pergunta que envolve nossas diferenças, se refere a mim como doutor.

— E...

— Gosto disso, patroa. — Ela sorriu. Ainda sentia aquele arrepio gostoso quando ele a tratava como patroa. — A cerimônia é um pouco diferente da cidade, mas achei muito especial.

— Eu nunca vi um casamento diferente desse.

— Sério? — disse ele, olhando nos seus olhos. — O que eles bebem?

— Não sei. Só quem sabe é o mestre e quem já se casou.

— E não tem alianças?

— Não tem muitas lojas de joias em Arumã.

Marcos riu.

— Entendo.

— Falta só mais um dia — disse ela, procurando seus olhos.

— Sei disso. — Puxou-a para junto do seu corpo e beijou sua cabeça. — Sei disso, peoa.

Marcos olhou para o lado, ouvindo o filho chamar de longe:

— Pai... pai... a dona Ana quer dançar com você.

Marcos apanhou a mão de Eva, puxando-a para voltarem à festa.

— Vamos. Não posso fazer essa desfeita para uma dama.

A festa foi memorável. Muita comida gostosa e bebida à vontade. Dança sobre o chão de terra e ao som de violão e sanfona. Daniel havia feito um tablado e nele fazia seu show. Arthur andou pra lá e pra cá com Jacira. Os noivos estavam muito felizes, dançando no meio da roda. Dona Ana ora dançava, ora olhava para o nada. Mestre Ubiraci era servido por dona Joana.

No fim da festa, Isalina foi passar a primeira noite na sua nova casa, e a cada etapa da vida o casarão se tornava grande demais.

Marcos esperou que todos fossem dormir, inclusive dona Ana, e atravessou o corredor do quarto dos empregados. Abriu a porta e viu que, pela primeira vez, estava iluminado por um lampião. Quando seus olhos se dirigiram até a cama, viu através do dossel a silhueta de Eva nua, sentada na cama. Ficou por um tempo paralisado, memorizando cada detalhe daquele momento, sentindo que o coração explodiria de tanta paixão por ela.

Contornou a cama sem se desviar do seu olhar, queria observá-la por todos os ângulos. Afastou os véus lentamente, vendo Eva ficar em pé sobre o colchão. Ela o puxou pela camiseta, passou as pernas em volta da sua cintura e o beijou.

— Eu te amo, Marcos. Não esquece de mim, peão.

— Nunca...

Deitou-se sobre ela, e se amaram como se fosse a última vez, como se restasse apenas aquele momento final. Como os miseráveis minutos de um eclipse para Jaci e Guaraci.

Trinta e um de Julho

MARCOS ABRIU OS OLHOS e viu que ainda estava no quarto de Eva. Já era manhã. Olhou à sua volta à procura dela, foi quando a viu sentada nos pés da cama. Ergueu a cabeça e sorriu.

— O que está fazendo aí?

— Vendo você dormindo.

Ele se apoiou nos cotovelos.

— Enfim chegou o grande dia... — disse Marcos, irônico, sem entusiasmo apesar da frase. — Não vejo a hora de ir embora.

Eva deu um sorrisinho debochado.

— Estou percebendo sua ansiedade, nem fez as malas.

Marcos apanhou o pé dela e o beijou, pousando-o sobre seu peito.

— Eu ouvi uma vez que não podemos nos entregar para uma pessoa que vai levar um pedaço de você quando se for. Essas pessoas não são confiáveis.

— Então você não é uma pessoa confiável. — Ele sorriu, envaidecido. — Façamos um trato, doutor, você leva um pouco de mim, eu fico com um pouco de você e marcamos de nos encontrar para devolver.

Marcos inspirou e soltou as palavras como um suspiro:

— Sei que posso vir aqui te ver em todas as férias. E quando o coração ficar apertado, pego um avião e venho para cá nos fins de semana, mas... na verdade... estou com medo de ir. Sinto como se esse eu que sou agora fosse se esvair no meio de tantos vícios urbanos. Tenho medo de me esquecer do meu filho, tenho medo de deixar a vida escorrer pelos meus dedos como já deixei acontecer. Tenho medo de te esquecer, Eva. Eu não me sinto seguro.

"Não é que eu não confie no que eu sinto por você. Eu só não confio na minha capacidade de ser forte o bastante. Eu me descobri neste mês que passei aqui. Eu não sabia que era jovem ainda, que podia curtir a vida, relaxar, rir. E eu nem sabia que eu era tão antipático e grosseiro. E sem você pra me trazer de volta pra esse sonho, não sei se consigo sozinho. Eu queria poder voltar para você todos os dias."

Eva sentiu os olhos se inundarem e piscou várias vezes, sentindo os dedos dele deslizarem por sua perna.

— Fico feliz em ouvir isso. Também aprendi algumas coisas com você.

— Como o quê?

— Aprendi que a tecnologia não é tão ruim assim, já que faço uso dela também. Aprendi que estou atrasando essas pessoas, não posso prendê-las. Quem tiver que ficar, vai ficar. E se isso aqui um dia virar apenas uma casa de férias, é porque tinha que ser. Aí eu faço minhas malas.

— Lutar contra a tecnologia é uma causa perdida, até porque se usada com disciplina é uma grande aliada. Mas só isso? — perguntou ele, um tanto decepcionado.

— Aprendi que amor vira dor quando há despedida e que ambos têm a mesma intensidade. — Marcos ficou a encarando por alguns segundos, analisando suas palavras. Eva continuou: — E onde é o paraíso pra você agora?

— O paraíso para mim é onde Eva estiver. — Ela o encarou por alguns segundos e engatinhou até ele, deitando-se sobre seu corpo, deu-lhe um beijo de leve e o ouviu sussurrar: — Venha comigo, Eva!

Ela o encarou por um tempo e em resposta sugeriu:

— Fica comigo, doutor!

Nenhum dos dois respondeu. Eva pousou o rosto no peito do executivo, sentindo o quanto o coração dele batia forte ao ouvir o som do avião se aproximando. Sentiu os braços dele a apertarem ainda mais, como se isso fosse impedir que se separassem. Dos olhos de Eva escorreram lágrimas silenciosas. O som do avião era o indício de que o sonho havia acabado, era hora de encarar a realidade.

Marcos entrou na cozinha vestindo jeans, camisa social e sapatos lustrosos. Tinha os cabelos úmidos. Dona Joana estendeu uma caneca de café.

— Está muito bonito, doutor.

— Obrigado, dona Joana. — Ele bebeu num único gole e disse olhando nos olhos da mulher: — Os melhores cafés que já tomei foram sem dúvida os da senhora.

— Obrigada, o senhor é muito gentil.

— Eu queria pedir mil desculpas pela forma como me comportei no começo. Sei que a desagradei, fui rude com a senhora, e eu me arrependo muito. Aquele não era eu de verdade.

— Não tem do que se desculpar, doutor — concluiu com humildade.

Os dois ficaram em silêncio por um tempo.

— Bem, a senhora tem algum ditado para esta ocasião?

— Uma andorinha só não faz verão. — Ele sorriu, aproximou-se dela e se abaixou, abraçando-a apertado. — Foi muito bom ter você e o menino aqui, Marcos.

— O sentimento é recíproco, dona Joana. Qualquer coisa que precisar, a senhora me ligue, por favor, que virei imediatamente. — Ele, sem ter mais o que dizer, jogou as mãos no ar e finalizou: — Bem, eu já vou...

— Vai com Deus, e que Jaci ilumine o senhor no momento de escuridão e traga saudade pro seu coração. Pra que volte correndo pra nos visitar.

Marcos sorriu e saiu da cozinha. Na sala, viu suas malas prontas e sentiu um nó na garganta. Arthur estava sentado com Isalina, repassando as últimas lições.

— Eu te ensinei essas palavras só pra você saber, e pra que ninguém nunca mais te ache ignorante. — Marcos baixou os olhos. — Mas eu gosto de você mesmo falando errado.

Isalina beijou a cabeça do menino e o apertou.

— Ê, menino danado, vai fazer *farta*... falta.

Ele sorriu. Eva se sentou do lado dele também e o trouxe para junto do seu corpo.

— Me promete que não vai mais ficar o dia inteiro jogando?

— Prometo... Ah — disse ele, entusiasmado —, meu pai disse que vai comprar um cachorrinho pra mim, né, pai?

— É, sim.

— Que legal! Cuida dele com carinho, como se fosse um membro da família. E escolhe um nome bem legal.

— Pode deixar, Eva!

Eva o abraçou fortemente, sentindo seu cheiro.

— Vou sentir saudades, Arthur. Muitas saudades.

Eva levou os olhos até Marcos, que se aproximou da cadeira de sua bisa. Ele se curvou, beijou o dorso de sua mão e disse:

— Foi um prazer dançar com a senhora.

Infelizmente, dona Ana não respondeu, naquele momento a pequena senhora estava longe dali.

Eva sorriu e o olhou de cima a baixo. Mesmo usando aquelas roupas, era possível notar que o homem que entrara há um mês, autoritário e esnobe, havia ficado para trás.

Jacira entrou na casa com mestre Ubiraci. O índio se aproximou de Marcos e apertaram as mãos.

— Obrigado por tudo, mestre.

— Eu que agradeço. Espero que volte logo.

Jacira entregou para Arthur um embrulho feito com tecido e fita. O menino sorriu e apanhou.

— É um livro com todas as lendas. Sei que você não gosta de ler, mas seu pai pode ler pra você.

— Obrigado. Você é muito legal! Espero que sua mãe deixe você ir lá na minha casa um dia.

— Dá licença! — pediu seu Tomás com o chapéu contra o peito. — Vou pegar as malas.

O homem apanhou as malas e as levou para a caminhonete. Marcos abraçou Isalina e apanhou a mão de Eva. Na escada, olharam-se pela última vez.

— Bem — começou Marcos. — Acho que está na hora.

— Façam boa viagem! E não se esquece da gente, doutor. — Todos foram para fora. Eva o abraçou e sussurrou ao pé do ouvido. — Vai, peão, vou ficar aqui te esperando.

Marcos acariciou seu rosto e se virou de uma vez, finalmente foi para o veículo.

Isalina começou a chorar alto, acenando para eles. Eva umedeceu os lábios e piscou para evitar as lágrimas, mas foi inútil dessa vez. Sentiu uma angústia invadir seu peito e olhou para a mãe. Dona Joana sorriu para a filha. Como era bom saber que havia acontecido com ela também. Saber que o amor chega, cedo ou tarde, e que Rudá não se esquece de ninguém.

Eva olhou para a frente e viu o carro parando ao lado da aeronave. Assoviou uma única vez e Pelé se aproximou, veloz. Ela correu até ele, montou e galopou rápido como um raio de luz até Marcos. Marcos saltou do avião e sorriu, vendo-a se aproximar. Eva desmontou e se atirou nos braços dele.

— Vem comigo, Eva — sussurrou no seu ouvido. — Vem comigo.

Eva ergueu os olhos inundados e falou com a voz embargada. Agora falava a Eva satélite, aquela que somente Marcos conhecia:

— Promete que vai voltar?

— Nem que seja a última coisa que eu faça — prometeu olhando nos seus olhos. — Vou voltar, Eva.

— Não se esquece de mim, peão.

Marcos a apertou contra seu peito, beijou sua cabeça e lançou olhos vermelhos para o filho dentro do avião. Passou os olhos pela fazenda. Não queria ter que tomar aquela decisão.

— Vou voltar, Eva. Eu prometo!

Eva beijou seus lábios e deu dois passos para trás.

— Vou estar aqui te esperando.

Montou em Pelé e viu Marcos se acomodando no banco. O piloto fechou a porta e foi até a cabine, iniciando a decolagem.

Marcos a olhou pela janela e passou a respirar profundamente, como se o ar não pudesse mais preencher seus pulmões. Eva galopou atrás dele. Pelé estava veloz como nunca, como se pudesse alcançar a aeronave.

Eva sentia o vento contra seu rosto, secando suas lágrimas insistentes, tentando deixar para trás a dor que invadia seu peito.

De volta ao lar

MARCOS ESTAVA DEITADO. Dormia tranquilamente, o semblante sereno de quem cochila numa tarde chuvosa, com sonhos bons, apesar de a sonda nasal e o acesso intravenoso no dorso da mão.

Sentiu suas pálpebras tremerem e sons externos. Abriu os olhos lentamente, incomodando-se com a luz. Viu que alguém o velava. Ergueu os olhos até seu rosto, e era a mulher mais linda que seus olhos já tinham visto. Ela tinha cabelos longos e retos num tom estranhamente prateado; jovem, não passava dos vinte anos. Seus traços perfeitos eram fascinantes e seus olhos azuis eram tão claros que pareciam duas bolas de vidro.

Ela se curvou para ficar mais próximo do seu rosto e acariciou seus cabelos. Ao toque, Marcos se sentiu pleno e aliviado. Ela sorriu e disse num sussurro que mais parecia um acalanto:

— Eu não invejo a Eva, Marcos, eu a admiro.

A mulher beijou seus lábios suavemente e soprou seu rosto, fazendo-o fechar os olhos. Quando Marcos voltou a abri-los, com certa dificuldade, percebeu que ainda estava no mesmo quarto de hospital. Ficou assustado, percorreu os olhos por onde seu olhar alcançou, analisando tudo. Tentou se mover, mas não conseguiu, pois seu corpo estava preso na cama. Levou as mãos até seu rosto e sentiu a máscara de oxigênio sobre o nariz, no seu braço a medicação intravenosa.

Vasculhou em sua mente o motivo de estar ali, porém não se lembrava. Estava confuso e ansioso. Com a visão embaçada, sentiu as lágrimas escorrerem nos cantos dos olhos ao se lembrar do único rosto que ocupava suas lembranças: Eva.

Apertou o botão ao lado da cama para chamar alguém, e logo uma senhora vestida de branco entrou com olhos arregalados.

— Oh, graças a Deus! Você acordou! — disse ela, juntando as mãos. — Bem-vindo! Você pode me ouvir? Consegue falar?

Marcos levou os olhos confusos e inundados para ela.

— O que aconteceu comigo? — questionou, percebendo a voz soar fraca e rouca.

— Fique calmo. Você teve um infarto e entrou em coma por conta de um trauma que sofreu quando bateu a cabeça ao desmaiar.

— Coma? — disse, limpando a garganta.

— Sente alguma dor?

A auxiliar secou suas lágrimas e acariciou seus cabelos.

— Não... — Mas juntou forças pra dizer: — Preciso falar com alguém.

— Está tudo bem agora.

Ela sorriu.

— Estou um pouco confuso. — Inspirou e perguntou: — Quanto tempo estou aqui?

— Um mês... — informou ela, conferindo o soro.

Marcos fechou os olhos como se aquela fosse a resposta que não queria ouvir.

— Isso não é possível!

— É possível, sim. Mas o que importa é que agora você está bem. Eu vou chamar o doutor e avisar alguém da sua família. — A mulher foi até a porta e olhou para o corredor. Acenou com um gesto rápido, muito contente. Marcos levou seus olhos até a mulher ainda na porta, que comunicou, animada: — O príncipe despertou, chame o doutor.

— Que dia é hoje?

— Dia trinta e um — disse com indiferença, fazendo gestos para alguém se aproximar rapidamente. — É ainda mais bonito acordado.

— Eu... eu preciso do meu celular.

— Negativo, não temos seus pertences.

— Olhe — disse ele, sonolento —, eu preciso falar com alguém, saber se fui a uma fazenda, se a Eva... existe...

A mulher sorriu para ele e voltou a ficar ao seu lado. Muito sensibilizada, comentou:

— Muitos pacientes que entram em coma voltam relatando que falaram com parentes que já morreram, outros falam que foram para outras dimensões, países. E voltam do coma com a sensação de que tudo aquilo aconteceu mesmo. É natural. Alguns acham que foram para esses lugares mesmo, outros acham que é uma armadilha do cérebro. Mas o senhor deu sorte, foi até uma fazenda e até encontrou a Eva. — Marcos voltou a cabeça para o travesseiro, apesar da senhora tentar animá-lo. — Vou chamar o doutor e ligar para algum familiar, eu já volto.

Uma hora depois, dona Martha entrou na sala com seus olhos curiosos e um sorriso casual. Aproximou-se da cama e tocou na mão de seu discípulo, que estava distraído olhando pela janela.

— Bem-vindo ao mundo, doutor Marcos Monterrey! — Ele virou a cabeça até ela. — Como está se sentindo?

— Olá, dona Martha. Bem, eu acho.

— Isso, sim, é um bom sinal — falou, rindo do trocadilho. — Acho que, se teve mais uma chance, é porque anda fazendo algo de bom.

— E o Arthur?

— Está com a sua mãe.

— Quero falar com ele.

— Eu sei que está com saudades, mas sugiro que espere mais um tempo até que se recupere e possa ficar com ele. Se eu contar que você acordou, ele vai querer vir imediatamente para cá. Você não está em condições agora. Durante o coma não deixamos ele te vir assim, a imagem de você desacordado era muito chocante.

— A senhora veio aqui?

— Todos os domingos — afirmou ela, indo até a janela e afastando as cortinas. — Eu vinha aqui conversar com você e te contar as novidades que aconteceram na empresa. Tem médicos que dizem que uma pessoa em coma pode ouvir os sons ao seu redor, outros dizem que não.

— E a Bianca?

— A Bianca está morando em Portugal há um mês. — Marcos não se mostrou abalado com a notícia. — E como está se sentindo?

Ele baixou os olhos, não sabia se revelava seus devaneios, mas ela era a única pessoa com quem poderia tirar suas dúvidas.

— Estou um pouco ansioso e chocado.

— É natural. Deve ser muito estranho acordar e saber que dormiu por um mês. Estou muito feliz por você, Marcos.

— A senhora pode me dar água?

— Claro — disse ela, levantando-se e o servindo. Ajudou-o e sorriu. — Você está se sentindo bem? Estou achando você desconfortável.

— Eu passei esse mês sonhando que estava numa fazenda chamada Arumã. Era o lugar mais lindo do mundo, um paraíso. — Marcos, mesmo envergonhado, teve coragem de levar os olhos até ela e a viu erguer as sobrancelhas, surpresa. — Havia muitas pessoas impressionantes, índios e a... — hesitou por um momento — Eva. É o rosto mais nítido nos meus pensamentos.

Dona Martha pousou o copo sobre a bandeja e se voltou para ele.

— E o que tem isso? — perguntou ela, muito preocupada.

— É que sinto que pertenço àquele lugar e agora estou me sentindo um estranho. Não consigo parar de pensar na Eva. Eu me lembro da voz dela, do cheiro, do toque dela. — Olhou para sua superiora com expressão envergonhada e se atirou de volta no travesseiro. — Me desculpe.

— Eva... Paraíso... Típico de um coma. Conheço uma pessoa que voltou de um coma — disse ela gentilmente — dizendo que falou com Deus. Largou o trabalho de médico e virou voluntário de uma igreja. A profissão dele agora é pegar pessoas na rua e tentar reabilitá-las.

Marcos baixou os olhos, visivelmente abalado.

— Agora eu me lembro de ter visto um spam de uma fazenda nos meus e-mails. Vi os índios na frente da empresa. Bianca disse que queria tirar umas férias feito Adão e Eva. Agora me lembro e tudo faz sentido, foi antes de infartar. Meu cérebro deve ter reproduzido tudo em sonho. Acredite, voltei outro desse lugar imaginário. E acho que o seu vice-presidente agora se tornou um fardo para a senhora: louco e inválido.

— Marcos, eu seria uma péssima líder se te deixasse para trás só porque está ferido e não pode ir à luta comigo. Foi um bom combatente, Marcos, agora é hora de voltar para casa. Você é jovem, não precisa ter pressa, sua saúde é a coisa mais valiosa para mim neste momento.

— A senhora é uma pessoa admirável.

Ela sorriu e se levantou.

— Eu acredito que Deus coloca pessoas nos nossos caminhos com algum propósito. E mesmo você pertencendo a uma família estruturada, sempre me senti responsável por você também. Vou ligar para os seus pais e dar a ótima notícia. Estou muito feliz que tenha voltado.

— Ainda não acredito que foi tudo um sonho.

Ela tocou sua mão e disse:

— Descanse, Marcos. Tudo vai se resolver.

No dia seguinte, apesar de ainda confuso, Marcos teve alta no fim do dia e um motorista da empresa o levou para seu apartamento. Sentia-se um pouco tonto por causa dos remédios.

— Abrir porta. — Ficou olhando para a madeira como quem espera permissão para entrar. Repetiu com mais ênfase: — Abrir porta.

Na terceira tentativa, a porta se abriu, e ele sentiu um cheiro familiar. Observou seu apartamento se sentindo um estranho no ninho. A sensação dentro dele era de que uma explosão havia matado todos em Arumã. Sentia-se desolado e exausto emocionalmente.

Foi até o quarto do filho e acendeu a luz, passou os olhos pelos brinquedos, o *video game* e o drone. Tantas coisas Arthur teria aprendido se aquela viagem tivesse realmente acontecido.

Foi até o quarto e se olhou no espelho com calma; estava muito magro e com olhos fundos. E por mais que tentasse manter a mente ocupada com outras coisas, as memórias de Arumã não lhe saíam da cabeça. Havia passado o dia todo tentando convencer seu cérebro de que aquelas lembranças foram produzidas por ele mesmo.

Atirou-se na cama e fechou os olhos. Sentia-se sonolento. Respirou profundamente, sentindo o ar circular com facilidade. Um sonho com cheiro, com tato e com desejo, pensou. Era capaz de sentir os lábios quentes de Eva. O cheiro do seu corpo suado e o som da sua voz eram tão nítidos...

Deslizou o polegar sobre a ponta dos outros dedos involuntariamente, conhecia a textura da pele dela, podia sentir suas curvas sob suas mãos. Sentiu uma volúpia ao se lembrar do rosto dela, excitado. *Uma mulher tão perfeita só pode ser fruto da minha imaginação,* pensou. “Venha comigo,

Eva. Venha comigo para São Paulo", lembrou-se, princialmente de sua reposta: "Eu não posso sair daqui".

Por isso não havia como sair de Arumã. Por isso não havia celular. Nem fotos. Apenas as lembranças com cinco sentidos e ricas em detalhes.

— Quero voltar a dormir — sussurrou.

Recostou-se no travesseiro e, por conta dos remédios, dormiu rapidamente. Acordou ouvindo alguém bater à porta. Reparou que ainda estava com as mesmas roupas e na mesma posição. Levantou-se, sonolento, abriu a porta com dificuldade e viu o motorista.

— Bom dia, doutor Marcos!

— Bom dia!

— O senhor dormiu bem?

— Acho que é o que mais tenho feito — disse ironicamente.

O homem sorriu e foi anunciando:

— Recebi um telefonema da dona Martha para levá-lo até a empresa, ela me disse também que de lá o senhor vai para um resort e que o Arthur foi ontem e já está à sua espera. — Marcos sorriu, estava com saudades do filho. — Ela me disse que o senhor está sem o celular.

— É, eu acho que quebrou quando eu... enfim, vou tomar um banho e arrumar minhas coisas. Acho que vai ser melhor descansar por um tempo.

— Eu tenho certeza disso — replicou o motorista. — Vou esperar o senhor lá embaixo.

Marcos agradeceu, voltou para o quarto e tirou as roupas. Olhou para a cicatriz próxima ao ombro esquerdo. Apesar da seriedade da doença, o corte era discreto.

Tomou um banho rápido e vestiu jeans, sapatênis e camisa polo. Abriu a mala e colocou poucas coisas dentro. Na verdade, nem sabia fazer aquilo com a mesma eficiência de Vânia. Certamente alguma coisa ficaria para trás.

Desceu até a recepção, cumprimentou o porteiro e viu o carro da empresa. Sentou-se no banco detrás e, antes de sair, o motorista ligou o rádio. Estava tocando a música *Paciência,* de Lenine.

— Vou colocar na rádio de notícias, doutor.

— Pode deixar tocar, por favor.

Ao som da voz tranquila do cantor, Marcos se permitiu olhar pela janela e, pela primeira vez, apreciou o caminho da sua casa até o trabalho, um caminho que para ele parecia novo. Nunca havia reparado em como as ruas eram arborizadas e movimentadas.

Ergueu os olhos para ver Guaraci, mas na selva de pedra ele não era tão imponente: a poluição e os arranha-céus ofuscavam seu brilho intenso. Na cidade, apenas trânsito, barulho e poluição. Pessoas apressadas sendo guiadas pelos seus celulares enquanto andavam, dirigiam, nos pontos de ônibus, nos cafés.

Baixou os olhos sobre suas pernas desejando que o tempo passasse logo, queria que aquela sensação de que Eva havia morrido se transformasse em uma lembrança perdida.

Chegando à empresa, sentiu-se eufórico. As portas das repartições foram se abrindo e por onde passou viu os funcionários o aplaudindo. Por onde passou, teceu apertos de mão, tapinhas nas costas, sorrisos. Todos os andares, repartições, cargos e todos os funcionários da empresa: executivos, líderes, sócios, limpeza.

Com um sorriso congelado, o mesmo que sua mentora costumava oferecer, o renomado Marcos Monterrey via tudo aquilo em segundo plano. Apesar de todo aquele reconhecimento pelo seu trabalho, aquele rosto magro de sorriso fino e abatido se distanciou do presente e se perdeu em pensamentos como dona Ana. E tudo que sentia naquele momento era uma imensa saudade do filho andando a cavalo sozinho, de dona Ana com mandioca, Isalina com olhos humildes, dona Joana com a caneca de café e Eva em seus braços. Largaria tudo para estar ao lado deles. Trocaria a poluição por cheiro de esterco.

Os aplausos voltaram aos seus ouvidos e ele continuou caminhando. Apenas sorria e agradecia.

Chegou até sua sala, viu Vânia o aplaudindo também, talvez a única pessoa que realmente havia sentido sua falta.

Não via mais brilho nenhum em tudo aquilo. Seu computador, que era seu melhor amigo, companheiro e às vezes confidente, era apenas um estranho ali à sua frente.

Era realmente uma contaminação, pensou. Deus havia feito o paraíso para todos, mas o homem passou a entulhar pedra e níquel. A tecnologia é viciante, rouba a inocência, tornando as pessoas a cada dia mais dependentes. Ela une e também separa. Ajuda e atrapalha. Diverte e estressa. Liberta e escraviza. E Marcos não queria mais fazer parte daquilo. Não havia mais como retroceder.

Todas aquelas pessoas agora eram íntimos estranhos. Queria paz, adormecer de novo e ir para Arumã com o filho para sempre. "Aonde mais você quer chegar?", ouviu Deborah sussurrar nos seus ouvidos.

Dona Martha se aproximou dele e disse:

— Isso é reconhecimento, Marcos. Você é um grande homem! Não precisa provar mais nada.

— Obrigado, dona Martha — disse olhando para ela.

A senhora o encarou por um momento, visivelmente desconfortável e sem nenhum brilho nos olhos. Percebeu que seu pupilo não estava mais ali, e nunca mais estaria. Voltou a sorrir.

— Vamos?! O Arthur deve estar ansioso para te rever.

Marcos a acompanhou mecanicamente, a única coisa que o fazia querer estar ali era o filho. Desceram até o estacionamento em silêncio. Dona Martha parou próximo ao carro e olhou nos olhos de Marcos, ajeitando o colarinho da sua camisa.

— Você, Marcos, é como um filho pra mim — declarou com a boca trêmula e os olhos marejados. — Um filho que nunca tive, mas que, se fosse como você, me encheria de orgulho.

Dona Martha voltou a erguer o queixo, sem deixar que nenhuma lágrima escorresse. Deu um passo atrás e voltou a tratá-lo com indiferença:

— Espero que se divirta com Arthur, doutor Marcos Monterrey.

Marcos se curvou e abraçou a pequena senhora. Dona Martha demorou um pouco para corresponder; não esperava aquela reação dele. Apesar de muito ligados, nunca trocaram afeto.

— A senhora é uma mulher incrível!

— Obrigada, Marcos! — agradeceu ela, voltando à sua postura robótica e lhe entregando um envelope.

— O que é isso?

— Gostaria que analisasse este último documento antes de partir, mas faça isso no avião, por favor.

— Farei isso, então, dona Martha.

— Faça boa viagem.

Marcos entrou no carro e seguiu até o aeroporto de Congonhas. Chegando lá, acomodou-se dentro do jato executivo e perguntou ao piloto:

— Qual é o destino?

— Goiás, senhor! Fazenda Arumã.

Marcos imediatamente abriu o envelope.

Marcos, uma vez a Deborah me disse que não sabia aonde você queria chegar. Eu tenho essa resposta, mas não ouso revelar. Você chegou onde poucos estarão, e eu o reverencio por isso. Se não existisse Marcos Monterrey, eu já teria desistido da Costa Barreto há anos. Mas sua paixão me fez acreditar que ainda existem profissionais que valem a pena. Será digno da minha eterna gratidão.

Diante da admiração que nutri por você durante todos esses anos, me permiti lhe ajudar a tomar uma última decisão, e por esse motivo não revelei a você, no hospital, que esteve em Arumã, para que a dor da perda lhe ajudasse a decidir onde é o seu lugar.

Volte para seu filho, para Eva, para seu paraíso. Não há nada mais realizador do que estar em busca de algo e encontrar a si mesmo.

Martha Quintanilha Barreto

Marcos ficou por um tempo olhando a caligrafia impecável de dona Martha e colocando em ordem aquelas palavras. Antes que o piloto decolasse, perguntou:

— Pode me dizer que dia é hoje?

— Dia dois de setembro, senhor, quinta-feira.

Marcos se atirou no encosto do banco, sentindo as lágrimas lhe preencheremos olhos. Apertou-os para conter a emoção.

Horas depois, sobrevoavam um vale contornado em toda a sua extensão por um rio. Aquilo fez o coração do executivo disparar. Mais à frente, uma vila próxima a uma casa.

O pequeno avião ganhou o chão e deslizou sobre a pista. Marcos não conseguia tirar os olhos da janela. Eva cavalgava do lado de fora, tentando acompanhar a aeronave, sorrindo para ele.

Por um instante, não soube mais o que era sonho ou realidade. Limpou as lágrimas desajeitadamente. Ela existia, era real.

O piloto finalmente parou e abriu a porta, Marcos desceu os degraus apressado, vendo Eva desmontar e se atirar nos seus braços.

— Você voltou! — disse Eva com o rosto contra seu peito.

— Eu te amo, Eva! — confessou, afundando o rosto no seu pescoço e sentindo seu cheiro. — Eu te amo!

Arthur saltou da charrete de seu Tomás, gritando:

— Pai!

E correu até ele. Marcos o apertou contra seu peito, agradecendo a Deus por mais aquela chance de sentir o filho nos braços.

— Eu te amo, filho.

Marcos passou os braços sobre os ombros de Eva e beijou sua cabeça. Apanhou a mão do filho e se virou para Arumã. Inspirou, sentindo-se em casa novamente. Não havia mais dúvida de que ali era o seu verdadeiro lar.

Eva ainda dá nome de celebridades aos animais, acorda antes de o galo cantar pra ajudar na ordenha e cuidar da fazenda. Marcos é empresário e toca seu próprio negócio, mas apenas em horário comercial. Casaram-se e ganharam de presente as terras sagradas de Arumã.

Claro que, juntos, multiplicaram a economia da fazenda, que hoje é uma das maiores distribuidoras de leite do estado de Goiás: a Gosto de Nuvem.

Mas, como mandam as tradições, as luzes são apagadas às nove e todos caminham sob a luz do lampião. E mesmo com a energia abundante e a internet, a roda de viola, as lendas, o prazer de estar em contato com o outro ainda é o mais importante.

Ganharam dois prêmios naquele ano: "exemplo de fazenda autossustentável" e "melhor lugar no campo para se trabalhar", atraindo mais trabalhadores interessados em fazer parte da terra.

Com mais moradores, a escola foi ampliada, ganhou mais duas professoras e agora tinha o nome da professora Carmem.

Isalina e Leonardo foram muito felizes e tiveram três filhos.

Arthur se tornou engenheiro agrônomo e se casou com Jacira. Trabalham na fazenda com o pai e Eva.

Dona Joana se casou com mestre Ubiraci e hoje moram na colônia, na casa do índio.

Dona Ana chegou a completar cem anos, que foram comemorados com uma grande festa. Até que finalmente sua espera terminou e seu amado esposo voltou no galope do cavalo, tocando berrante. Dona Ana partiu com ele.

Dona Martha obrigou Bianca a passar um mês em Arumã. Bem, essa é outra história...

O PARAÍSO É O LUGAR
QUE VOCÊ ESCOLHEU PARA SER FELIZ.

Nota da Autora

ESPERO DE CORAÇÃO que você tenha gostado. Todo o processo de escrita foi feito com muita pesquisa, dedicação e amor.

A pretensão da história é passar momentos de reflexão sobre o nosso cotidiano e nossos vícios urbanos. Não é uma fórmula para manter o equilíbrio, mas espero que o enredo tenha te ajudado a refletir.

A escolha do Marcos sobre onde é o melhor lugar não tem a ver com certo ou errado, e sim com a trajetória do personagem no enredo.

Eu quis apresentar um pouco da nossa mitologia e despertar a curiosidade para nossa cultura, que é tão rica e possui tantas lendas inspiradoras e seres mitológicos incríveis. E quero deixar claro que a intenção é abordar curiosidade mitológica, e não religiosa.

Eu não especifiquei a tribo nem a sua língua porque, infelizmente, há muita contradição nas informações sobre a cultura indígena brasileira: tanto em livros quanto em sites. Eu não tive coragem de denominar a tribo usando dados sobre os quais eu não tinha total convicção quanto à sua veracidade. Usei os nomes dos deuses mais conhecidos, porém existe contradição sobre a qual povo esses seres pertenciam.

Quero dizer, também, que amo o sotaque goiano e gostaria de ter acentuado o dialeto e gíria local, mas, por uma questão estética, não o fiz. O livro teria muitas notas de rodapé explicando o conceito de cada gíria. Perdoem-me. Então fica a minha simples homenagem aos goianos.

Agradeço imensamente àqueles que chegaram até aqui.

UM GRANDE BEIJO,

Kelly Hamiso

editora
coerência

Esta obra foi composta na fonte Crimson Text,
tamanho 12pt, e impresso em papel pólen soft 80g/m².
São Paulo, novembro de 2019